影视艺术系列教程

电影剧本写作教程

A COURSE OF SCREENPLAY WRITING

樊子博 ◎ 著

中国传媒大学 出版社
·北京·

目 录

前　言　/ 1

内容分布　/ 7

第一章　剧本的功能和意义　/ 1
　　一、剧本是故事的载体　/ 1
　　二、剧本是电影拍摄的说明书　/ 3
　　三、剧本是快感的密码本　/ 4
　　四、剧本是一摞精心填满的稿纸　/ 4

第二章　剧本写作的主要任务　/ 6
　　一、写作真实　/ 6
　　二、编造真实　/ 8
　　三、编排内容,使之符合某一种格式和规律　/ 9
　　四、将剧本类型化　/ 12

第三章　剧本写作的主要目标　/ 14
　　一、电影提供的主要娱乐形式　/ 14
　　二、创造提供娱乐的机会　/ 21
　　三、电影思想——娱乐奏效的基础　/ 21

第四章 电影剧本的基本形式 / 23

一、基本形式：追求主要欲望的过程 / 23
二、追求主要欲望的动作 / 24
三、动作的顺序 / 25
四、完整的故事：故事旅程 / 26
五、故事旅程的两个层面 / 27

第五章 电影剧本的构成 / 29

一、电影剧本的最小单位——信息 / 29
二、信息的两种形式：文本与潜文本 / 30
三、潜文本的应用 / 31
四、信息使用要点 / 34
五、信息的组合：形象与动作 / 35
六、一个场景与一场戏 / 36
七、幕 / 38

第六章 电影主题——电影的核心问题 / 42

一、电影主题的特点 / 42
二、故事两极系统 / 43
三、核心问题 / 45
四、意义层面的核心问题 / 46
五、讨论核心问题（讨论主题） / 47
六、先后问题 / 50
七、核心问题对观众的影响 / 50
八、主题的通俗性 / 51
九、寓言式电影 / 52
十、《三块广告牌》的核心问题 / 54
十一、核心问题与主要欲望的关系 / 55
十二、电影主题与电影表达 / 56

第七章 电影剧本中的人物 / 58

一、什么是人物 / 58
二、人物的特性 / 58

三、电影剧本中人物的分类 / 60
四、PENA——一种人物设计方法 / 69
五、外在欲望与内在欲望 / 72
六、性格的复杂性 / 73
七、信息塑造人物 / 74

第八章　剧本的进展策略 / 76
一、快感索取 / 76
二、吸收新鲜信息 / 77
三、打破悬而未决 / 78
四、曲折前进 / 82

第九章　逐幕击破——写作三幕式剧本 / 87
一、三幕式结构 / 87
二、三套系统 / 119

第十章　伟大放弃与弃暗投明 / 121
一、伟大放弃 / 121
二、弃暗投明 / 133
三、罗伯特·麦基与其反讽思想理论 / 149
四、伟大坚持 / 156
五、研究伟大放弃与弃暗投明两种故事模式的原因 / 157

第十一章　创作行为的价值 / 159
一、在剧本中表达意义 / 159
二、在剧本中增强效果 / 162
三、实现创作价值的途经 / 164

第十二章　故事深度 / 179
一、故事深度的五个层级 / 180
二、故事深度与作品影响力的关系 / 181

第十三章　经过验证的认知 / 185
一、认知一：编剧只是正常的普通人 / 185

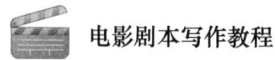

二、认知二:写作并非易事　/186

三、认知三:世界上没有"好剧本"　/188

四、认知四:创意无法被抄袭　/189

五、认知五:三分写,七分改　/190

参考文献　/193

后　记　/194

前　言

不知道你们是否也一样，曾经以为自己是个天才。

我出生在北京市的海淀区，一个以内卷闻名全国的地区。与众多海淀家庭不同的是，我从小接受的是放养式的教育。我父母并非对我的学业毫不关心，但其关心也只是简单询问我期末考试的分数罢了。在这种放养式的教育环境里，我可以任性地做任何自己想做的事，比如我最爱的两件事：打游戏和看电影。打游戏，这几乎是每一个男孩子的爱好，我也如此。从电脑游戏到主机游戏再到掌上游戏，游戏让我如痴如醉，也让我在获得快乐的同时得到了一双近视眼。

除了游戏以外，我的第二个爱好就是看电影。在看电影这个爱好上，我有特别的优势，那就是在我的童年时期，我的父亲经营着一家音像店。如今的北京，音像店这种商铺几乎绝迹，而当年的音像店可是个火爆的消费场所。有些年轻的读者可能不了解，当年的音像店除了贩卖还会出租音像制品。我父亲和他的助手会把无数碟片按照编号收纳在一个文件夹里，当顾客根据目录选出自己想要租赁的碟片时，父亲会根据编号在文件夹中找到碟片租赁给顾客。我家离父亲的音像店不远，我经常会去音像店找我父亲。店里生意繁忙，因此他没有时间陪伴我，只能招呼我去后面的库房看电视。相比库房，那里更像是一间放映厅，里边有一张破了皮、露出黄色海绵芯的旧沙发、一台电视和一台三碟式的VCD放映机。很快，这里成了我的乐园。几乎是每一天，我拿着一个装满碟片的文件夹来到库房，一张碟一张碟地看，困了我就在沙发上睡一会儿，醒了就继续看。就这样，我在这间库房里积累了大量的观影经验。那时我就觉得电影有种神奇的魔力,吸引着我不停地观看,这种吸引力说不清道不明,但我明确地知道:我爱电影。

  转眼我到了初中,十四五岁,一个悸动的、充满忧愁的年纪。青春期的孩子们好像各有各的愁,就拿我的同学们来说吧,有人愁自己学习成绩的年级排名,有人愁自己的身高,有人愁自己的长相,还有人愁自己心仪的女同学对自己没有好感。相比之下,我没那么愁,因为那时的我非常忙碌。在内心翻涌的创作欲和表达欲的驱使下,我在繁忙的学业之余开始创作电影剧本。我的中学是一所全寄宿制中学,学校不允许携带个人电脑,因此我只能在本子上写作剧本。那时的我没有学过任何的剧本写作方法,甚至不知道这世界上还存在专门讲述剧本写作方法的专业书籍。可以说,那时的我依靠一种神秘的本能写作剧本。我在早自习前、晚自习后写作剧本,我甚至在每一个课间写作剧本,写剧本用尽了我所有的业余时间。在写剧本时,我陷入了一种痴迷的状态,我为我创造的每一个情节激动不已。当角色做出我想让他做出的动作、说出我想让他说出的话时,我兴奋地心跳加速、血压飙升。就这样,我在初中二年级写出了人生中第一个长片电影剧本。写完一个后,我便开始写下一个。到了高中三年级,我已经完成三个完整的电影剧本。我的同学们知道我在写电影剧本,便称呼我为天才。对于一个从小缺乏肯定的单亲家庭孩子来说,这种高强度的赞誉让我非常愉悦、虚荣心爆棚。我自问:我是天才吗?我当然很可能是。一个天才电影人就应该像我这样从十几岁开始创作,思路如泉涌,如有神助般轻而易举地完成剧本写作。有一天,我认为我这样的天才当然要进入专业的院校学习,于是我开启了我的艺考之旅。

  我在一所著名的影视艺术院校的专业考试中向老师提及了我从初中开始创作剧本的经历,老师十分感兴趣,并问我是否有携带这些剧本。我将包中的两部打印完毕的剧本和一部剧本手稿递给老师,老师阅读了起来,并对我的剧本给出巨大的肯定,让我通过了这场考试。此时我更加地确定:我就是一个天才。一年后,我成了导演系的一名学生。我们有"视听语言""电影

前言

史""录音""电影剧作"等专业课程。我对所有课程都非常感兴趣,唯独我认为电影剧作这门课索然无味。原因很简单,我认为作为一个天才电影人,早在中学就获得了写作电影剧本的能力,根本不需要在大学的课堂上学习。在剧作课上,老师睿智地为我们设计了这样一个剧作练习:观看一部你从未看过的电影的预告片,通过预告片想象整部电影的内容,最后根据想象写作整部电影的剧本。为了不挂科,我观看了一部由美国著名导演大卫·马梅特编导的电影《菲尔·斯派特》的预告片,并根据对预告片的想象开始写作剧本。我大概只花了两个晚上,就写作了三十多场戏。在第二周的剧作课上,老师抽取几个学生的剧本为所有学生朗读。我的剧本被抽到了,老师读完我写的大概前十场戏后,对剧本的成熟度大加赞赏,随后还专门表扬了我写作的台词。我虽然故作镇定,但我内心炸开了花,我心想:我的天才再次被印证了。

毕业后,我进入影视公司工作。我认为凭借我的创作天才,一定能为公司创作出无数优秀的电影剧本,一飞冲天。可没想到打击迅速到来,我在工作中遭遇了自己的"无能"。我的"无能"主要表现在两个方面:第一,我无法满足公司对类型片剧本开发的要求。第二,我没有写作一部完整的商业片剧本的能力。其中第一个方面我还能以年龄小、入行时间短等原因为自己开脱。但我真的无法理解我为什么无法写作一个完整的商业片剧本。我可以迅速设计一个人物、创造一个场景、编织无数个看似"金句"的台词,但不知怎的,我就是无法完成一个完整剧本的写作,故事进展到一定阶段后,我便失去了方向,不知道该往什么方向继续写作。在经过一段时间的反省后,我认识到了两个现实:

第一,我引以为傲的创作天才其实是我在大量观影后对经典电影叙事方法或情节的模仿能力。

第二,脱离了模仿,我不知道该如何写作一部完整的电影剧本。

我意识到,在过去的数年间,我误将模仿能力当成了创作天才。这种模仿能力可以让我仅仅通过对经典电影的叙事方法或情节的模仿写作一部

"看起来成熟"的电影剧本。我看似是创作，实际是在模仿，这便是我认为剧本写作毫无难度的根本原因。可当我在工作中，带着具体的商业需求去原创一部电影剧本时，我的模仿能力便失效了，因为通过模仿去写作一部完全原创的作品是不可能的。

模仿是我仅有的剧本写作方法，脱离了模仿，我对剧本写作这门手艺一无所知。我似乎赤裸地身处电影剧本写作这片扑朔迷离的密林中，没有任何工具可以仰仗，对此我感到巨大的恐慌。

为了对抗这种恐慌，我开始研究电影剧本和剧作理论，并在研究的过程中重新审视电影剧本写作。经过几年的研究，我拥有了一定的成果。这些成果让我对电影剧本写作有了全新的认识，让我摆脱了从前的无知。当我再度踏入电影剧本写作的密林时，我不再恐慌，而是感到无比的笃定，因为如今的我已经可以在自觉之下写作剧本了，可以说，我成了一名**自觉型编剧**。

何为自觉？自觉的意思是"自我意识"。自觉型编剧能够在清晰的自我意识之下写作剧本，这是因为他们了解剧本写作的根本任务和目标、了解构建剧本的核心方法、了解剧本的进展策略、了解每一个创作行为的价值和影响……如今我将本书编纂出来，期望更多的编剧成为自觉型编剧。

相比自觉型编剧，我们更熟悉的是直觉型编剧，直觉型编剧也可被称为天赋型编剧。你身边一定有这样的编剧，他们看似不需要学习，对他们来说写作剧本似乎毫无难度，他们可以在直觉的引导下迅速完成创作。值得警惕的是，他们当中只有极少数是所谓"老天爷赏饭吃"的天才，这些人中大多和当年的我一样——拿模仿能力当艺术直觉，最终只成为一个虚假的天才。即便你是真正的天才，我也建议你继续学习，成为一名自觉型编剧。因为自觉代表着清醒，清醒可以让你在创作中享有自由，甚至收获意想不到的结果。自觉型编剧在闯入剧本写作这片密林时，兜里除了揣着一瓶天赋外，还带着地图、罗盘、手电筒等各种装备。如此，他们在丛林中不但知道自己要前往何处，也能随时知道自己身在何处，还能知道自己有几条路可以选择，

前言

甚至还具有一双慧眼,能够放弃原来计划中的目的地,发现并抵达自己未曾想象过的林中秘境。我希望本书可以成为你在剧本写作密林中冒险时背包里的地图、罗盘、手电筒抑或是一把披荆斩棘的利剑。

你将在本书中学习到剧本写作的一套方法,其中包含着诸多有关剧本写作的规律(或原则),而阅读本书的你可能早已从不同的书籍、老师那里学会了不止一套方法。在此,我们不去比较不同方法的异同,而是考虑这样一个问题:为什么全世界的剧作理论家都能总结出剧本写作的规律,且这些规律都极为类似?

让我们回想我们编造的第一个故事。对很多人来说,这个故事让我们成为孩子帮里的明星或逃避长辈的责难。没错,大多时候,我们人生中编造的第一个故事是谎言。如果我们仔细观察孩子们的谎言,会发现孩子们的谎言往往想象力丰富、人物丰满、情节充实,更神奇的是,孩子们常常本能地以三幕式结构讲述故事。孩子们哪儿读过《故事》或是《电影剧本写作基础》,他们也没在专业院校读过进修班,但是他们仍然能以电影剧本的惯常结构讲述故事。

他们在编故事时遵循了一种规律,这种规律来源于他们的生活经验,比如他们在迷路时成功找到回家之路的经验又或是他们与伙伴们备战比赛最终获胜的经验。孩子们在这些生活经验中观察到某种天然规律,继而掌握了这种规律,并应用在其编撰的任何故事中。

这种生活经验十分普遍,普遍到任何国家、任何民族、任何年代的人类都拥有相似的生活经验。因此,所有的人类都或主动或被动地认知了生活之下的天然规律。这就回答了刚刚那个重要的问题——为什么全世界的剧作理论家都能总结出剧本写作的规律,且这些规律都极为类似?因为剧作法彰显的基本规律是生活中的一件事从兴起到结束的一般过程中包含的规律。由于我们都是有着相似生活经验的人类,这种天然规律——剧作法深植在我们每个人的心中,剧作理论家不过是用准确的语言或文字将其描绘出来的人罢了。一片叶子会经历春天发芽、夏天舒展、秋天泛黄、冬天凋谢,这个过程在植物学领域称为"植物的生长周期"。我们仔细研究这一过程会发现植物的生长周期呈现的规律与戏剧中三幕式剧本结构呈现的规律并无本质的不同。

　　欢迎所有的初学者阅读本书,我认为你们可以通过本书习得一种自觉型的电影剧本写作方法。欢迎所有编剧行业的老手阅读本书,我认为你们一定能够对自己在编剧过程中做出的已经具有肌肉记忆的习惯性动作的合理性和深层原因得到新鲜的理解。所有随便一翻,只看到此处的读者,如果你们忙碌到没空看完这本书,我希望你们了解到的一点是:轻松打败所有剧作法的方法是观察生活。不要放弃每一个观察真实生活的机会,即使是生活中每个人发不完的牢骚也值得你去观察。这些牢骚产生于我们真实的生活,它们是那么宝贵,它们甚至可以引导你找到最好的电影主题。生活是最好的剧作老师,当你把眼睛从这些文字上移开,观察四周,你看,你正在课堂上呢。

内容分布

本书主要分为四个部分。

第一部分,宏观地从剧本的功能和意义、剧本写作的主要任务、剧本写作的主要目标这三个方面引导读者透视电影剧本和电影剧本写作,让读者对编剧工作得到深入的认知并在学习和写作剧本的过程中拥有方向感。

第二部分,从电影剧本的基本形式和电影剧本的构成开始,详述写作剧本的方法,让编剧可以将其应用到任何剧本的创作中。

第三部分,讲述两种常见的故事模式,即伟大放弃与弃暗投明。如果编剧熟悉了这两种故事模式,他便等同于获得了两个强有力的写作工具。

第四部分,回到宏观层面,从创作行为的价值及故事深度两个方面为编剧提供看待创作行为和创作结果的新角度。如此,编剧便可以获得一种考量自己创作行为的价值的方法和一种评估自己剧本影响力的方法。

最后,本书在尾声部分将讲述一些编剧行业内经过验证的认知。编剧可以在此得到一些认知,以更理性地面对自己的编剧事业。

第一章　剧本的功能和意义

在学习剧本写作的具体方法前,我们必须对剧本有一个基本的认知,了解剧本的功能和意义。

一、剧本是故事的载体

剧本承载了电影讲述的故事,是故事的载体。

值得注意的是,我们常常以写剧本代指写故事,抑或反过来。但仔细来看,剧本与故事并不是等同的。故事通常是以文字或声音形式呈现的。比如说,我们往往阅读或听到一个故事。电影是一门视听艺术,它有着独特的讲述故事的方法,而电影讲述故事的方法也体现在剧本中。因此,剧本不但承载故事,也承担讲述故事的方法。

从容量上来看,剧本同样不等同于故事。故事是一段时间内发生的一切内容的总和,它包含对前因、过程、结果的完整叙事。而根据电影、电影叙事的特性来看,剧本只能展示故事的局部。可以说,剧本＜故事。

剧本虽只能展示故事的局部,但它可以在展示故事局部的同时,通过释放信息的方式填补故事之内、剧本之外的内容,让剧本的信息完整性接近故事。比如剧本可能只讲述了故事的过程和结果,但观众能够根据剧本释放出的信息自动填补故事的前因。以电影《辛德勒的名单》为例,电影从辛德勒使用个人魅力和社交手段收获纳粹高官的友谊开始讲起,既没有展示辛德勒过去是怎样的一个人,也没有展示辛德勒如何在战争的影响下成为一名投机商人。然而,电影剧本展示了这样两部分内容：

第一，辛德勒在纳粹高官面前整理一沓皱巴巴的钞票。

第二，当辛德勒的夫人从老家来看望辛德勒时，辛德勒告诉其夫人："我父亲最成功的时候不过五十个工人，而我的工厂拥有三百五十个工人。"随后，辛德勒问夫人："老家的人有没有问过关于我的事？"在得到肯定的回答后，辛德勒又趾高气扬地告诉夫人："这里的人永远也不会忘记辛德勒这个名字，他们会永远记得一个叫辛德勒的人——他空手而来，又带着大量钞票离开。"

观众可以根据这两部分内容释放出的信息填补故事的前因：辛德勒来自一个小地方，他在家乡时踌躇满志想要发大财，他可能曾经受过同乡的轻视。他的父亲曾是他的偶像，他梦想着超过父亲，赢得父亲的赞许。战争打响了，辛德勒看到机会来了，他决定用自己的独特手段大发战争财，为了取得纳粹高官的信任，他竭尽一切资源把自己装扮得像一个成功人士……

剧本可能只讲述故事的前因和结果，让观众自己根据剧本释放出的信息填补故事的过程。比如，一天夜里，辛德勒的夫人与辛德勒依偎在一起，她向辛德勒表示：只要辛德勒府邸的门童只认识她一个辛德勒夫人，她就愿意留下来。下一个镜头中，辛德勒夫人已经坐上了返乡的火车。虽然二人争吵、辛德勒狡辩等过程被省略，但仍能让观众根据剧本讲述的前因和结果中释放出的信息自动填补故事发生的过程。

剧本、剧本省略部分和故事三者的关系如果用公式来写作，则可以表示为：

剧本 + 剧本省略部分 = 故事

剧本省略的部分要由观众根据剧本释放出来的信息进行推测和脑补后获得，从这个角度来说，故事的讲述是由编剧和观众共同完成的。

根据已知信息推测和脑补未知的信息是人类的一种本能。电影编剧可以对这种本能加以利用。比如，在悬疑片的创作中，编剧常常故意制造剧本省略部分，以激发观众推测和脑补的本能。最终，观众根据逐渐获得的已知信息在一瞬间理解整个故事，解开所有谜团，获得娱乐。

二、剧本是电影拍摄的说明书

对于剧组的主创人员,特别是导演来说,剧本是电影拍摄的说明书。主创人员应该能够根据剧本准确地获知自己工作的内容和方向。相反,如果主创人员在阅读一部剧本后,对自己工作的内容和方向感到迷惑的话,便说明他们所面对的剧本还不完备。

完备的剧本要具有"确凿"和"准确"的特点。"确凿"是说在一部剧本中,故事背景、故事主线、人物、主题等设计必须是确凿而不容含混的。以主题为例,也许在观众或影评人心中,电影的主题是存在多解的,但主创人员从一部电影剧本中必须看到一个确凿的主题。"准确"指的是主创人员在阅读剧本时必须能够获得对剧本的准确理解。为了使剧本"准确",编剧应当尽可能精细地写作剧本。那么剧本的写作应当精细到什么程度呢?如果把读者阅读剧本后对成片的想象标记为A,把编剧期待观众最终看到的影片样貌标记为B,那么编剧应当将剧本写作至让A无限接近于B的程度。也就是说,在一部剧本中,所有能让读者的想象尽可能准确地贴近编剧期待的成片样貌的内容都是有益的。

以演员表演为例,编剧应该将演员的表演写到何种精细的程度呢?我认为演员在表演时有两个任务,第一个任务叫作"拟真",第二个任务叫作"表演潜文本"。"拟真"指的是演员对编剧设计的角色进行一番研究之后,通过表演在银幕上呈现出一个真实的形象,让观众信服这个角色的真实性。"表演潜文本"指的是演员在有限的时间内通过表演释放出尽可能多的潜文本的信息。

演员的表演释放出大量的信息,这些信息有的作为文本(Text)存在于表面,有的作为潜文本(Subtext)存在于表面的文本之下。比如,我们总说:"演员的眼睛会说话。"演员眼睛做出的活动是文本信息,演员通过眼睛活动释放出的有关角色的生存状态、心情、想法等方面的信息是潜文本信息。因此,当我们说一个演员的演技好时,一方面说的是他演得像,另一方面是在说他在表演中释放出的潜文本信息丰富。为了使读者在阅读剧本后得到准确的理解,编剧必须准确写出演员在一场戏的表演中要释放的信息,特别是其中的潜文本。比如,编剧在写一场离婚的戏，如果一个男人还爱着前妻，在离别时，男人的眼神中包含"对前妻的不舍"这一潜文本，那么这一潜文本应在剧本中表现出来。

编剧应当尽可能精细地写作剧本，但不应过度地承担导演、摄影、剪辑的工作。除非编剧兼任他职，否则编剧对电影制作中的场面调度、摄影、剪辑等方面的个性化想象不应该被过分地放入剧本中。这是因为在这些方面，其他的主创才是各自领域的专业人才，他们会根据剧本内容在自己的领域内进行创作。因此，编剧应当在完成自己的工作后，给予其他主创创作的空间。有些时候，编剧在剧本中进行过度设计会被看作不专业的行为。

三、剧本是快感的密码本

以电影剧本写作谋生的编剧必须要了解的一个问题是：观众为什么要看电影？当代神经科学认为，人类做出的大多数行为的本质都是在追求奖励，不同的行为对应一种或多种即时或将在未来收获的奖励。在看电影时，观众获得的奖励是通过观影而取得的快感，因而，对这种快感的索取就是观众看电影的原因。

观众从电影中汲取快感的基础便是电影剧本，从这个角度来看，电影剧本是编织观众快感的密码本。一部电影只要按照"快感密码本"进行拍摄，就能保证观众可以获得快感。

为了使观众获得足量的快感，编剧在剧本创作时，必须合理地在剧本中铺设使观众获得快感的机会并运用人类情感的活动规律将观众获得的一系列快感最大化。我们总说："你要了解你的观众。"为了让编剧写出具备充足快感的剧本，我们更应该说："你要了解人类。"

四、剧本是一摞精心填满的稿纸

对于编剧来说，一个开始写作之前的剧本只是一摞九十到一百多页的稿纸,一摞需要编剧审慎地选择文字去填满的稿纸。然而,编剧完成剧本写作后,这一摞稿纸上呈现的每一个字都是编剧智慧的浓缩物。小学生写作流水账式的作文,很快也能填满几十页的稿纸,但编剧不同,编剧要在近乎无限的"素材海洋"中精心遴选素材,并按照一定的规律在稿纸上呈现这些素材,这种规律就是剧作法。可以说:

选取素材+通过剧作法呈现=剧本

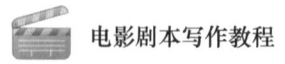

第二章 剧本写作的主要任务

我们将在本章介绍编剧工作时的主要任务。了解剧本写作的主要任务是编剧成为自觉型编剧的重要基础。本书认为,编剧在电影剧本写作中要完成以下四项任务:

一、写作真实

无论我们写作什么样的剧本,其中的人物、情节及其发生的地域、历史等背景都必须是真实可信的,这要求编剧写作"可信的真实"。因此,写作真实是电影剧本写作的第一项重要任务,是否妥善完成这一任务决定了观众能否跟随编剧的讲述进入一个真实可信的世界,最终获得沉浸式的体验。

完成这一任务的基本方法是在剧本中呈现真实可信的信息,并让信息通过剧本中真实的生活细节释放出来。真实的生活细节来源于编剧对生活的了解。为了获得这种了解,编剧需要认真生活,并尽可能地把观察的"触角"伸向生活的每一个缝隙。除此以外,编剧可以通过阅读、采访、观察等各种方式了解自己生活圈之外他人的生活。他人包括家人、朋友、陌生人、其他国家的人、其他种族的人、其他年代的人抑或是来自其他星球的人(只要我们活得长,总会有这一天)。拥有对生活深入广泛的了解,编剧便能写出真实的生活细节,完成写作真实这一任务。相反,对生活缺乏了解的编剧在其作品中呈现出的生活细节是虚假的,这种虚假将被观众瞬间识破。

观众不会把生活本身当作一种任务或职业,但每一个观众从出生的第一天开始就像海绵一样吸收着这个世界向他释放的一切信息,自然而然地成为观察生活的一把好手,拥有对真实生活细节的天然鉴别能力。因此,编剧绝对不能怀着侥幸心理,期待观众能够忽视虚假的写作。在影院里,观众会敏锐地捕捉电影中虚假的生活细节。当观众意识到虚假的细节后,电影主创建立的电影世界便如《盗梦空间》中被识破的梦境一样瞬间崩塌。崩塌造成的最直接的恶果是电影主创试图通过种种设计为观众提供的娱乐都将大打折扣,甚至完全失去效果。虚假的电影世界和现实世界的差别会让观众产生警惕和抵触,这种心理活动会形成一种屏障,隔绝了故事和观众亟待被打动的真心。

观众对真实生活细节的天然鉴别能力使作品本土化成为一项非常困难的工作。本土化这项工作要求编剧要把一个发生在某个特定背景下的故事搬到另一个故事背景中。如果编剧想要妥善完成本土化这项工作,就必须对故事中每一个细节进行本土化改编。生活中的细节是无穷的,无论我们如何努力本土化一个故事,其结果都很难令人满意,因为总会有几个被忽视的细节与新的故事背景产生矛盾,展露虚假。把一个发生在北京的故事搬到福建已经十分困难,更何况是搬运一个来自其他国家或民族的故事呢?

写作真实是创作所有类型剧本的必要任务,其中也包括幻想类作品。当我们写作科幻、奇幻、魔幻、玄幻这类在真实性上超脱现实世界真实性基准的作品时,并不意味着我们可以放飞自我,忽视写作真实这项任务。无论幻想世界多么新颖,其创造者仍然是现实世界的编剧,观看者仍然是现实世界的普罗大众,编剧创造的幻想世界的规则必然基于我们所处的现实世界,与现实世界的既定规则相似。因此,编剧必须按照写作真实世界的标准写作幻想世界的真实,保证幻想世界的基本真实。

当编剧在幻想世界中提出一种打破现实世界既定规则的新设定时,就必须要为观众做出明确的解释。当这种"设定+解释"铸造了幻想世界中的新规则后,这一规则便成为幻想世界中的一种现实,不可随意打破。编剧时常在创作幻想类作品时创造出过多的新规则,最终导致这些新规则因互相冲突而被打破,如此便会让观众感到虚假。

在中国香港著名演员、导演林正英去世二十多年后,其作品仍然被无数次模仿,这是因为他创造的香港僵尸片自成体系,内含一套完备且高度自洽的规则。任何翻拍香港僵尸片的后辈,都可以使用这一套规则,迅速在"僵尸世界"里讲述一个真实可信的故事。

写作真实是所有故事设计、剧作技巧起效的基础。可从如今的行业现状来看,写作真实已经成了一件难事。当一个编剧拥有写作真实的能力,他就已经超越了行业里一大部分编剧。毕竟如今的许多编剧如此忙碌,忙碌到没有时间去认真生活。对这些编剧来说,写作真实可能会成为他工作中最艰难的一项任务。

二、编造真实

除了某些生活流作品外,我们不可能以复刻真实生活的方式完成剧本写作,因此,编剧在完成第一项任务后,便迎来第二项任务——编造真实。

编造真实指的是编剧根据对生活的研究和想象,在剧本中编造真实可信的情节。编造真实与写作真实一样,依赖于编剧对生活深入广泛的了解,但二者的性质不同,如果说写作真实是在剧本中复刻生活,那么编造真实则是编剧对生活的加工。在英国经典喜剧《憨豆先生》的每一集中,主角憨豆先生都会经历一些夸张的遭遇,这些遭遇都是编剧对生活进行加工——编造真实的结果。

我们常常会夸赞一个编剧想象力超群,而编剧的想象力主要是在完成编造真实这项任务时体现的。在编造真实时,编剧必须在写作真实的基础上,通过想象将自己置身于其所建立的电影世界,身临其境地想象这个世界中可能发生的种种情节。编剧的想象力越强,其创作的情节就越丰富、越不落窠臼,但无论编剧的想象力如何强大,其编造的情节也必须是他建立的电影世界中所有可能发生的情节中的一个子集。表面看起来,这是对编剧编造真实做出的限制,但正是这个限制才让编剧在编造真实时找到方向,让他面临的选择从无限变为有限。在电影《独立日》第二幕的结尾,以总统为主导的人类文明为了战胜外星文明,使用了他们所能想到的全部方法,这时编剧必须编造真实,为主角设计一个让人类文明战胜外星文明的最后动作。在编剧建立的电影世界中,人类遭遇了意图灭绝人类的外星人。这些外星人与人类十分相似,和人类一样培训飞行员、驾驶飞行器。它们的飞船里也有和人类社会中一样的系统管理人员,这些人员也操作着和人类所使用的电脑相似的机器。这样的电影世界看似将成为编剧寻找一个最后动作的"限制",可编剧反而依靠"限制"从无穷的选择中找到了这一动作的最佳方案,他的方案是:主角驾驶外星飞行器深入敌后,为外星飞船植入病毒,从内部解除外星飞船的防护网,伺机进攻,终于瓦解了外星飞船。既然外星人也使用计算机,我们为何不用病毒摧毁它们的计算机?这个脱胎于"限制"的方案从真实性、合理性、可操作性等方面战胜了其他方案,成为编剧的最终选择。

编造真实这一任务往往在创作现实主义的电影剧本时最难完成。当观众观看一部现实主义电影时,观众会意识到电影讲述的故事背景与自己生活的环境高度相似,观众对真实生活细节的天然鉴别能力将被激活,继而本能地调动自己的生活观察经验去严格审视他看到的情节是否真实。假设编剧在一个以外卖员为主角的现实主义剧本中写了这样一段情节:外卖员驾驶一辆意大利进口韦士柏(Vespa)牌摩托车为顾客送餐,随后他回到了自己豪华宽敞的大平层住宅中。一旦这段情节在电影中出现,就会被观众一眼识破。观众可以根据生活经验得知,在一般情况下,外卖员的收入无法支撑其购买一辆名牌摩托车并居住在面积巨大的豪华住宅中。在生活经验的对照下,这段情节会成为一段典型的虚假情节。

三、编排内容,使之符合某一种格式和规律

当我们完成了写作真实、编造真实这两项任务后,就迎来了剧本写作的第三项任务——将所有置入剧本中的内容以某种格式和规律呈现。

```
10      EXT. MAIN STREET - DAY                              10
        As WELBY is coming out of his building, DIXON crosses the
        road towards him.
                            DIXON
                    Take 'em down.
                            RED
                    Hah?
                            DIXON
                    Take 'em down.
                            RED
                    Take what down?
                            DIXON
                    You think I wouldn't take you out,
                    right here on Main Street, Red?
                            RED
                    Thought you only take out black dudes,
                    Dixon...
        DIXON goes to punch him, but WILLOUGHBY is suddenly there,
        grabs his punching arm and shoves him towards the station.
        People on the street are staring, especially the blacks.
                            DIXON
                        (to WELBY)
                    Ain't nobody never goes down that road,
                    anyways. Unless they got lost, or
                    they're retards.
```

图 2-1　电影《三块广告牌》剧本片段

　　格式指的是剧本的格式。囿于剧本写作使用的语言、电影类型、编剧习惯的差异，剧本格式很难被固定下来。标准的好莱坞剧本习惯于将台词与描写（指对人物、人物动作、环境的描写）分离，把台词居于页面正中。而我国的大部分编剧则有着不同的习惯，他们大都习惯按照从左至右的顺序写作，不会从格式上刻意分离台词和描写。为了方便读者阅读，我国编剧常常在描写前加入"△"，以区分描写和台词部分。

　　好莱坞剧本严格限定每页剧本呈现的内容约等于电影成片中一分钟的内容，这种格式要求在我国也只有少数编剧愿意恪守。剧本格式虽然不必统一，但剧本是电影拍摄的说明书，为了方便剧组各部门的工作顺利进行，其格式应当是整齐易读的。在一些剧组中，剧本会被细微调整成不同格式的多个版本，以便各部门人员使用。

　　一部写作完毕后被打印出来、准备投入使用的纸质版剧本，不但其文字格式应当整齐易读，印刷和装订质量也同样重要。业内流行这么一种说法：从一个剧本的格式、印刷和装帧便可以断定剧本写作的质量。一部写作良好的剧本是编剧呕心沥血的成果。编剧对剧本能够被投拍寄予厚望,必将认真对待并考虑读者的感受,因此,从其剧本的格式、印刷与装帧质量便可见编剧之用心程度。

规律指的是剧作法。编剧需要将其想要讲述的内容按照剧作法彰显的规律编排成剧本。在理想的情况下,观众能在剧作法的引导下将自己带入角色,身临其境般经历整个旅程,在旅程中享受编剧为其铺设的所有快感,达到观影后的最佳状态,即戏剧满足——一部电影可能带给观众的最佳体验。

需要指出的是,本书讲述的剧作方法脱胎于古典主义剧作法,即电影剧本写作的经典方法。而这绝非电影剧本写作的唯一方法,因为一定还有不同的方法也让观众获得戏剧满足。

全球电影界公认的大导演昆汀·塔伦蒂诺就是一个绝佳的例子。昆汀没有在专业的影视艺术院校接受过专业的电影教育,他对电影的所有学习全部来源于他的观影经验。昆汀曾拥有一份录像带商店店员的工作,这份工作给了他得天独厚的大量观影的机会,可以说录像带商店就是昆汀的电影学院。如此特殊的学习背景让昆汀对电影剧本写作有着独特的看法和方法。昆汀写作剧本的思路是用观众的一系列情绪感受作为情节编码,比如他想先让观众恐惧,然后让观众感动,之后让观众感到滑稽,最后让观众亢奋。昆汀就以这一连串的情绪作为编排故事内容的密码。

以观众的情绪感受作为情节编码的方法让昆汀专注于情节的有效性。然而,某些编剧在剧本中使用各种自以为是的"手法",最终当情节呈现在影院的银幕上时,观众没能对其"手法"做出反应,没能产生任何情绪上的变化。编剧当然可以以嘲笑观众不懂电影的方式为自己的写作辩解,但事实是:一个没能在观众身上产生作用的手法,不过是编剧搏自己一笑的文字游戏罢了。

编剧大师往往在晚年抛弃古典主义的剧作方法,这是因为他们在漫长的创作生涯中获得的创作经验已经让他们对观众情绪的运转方式有了透彻的了解。大师们不再需要古典主义的剧作法,而是掌握了一套基于创作经验的"秘技",他们可以自由地、直接地在电影有限的篇幅中放置精准选择的情节,让观众获得戏剧满足。昆汀和其他电影大师们给广大编剧的启示是:对经典剧作方法的掌握并不能成为编剧傲视同行的资本，经典的剧作方法是一种写作剧本的惯常方法，它不过是编剧服务自己的工具，并非满足观众的唯一方法。编剧大师并非熟练背诵某种剧作法或严格恪守某种剧作口诀的人，而是懂得各种令观众得到戏剧满足的方法，并且能将各种方法融会贯通成一种看似无形的"秘技"，以致他信手拈来的情节便能令观众得到戏剧满足。当然，"秘技"本质上也是一种内含规律的剧作法。在获得"秘技"前，我们仍需从古典主义的剧作方法开始学习电影剧本写作。

写作真实、编造真实，随后再将这两种真实以某种剧作法为规律进行编排，并按照一定的剧本格式编写成一摞几十页的文稿，这就是编剧在写作剧本时需要完成的全部任务。有时，编剧还会面临第四项任务。这一任务之所以无法与前三项任务并列是因为它并非属于所有编剧的任务。如果你并无使自己的作品走向商业化的意图，那么便可以忽视这一任务。但如果你以一名商业电影编剧的身份自居，那么便需要面对这项任务。

四、将剧本类型化

电影公司发明了电影类型，并借助电影类型将观众的口味进行细分。口味是观众喜好的快感类型，因此，电影类型实际是对电影提供的快感的分类。观众喜好的快感类型多种多样，不同的快感来自具有不同故事特征的电影。我们根据故事特征进行分类，可将电影分为喜剧片、科幻片、动作片、冒险片、僵尸片、惊悚片等类型。观众的快感也可能来自电影的制作特征。我们也可以根据电影的制作特征对电影进行分类，分为 3D 电影、特效片、特摄片等类型。将电影分成类型可以让观众（目标观众）在无数电影中迅速锁定自己钟爱的类型电影，掏钱买票。因此，一名商业电影编剧为了使手中剧本的商业价值最大化，他应当让剧本类型化，并在写作的过程中根据类型规范创作类型化的内容。

分类观赏不同类型的电影，特别是类型意识极强的好莱坞电影将使你充分理解何为类型规范。所谓精通某一电影类型，指的就是精通这一电影类型的类型规范。精通至少一种类型规范，是商业片编剧赖以生存的必备条件。

此外,笔者关于电影类型还有以下两点思考。

第一,人类的口味是极为多样的,很多快感类型仍潜藏在人类的内心深处,未被发觉。当一种全新的快感类型被发掘,一种全新的电影类型便随之产生了。若一个编剧能够发掘一种全新的电影类型,而他自身的独特学识或生活背景又让他恰好擅长这一类型的创作,他便无异于发现了一棵"摇钱树",这棵"摇钱树"将让编剧收获优厚的金钱和声誉。2021年中国网络电影行业分账票房最高的影片是《兴安岭猎人传说》,其电影类型为民俗惊悚类。这种基于中国观众独特口味的全新电影类型在《兴安岭猎人传说》票房大卖后野蛮生长,这一类型的开创者和专精此类型的几位编剧也一举成为网络电影行业的头部创作者。

第二,类型是可以混合的,但类型的混合有形成冲突的可能,比如恐怖片和动作片。此处的恐怖片特指以"鬼神"为恐怖来源的"鬼片"。"鬼片"不同于惊悚片、僵尸片等电影类型,编剧做出的所有恐怖设计奏效的基础在于观众从恐怖来源那里感受到的神秘感和"不可触碰感",这种"不可触碰感"让观众时刻处于一种无法预料、难以防备的状态中,只有在这种状态下观众才能在恐怖设计来临时受到惊吓。而动作片则相反,动作片必须展示正面角色和反面角色实打实的对抗,因此,动作片的营销物料中经常出现"拳拳到肉"这样的字眼。假设在"鬼片"中,反派以具象化的形象出现在观众面前,与主角产生"拳拳到肉"的交互,影片营造的神秘感和"不可触碰感"便会瞬间消失,影片中的恐怖桥段营造出的恐怖效果也不可能奏效。

第三章　剧本写作的主要目标

上一章我们讲述了剧本写作的主要任务,本章我们将详细讲述剧本写作的主要目标。主要任务指的是编剧在写作剧本时要完成的工作,主要目标是编剧在工作中应当努力达成的结果。

一、电影提供的主要娱乐形式

电影是一种娱乐形式。观众渴望从电影中得到娱乐,获得快感。因此,一部优秀的电影会让观众得到充分的娱乐,获得足量的快感。电影的内容变化万千,但电影能提供给观众的主要娱乐形式只有四种。下面,让我们来了解这四种娱乐形式。

(一) 感官娱乐

感官娱乐是电影为观众提供的最直接、最主流的娱乐形式。

电影主创通过使用最前沿的摄影、声音制作、特效制作等技术为观众呈现的视听奇观使观众获得的快感,即感官娱乐。

电影公司为了提供这一形式的娱乐,往往不计成本,这是因为电影提供给观众的感官娱乐的水平和电影的票房收益呈现明显的正相关关系,是电影票房的保障。距离本书写作时间最近的一次、发生在电影感官娱乐形式上的重大变革来自詹姆斯·卡梅隆导演的电影《阿凡达》。这部由卡梅隆使用最先进的3D技术拍摄的电影让观众在观看时获得的视听体验得到了质的飞跃,堪称电影感官娱乐的革命。

《阿凡达》诞生之后的十几年间,虽然电影摄影机的摄影能力在稳步提升,但并未让观众在感官娱乐这一形式上得到新鲜的体验。感官娱乐的发展已经到了瓶颈期。一些电影公司,为了升级电影能够提供的感官娱乐,开发了4D电影、VR电影等类型的产品,但这些产品没能真正火爆起来、被广泛地投入使用,其原因在于晃动的座椅、VR眼镜等设备虽然能够在一定程度上增强观众获得的视听体验,但这些设备也在时刻提醒观众:你所在的并非是真实世界,你正处在一种娱乐设施造就的科技幻象之中。这种意识会令观众时刻警醒,难以将自己完全投入电影世界中。

电影史中一直不乏这种奇技淫巧。电影史上曾经出现过一种叫作"香味电影"的产品,观众在影院观影时会闻到与电影情节相关的味道。据我所知,我国正有公司在试图复兴这一产品。我认为这种产品必然失败,其原因在于观众看电影如看书一样,其中很多趣味在于观众自身对电影内容产生的想象,如果电影主创连一个场景的味道都为观众做出确切的规范,那么这将会迫使观众的诸多想象坍缩成一个具体的存在,大大降低观众观影的乐趣。我想,努力研究"香味电影"的人,大概率不会是影迷。

(二)新知娱乐

新知娱乐这一娱乐形式利用了观众在获得"新知"后产生快感这一本能。

新知即新的知识(或认知),这种知识可以是有关历史轶闻、民族民俗、小众文化等现实中的新知识。《角斗士》《大红灯笼高高挂》都展示了独特的文化奇观或伦理奇观,令观众从这些奇观中获得新知,得到快感。

新知也可以是编剧建立的幻想世界中的新知识。在克里斯托弗·诺兰导演的科幻片《星际穿越》中,马修·麦康纳主演的飞行员库伯置身于时间长廊般的五维空间,通过拨动"时间线"给远在地球的女儿传送信息,随后五维空间发生坍缩。在观看这一场景时,观众忽然获得一种新知:未来的某一天,时间也许是一种可以用手触碰的东西。在获得这一新知后,观众收获了快感。

新知还可以是观众获得认知自身或世界的新角度。特立独行的艺术片常常提供这种新知。在观看艺术片时,观众将面对艺术片对人类自身或世界提出各种疑问和观点。在这些疑问和观点的刺激下,观众反思自身已有的认知体系,最终得到认知自身或世界的新角度以及由新知娱乐带来的快感。反思是一种需要体力、高度自省且不得不"重温"一些痛苦的心理活动。只有少数人愿意在观看电影时进行反思,这便是艺术片极为小众的原因。大多数观众只是希望通过看电影获取浅显直白的快感而已。

新知娱乐往往源于编剧的创作意识。编剧必须时刻检视自己的创作是否是"新的",只有"新的"创作才能给观众带来新知娱乐。我有一个常和他人分享的观点:最好的电影都可以被看作"科幻片"或"幻想片",对观众来说它应当是新的、前所未见的。这并不是说我们应当将幻想类的故事作为我们创作的首选,而是说我们创作的内容无论其类型为何,对观众来说都应该像科幻片一样新颖。《卧虎藏龙》里面的人物特征、社会形态、运行规则等各个方面对很多国家的观众来说都是新的,甚至是前所未见的,这种"新"与一部科幻片中的"新"并无本质的不同。

另外,内容是否"新"要以观众的见识、经验为尺度,对于一个常年生活在丛林之中的山民来说,任何一部展示香港、纽约这种大城市的电影都与科幻片无异。

图 3-1 电影《第五元素》中外星人"莉露"第一次见到人类城市时的反应

(三)信息娱乐

信息娱乐是一种基于观众掌握的信息的娱乐,它主要在两种情况下发生。
第一,当观众掌握的信息量足以解开故事中的谜团的一瞬,产生信息娱乐。

观众在观影过程中,特别是在悬疑片的观影过程中,会遭遇或大或小的诸多谜团。随着电影的推进,观众掌握的信息不断累积,直到一个瞬间,观众掌握的信息量足以解开故事中的部分或全部谜团时,信息娱乐便产生了。在谜团解开的时刻,观众将获得一种轻松的、类似于成功脱逃的快感。相似的快感也常常在我们解开一道数学难题后获得。

第二,当观众掌握的信息突然失效时,产生信息娱乐。

信息失效多出现在编剧使出反转这一叙事手法的时刻。当编剧使用反转时,先铺叙部分信息,让观众根据信息对故事的走向做出预期,随后编剧再将故事方向反转,转向观众预期方向的另一面。当故事方向发生反转时,观众会突然意识到自己手中的信息失效了,随即获得一次预期之外的体验,收获信息娱乐。

比如在电影《勇敢的心》中,苏格兰英雄威廉·华莱士代表的苏格兰军队将与英国国王的重骑兵作战。编剧铺叙的信息是,英国国王的重骑兵无比强大,战无不胜。观众根据信息预期到故事的走向是,华莱士一方对英国国王的重骑兵束手无策,他们即将迎来失败。当战斗打响,在观众眼看着华莱士一方即将被重骑兵碾压的瞬间,故事方向转向了观众预期的另一面:华莱士一方对英国国王的重骑兵并非束手无策,而是早就做好了应对的准备。华莱士一方的将士们突然举起藏在身边的长矛,将长矛刺向重骑兵,令毫无准备的重骑兵几乎被全歼。当"反转"发生后,观众突然意识到自己之前掌握的信息失效了,随即经历了一次突如其来的胜利,收获了巨大的快感。

(四)情感释放

情感释放是发生于人类内心的一种动作,它是指"将压抑的情感释放出来"。

观众在观看电影时,被电影的内容刺激,激发起高强度但又稍纵即逝的情感活动,这种情感活动将使观众(的内心)产生情感释放。 观众在发生情感释放后会获得一种类似于轻松感的快感,这种快感非常重要,在很多电影中,这种快感是电影能够提供的主要快感。因此,情感释放不但是人类内心的一种动作,

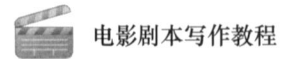

还是电影提供的主要娱乐形式之一。

在观看电影时,我们被编剧精心设计的情节刺激,产生喜悦、感动、嘲笑、愤怒、痛心、委屈、怜悯等情感活动。这些情感活动的强度水平会达到我们日常水平的数倍;我们在经历这些情感活动的同时又感到安全感十足,因为无论情节多么真实和刺激,它们毕竟只发生在电影中,我们只是看客。作为看客,我们在观影时产生的情感活动是用后即弃的。我们不过参与了一场情感演习,这种演习让我们将日常生活中不得不压抑的情感释放出来,获得一种情感上如释重负般的轻松感,这就是情感释放的本质。

情感释放的产生源于电影情节但不止于电影情节。电影情节会刺激观众调动自己的记忆,让与电影情节相勾连的记忆浮现在观众的脑海中。这种来自观众个人历史的记忆和电影情节会一同作用于观众的情感系统,对观众形成刺激。比如,贾玲导演的电影《你好,李焕英》最后的反转让观众得知:无论主角多么爱她的母亲,母亲对她的爱永远更胜一筹。这一刻,有关母爱、责任、家庭、亲情、生育、和解这些命题的回忆在观众脑中大量浮现;观众会产生强烈的、复杂的、难以归纳的情感活动,这些情感活动会促使观众产生情感释放,获得巨大的快感。相比效果平平的喜剧桥段,这是《你好,李焕英》票房大卖的最主要原因。

类型片会为观众提供种类各异的情感释放。我们以喜剧片、恐怖片、黑帮片三类类型片为例进行讲解。

根据喜剧的基本创作方法可知,喜剧利用观众对人物的"低视"创造笑点,这种"低视"带来的笑大多是嘲笑。观众发笑的根本原因是当观众看到落难、陷入窘境的喜剧人物时,内心会产生一种"幸灾乐祸"的情感活动。观众在幸灾乐祸的同时,还会对比自己与展露窘态的人物的生存状态,最终获得一种"高人一等"的感觉。"幸灾乐祸"和"高人一等"是观众在观看喜剧时发生的两种情感活动,这两种情感活动为观众提供了情感释放的机会。

恐怖片中的情感释放来源于观众经历恐怖时刻时发生的情感活动。观众的生活虽跌宕起伏,偶有脉动,但观众在观看恐怖片时获得的那种恐惧情绪在生活中却十分罕见。观众在观看恐怖片时,恐惧这一情感活动被强烈地激活并得到演练。观众的恐惧感迅速产生并快速消散,令其隔着屏幕,在一个绝对安全的环境里经历这一情感动作,最终获得情感释放。

黑帮片以帮派的斗争和黑道人物在江湖中的浮沉为主要内容,其中提供的情感释放的方式可能是多样的,但黑帮片的特色在于,让观众直面内心的黑暗面、体验挥洒暴力的感受,这一过程将促使观众产生情感释放。值得指出的一点是:黑帮片中的暴力不同于动作片等其他类型影片中的暴力,黑帮片中的暴力主打写实。如果一部黑帮片中的暴力场景无法做到真实,那它一定不是一部出色的黑帮片。

情感释放是一种强力的娱乐形式,对此最好的证明是我们可以看到,如今有大量的电影在营销时都会极力展示观众在观影时产生情感释放时的反应,如掩面大哭。这是片方在向观众预示观看这部影片时将获得的情感释放的机会。很多时候,情感释放已经成为电影的最大卖点,可见,情感释放这一娱乐形式的重要性。

情感释放是电影区别于众多艺术,能够提供给观众的一种特别的娱乐方式,其起效的基础在于观众通过编剧精心设计的剧本获得沉浸式的体验。只有观众获得沉浸式的体验,其情感机制才可能被触动,产生情感释放。想要观众获得沉浸式的体验,编剧必须有足够的能力,妥善完成写作真实等三项剧本写作的主要任务。同时,编剧还必须要了解观众可能产生情感释放的契机。为了找到这种契机,编剧必须是一个善于观察、情感丰沛而又足够敏感的人,只有这样他才能看透生活的表象,发现人类在生活中情感活动的规律,最终找到人类产生情感释放的契机。对编剧的这一要求,淘汰了诸多想要成为职业编剧的选手。

作为服务广大观众群体的商业电影编剧,不但要找到情感释放发生的契机,还要从诸多契机中找到最能够和观众实现共鸣的契机。对于观众来说,这一契机必须是通俗的、常见的、存在于观众群体共同的生命经验中的。这就是为什么讲述"父子(女)情""母子(女)情"的电影永远不会断档,且永远可能创造出色的票房成绩。

当然,如果你有权利忽略剧本的商业性,便可以选择写作生活中那些隐秘的情感释放的契机,期待"懂你"的观众在观影时产生情感释放。但隐秘的情感释放契机绝不能是编剧一厢情愿的产物，它必须是一个可能出现在生活中但对绝大多数人来说罕见的情感释放契机。找到隐秘的情感释放契机并非易事，精通这件事的人往往被称作电影大师。

有关情感释放的一个重要规则是：观众必须在电影人物之前或与人物同时到达产生情感释放的关键点。为此，编剧必须了解观众在生活中情感活动的规律，从而推算观众在观影过程中情感状态的转变节奏，时刻计算情节对观众的影响效果，不能在观众产生情感释放之前就让电影中的人物先行产生情感释放。人物先于观众产生情感释放是编剧经常犯的错误。电影中的人物突然遭遇了一个情感释放的契机，他们或情绪爆发或激动地对自己的生活发表一系列"令人唏嘘"的见解，可此时观众对此不以为意，这是因为观众还没有做好准备，他们距离情感释放的契机还有一段距离；心静如水的观众看到哭天抢地的人物会感受到巨大的虚假感和荒诞感，这种负面感受会影响观众在观影中的沉浸式体验并使观众对影片的好感度大大降低。

观众并不会在人物产生情感释放时同步产生情感释放，观众必须在编剧的帮助下做好准备。一种特殊的情况是，若影片中情感释放的契机极具普世性，观众便不需要为此做任何准备。如在《星际穿越》中，主角库伯在登陆某一个星球时发生了意外，这造成他与远在地球的儿女之间出现了二十三年的时间差。回到飞船，库伯接收到这二十三年间来自儿女的若干封视频邮件，儿女二十三年的成长经历被浓缩成短短几个视频。库伯这才知道，儿女的生活经历了诸多巨变，而他们已经认定父亲库伯不会再回到地球。面对这种普世的、有关亲情的情节，观众和库伯同时迎来了情感释放的契机，流下了眼泪。

最后需要指出的是，最早发现情感释放这一概念的人是古希腊哲学家亚里士多德。早在公元前四世纪，亚里士多德就在其著作《诗学》中提出了有关情感释放的观点，亚里士多德认为，"悲剧通过引起怜悯与恐惧，使情感得到净化"。这给我们的启示是：观众通过情感释放获得的快感，可以看作情感在净化后得到的快感。

二、创造提供娱乐的机会

电影是一种娱乐形式,让观众渴望从中获得娱乐及快感。因此,一部好电影必须让观众获得充分的娱乐以及足量的快感。而观众从电影中得到的所有娱乐的基础就是电影剧本。编剧应承担起为观众提供娱乐的责任。**编剧必须在剧本中创造尽可能多的为观众提供多种形式的娱乐机会**。这就是剧本写作的主要目标。

编剧应设计刺激华丽的视听段落,以便让观众在电影中获得视听享受及娱乐。编剧应当让观众从故事中获得新的知识(或认知),以便让观众获得新知娱乐。编剧应当在剧本中设计让观众获得信息的方法和节奏,以便让观众获得信息娱乐。编剧应当在故事中设置情感释放的契机,以便让观众获得情感释放形式的娱乐。

当然,一部电影并非必须提供以上每一种形式的娱乐,但不可否认的是,电影史上被广大观众肯定的好电影大多能够同时提供以上四种形式的娱乐。这些电影既有赏心悦目的视听设计,又有对新颖文化或未知世界的展示,让观众在观影时得到"反转"提供的信息娱乐,最后还能迎来一场酣畅淋漓的情感释放。

很多编剧会说编剧工作的首要目标是个人表达,而非娱乐观众。实际的情况是,迫于经济原因和社会原因,真正能够把个人表达作为目标的编剧屈指可数。值得警惕的是,在很多时候,对个人表达的执念既可能是编剧心中的一种幻象,也可能是编剧对自己拙劣写作技巧的掩饰,毕竟当一个人自娱自乐时,没有什么做法是错误的。

三、电影思想——娱乐奏效的基础

前述章节从娱乐这一概念入手探讨电影剧本的写作目标,而本节要指出的是——电影娱乐是有基础的,电影娱乐的基础是电影内含的思想,电影娱乐绝不可能摆脱思想单独奏效。

电影必然具有思想。电影思想不等同于电影主题,电影的主题是集中的,而电影内含的思想则是复合形式的。许多编剧或导演常常有意识或无意识地表达"我并没有考虑电影表达了什么,我只是拍了个故事"。在这种说辞下,似乎导演或编剧忽视或否定了电影内含的思想。然而,事实是,一部电影的创作集合了编剧和导演的诸多选择,这些选择必然包含并表达了电影创作者的思想,这些思想可能是其价值观、世界观、人生观抑或其他思想旨趣。

观众在观看一部电影时,内心必然同时阅读电影传播的思想,并对电影思想进行判断、考量、审视,这一过程虽常常隐匿于心中,似不可察觉一般,但这一过程难以避免,因为这是观众在观看叙事作品时必然启动的一种本能。当这种本能开启,电影的思想便会和观众的思想展开互动。若电影的思想顺应观众的思想,电影的思想便被观众认定为正面的思想,观众便会获得愉悦,继续观影。如果电影的思想与观众的思想相违背,便会被观众认定为负面的思想,观众的内心便会产生拒斥。当观众的内心拒斥电影的思想时,观众便无法坦然接受电影的全部内容。此时,电影提供的娱乐也无法被观众接受,所有的娱乐悉数失效。因此,电影创作者必须在为观众提供娱乐前,认真考量自己在电影中传播的思想,避免观众内心拒斥电影思想的情况发生。

有些电影评论家常常指责商业电影当中包含的思想过于单一,比如仅有阳光、正面的思想,过于大力地弘扬真善美,但其殊不知有关真善美等积极阳光的思想,乃是电影应当传播的内容,且为大众接受、获取成功的关键。

第四章　电影剧本的基本形式

本章,我们将讲解电影剧本的基本形式,以便对电影剧本有宏观的认识。

一、基本形式:追求主要欲望的过程

人生是由追逐一个个欲望的过程组成的。电影是主角人生的一段"节选",它必然也是主角追求欲望的一个过程。这一事实决定了电影剧本的基本形式。

对于一部常规的故事片来说,无论它发生于何种故事背景之下,其剧本的基本形式都是一样的,**都在讲述主角对其主要欲望的追求过程。**

何为主要欲望? 主要欲望是主角一生中拥有的无数欲望中的一个,但它与其他欲望不同,主要欲望与其他欲望的差别在于:主要欲望的紧迫性和其对主角的吸引力都比其他欲望大得多,主角必须立刻出发去实现主要欲望。

这种紧迫性和吸引力来自编剧设置的戏剧性情境,主要欲望是戏剧性情境的产物,因此在电影剧作理论宗师悉德·菲尔德的《电影剧本写作基础》中,主角的主要欲望也被称作主角的"戏剧性需求"[1]。

主角在某些条件下,拥有了一个主要欲望,随即开始对主要欲望展开追求。电影剧本讲述这一追求过程,就是电影剧本的基本形式。无论编剧使用何种花哨的手法讲述故事,其内在的基本形式都是统一的。

---

[1] 菲尔德.电影剧本写作基础[M].北京:世界图书出版公司北京公司,2011:10.

二、追求主要欲望的动作

主角将做出实质性动作,对主要欲望发起进攻。

这是一个艰难的过程,因为在一个值得讲述的故事中我们会看到主角的主要欲望往往是难以实现的,主角在追求主要欲望的过程中总要面临重重阻碍。这些阻碍或来自内部——主角的内心,或来自外部——环境或其他角色。这些凶险的阻碍将使主角做出的动作以失败告终,但一个"称职"的主角总能在暂时的失败中爬起来,随即调整思路,做出新的动作,对主要欲望再次发起进攻。主角将经历一系列失败,做出一系列动作。主角追求主要欲望的过程由主角做出的一系列动作组合而成,追求主要欲望的过程和动作的关系可以表示为:

主角追求主要欲望的过程=动作1+动作2+动作3……

观众在电影中看到的各种精彩桥段大都来自主角做出追求主要欲望的动作的过程,因此这些动作的设计决定了影片的精彩程度。新手编剧常常为主角选择那些毫无挑战的动作——当主角做出那些过于轻易的动作,他不会遭遇太多实质性阻碍。当观众在银幕上看到主角做出这些毫无挑战的动作时,会觉得故事太过平淡,且娱乐性欠缺,最终为影片送上差评。而经验老到的编剧往往会为主角选择高难度、高强度的动作,当主角做出这些动作时,通常需要集结伙伴并和伙伴一同努力经历重重关卡,克服种种阻碍。在这个激烈的过程中,观众将看到各种精彩的桥段,享受充分的娱乐,在心里为这部精彩的影片发出真心的喝彩,最终奉上好评。

我们常常说,一部好电影的情节是丰满的。编剧为主角设计出丰富、优质的动作就是情节丰满的关键。《碟中谍》系列电影的编剧总能在每一部电影中为主角创造一系列华丽又复杂的动作,让主角在实施这些动作时,必须以突破关卡的形式完成一系列"小动作"。当编剧在剧本中设计出主角追求主要欲望的动作,并设计出构成这一动作的一系列"小动作"后,剧本便会被一系列"小动作"填满。这让主角追求主要欲望的过程变得紧凑而富有趣味,最终使剧本情节丰满。

另外，主角追求主要欲望时做出的动作的数量也很重要，它决定了故事进展中的动感。当观众长时间观看主角做出的单一动作或看到主角停止做出新的动作时，便会感到故事进展中的一种停滞感。

三、动作的顺序

一个写作良好的剧本必须为观众提供一个高潮迭起的旅程。这是说，观众在观影时获得的快感必须是有所起伏的，观众应当时而获得强烈的快感，时而暂归平静。不但如此，观众在观影中获得的快感还必须渐次增强。

神经科学里有个概念叫作奖励预期（下文也称快感预期），是指人类会根据已有经验来预期自己做一件事后能够得到的奖励的强度水平。而人类只有在奖励预期被突破时才能获得满足，相反，将感到失望。在观众观看电影时，奖励是观影获得的快感。观众在观看电影时会不断地产生快感预期，根据已经看到的内容预期在接下来的观影中将要获得的快感的强度水平。当观众最终得到的快感突破了其快感预期，观众将获得满足，相反，观众将收获失望感等负面感受。基于这一生理现实，编剧必须妥善安排自己写作的情节，以持续突破观众的快感预期。而持续突破观众快感预期的关键在于编剧以合理的顺序安排主角为追求主要欲望做出的一系列动作。编剧必须把为观众提供更强快感的动作放在提供更弱快感的动作之后。编剧可以将其设计的若干动作写在纸条上、平摊在桌面上，合理地评估这些动作给观众带来的快感的强度。如此，编剧便可以理性地判断主角追求主要欲望的几个动作出现的先后顺序是否合理。

关于快感预期的一个经典的反面案例来自皮克斯出品的动画电影《飞屋环游记》，本片开头以蒙太奇的方式展示了一对爱侣相濡以沫的一生。从二人的童年相识到后来妻子离世，这短短几分钟赚足了观众的眼泪。这样的做法将产生一个副作用——观众的内心在这段蒙太奇的刺激下产生了强烈的情感释放，可在情感释放之后，观众意识到电影真正讲述的故事旅程才刚刚开始。当故事回归平静，故事旅程慢慢地重新开启，观众得到的快感的强度水平便从一个高值直转为零,这导致观众的快感预期被辜负了。观众已然炙热起来的心突然遇冷,感到一阵巨大的沉闷。当然,瑕不掩瑜,从影片最终获得的反响和评价来看,《飞屋环游记》是一部成功的电影。

四、完整的故事:故事旅程

故事旅程是主角在故事中经历的整个旅程。

电影剧本的基本形式是讲述主角对其主要欲望的追求过程,这一过程是电影剧本的主体,但它并不等同于电影剧本讲述的故事旅程。在有些情况下,主角对主要欲望的追求完结后,故事旅程仍可能继续进展。那么,故事旅程将从何开始,又从何结束呢?

趋利避害是人类的本能,人类靠着这一本能历经数万年,世世代代繁衍至今。而故事旅程就开始于人类的这一本能。主角本来有着平静的生活,直到主角接收到来自生活中的某个重大信息,重大信息或给主角提供了趋利的机会或给主角提供了避害的需要。为了趋利或(有时是"和")避害,主角必须做出行动,由此开始其故事旅程。

"利"是主角有可能得到的正面收益,它可能是物质层面的收益,也可能是精神层面的收益。其中,精神层面的收益指主角在精神上获得的某种快感,如开拓事业的成就感、获得庇护的安全感、奴役他人的掌控感、报仇成功的快感等。"害"是主角有可能遭遇的恶果,它表现为主角遭受的一种损害,它可能是物质层面的损害,也可能是精神层面的损害。其中,精神层面的损害指主角在精神上遭遇的某种痛感,如无法实现梦想的挫败感、被父母控制的束缚感、失去亲人的痛苦感等。

在水平一般的商业电影中,主角追求的"利"或逃避的"害"都仅仅是关于金钱等物质层面的收益或损害,而那些水平卓越的电影往往会突破物质层面,关照到人类的精神层面,讲述主角在精神层面的得失。比如,在斯皮尔伯格导演的电影《猫鼠游戏》中,我们可以看到主角弗兰克表面上追求的"利"是金钱、华服、名车等物质收益,而实际上他追逐的"利"是一种虚妄的生活假象带给他的安全感,他逃避的"害"是美好生活崩塌的现实带来的痛感。

在故事旅程中,主角将做出一系列动作以追求其主要欲望,最终,主角将得到一个结果来完结对主要欲望的追求。他可能实现了主要欲望,也可能没有实现主要欲望,但无论如何,故事旅程并不结束于主角对主要欲望的追求的完结时刻,故事旅程结束于"世界恢复平静"。

一种情况是,主角成功实现了主要欲望或失去了追求主要欲望的可能,主角所处的世界恢复了平静,故事旅程结束。另一种情况是,主角成功实现了主要欲望或失去了追求主要欲望的可能,而主角所处的世界仍然喧嚣。此时,故事旅程仍在继续,主角必须收拾"残局",直到"世界恢复平静"。

在动画电影《疯狂动物城》中,兔子警察朱迪为了实现"成为真正警察"的主要欲望,主动请缨调查水獭失踪案。在故事第二幕的结尾处,朱迪已经破获了水獭失踪案,实现了"成为真正警察"的主要欲望,但此时,朱迪所处的世界还没有恢复平静,动物发疯的真正原因还没有找到,幕后黑手仍然逍遥法外,于是故事旅程继续。直到朱迪将一切阴谋的始作俑者——绵羊市长抓捕归案,让动物城恢复了平静,故事旅程才真正结束。在动画电影《无敌破坏王》中,"破坏王拉尔夫"在第二幕结尾已经知道自己不可能实现"改变自己"这一主要欲望,他追求主要欲望的旅程已经结束了,但拉尔夫的故事旅程仍在继续,他必须再次出发,拯救自己的朋友以及陷入危机的整个游戏世界,直到世界归于平静。

五、故事旅程的两个层面

当主角拥有了一个主要欲望,便会切身做出一系列动作对主要欲望展开追求。**我们将主角为追求主要欲望切身做出一系列动作的过程称为外层故事。与之相对的,我们将故事中主角思想(或精神)活动的过程称为内层故事。**

内层故事和外层故事是故事的两个层面,它们共同组成了主角经历的故事旅程。正如我们自己一样,外部经历和心路历程是我们人生的两个层面,它们共同组成了我们的人生。水平一般的电影只讲述外层故事,而水平卓越的电影则一定会关照人物的心路历程,同时讲述两个层面的故事。写作内层故事是一件艰辛的事,它需要编剧了解人类思想活动的方式。不但如此,故事中主角的思想在活动的同时还可能发生改变,因此,这需要编剧还要了解人类思想转变的方式,从而据此设计出人物思想转变的过程。我们将在本书第十一章讲解人物思想转变的过程,在此仅指出内层故事和外层故事的一般关系。

内层故事和外层故事的关系一般有两种。

第一种,故事从外层故事开始,人物在外层故事中的遭遇对主角的固有思想造成影响,最终触发内层故事中人物思想转变的发生。

第二种,故事从内层故事开始,人物在内心固有思想的驱使下进入外层故事,外层故事中的遭遇对人物的固有思想造成影响,最终触发内层故事中人物思想转变的发生。

第五章　电影剧本的构成

第五章　电影剧本的构成

一、电影剧本的最小单位——信息

先回想一下你的一个标准工作日是怎样的。

一个标准的工作日可能是这样的:你一睁眼便看到天花板上的花纹,随后,打开手机看到弹出的几个提醒事项,提示今天的工作内容;你在车库看到你的小轿车,然后你拉开车门把手,进入车内,随后不经意间看到油表显示的汽油余量,你意识到由于最近天气炎热,经常使用车载空调,汽车的油耗水平明显上升。广播里主持人正对当下的社会现象发表评论;你来到办公室,和几个同事打招呼,看到他们每个人的表情都相似,但又有些细微的差别。你对着电脑一边完成已有的工作,一边还不时查看邮件和工作交流群,看看有没有什么新的工作任务。晚上,你回到家听妻子讲述她今天的倒霉遭遇,你发现每个月的今天,妻子的牢骚都会格外多。睡前你与妻子亲密相拥,你看到你妻子脖子上新长出了一颗黑痣。一会儿,你睡着了,你还做了个情节模糊的梦,你的一天结束了。

这一天中,你做了各种事情,但无论在清醒状态还是在睡梦中,有一个动作在持续进行,这个动作是:**吸收信息**。

什么是信息?所有能被人类的意识系统识别、描述的都是信息,信息可能是某种事物的某种特征、某种现象,也可能是某种深层的现实、本质或规律。

只要你的意识系统正常运转,你就在不断地吸收以文字、声音、形象、感受、回忆、联想、想象等各种形式存在的信息。吸收信息既是人类的生理本能,也是人类生存的必备动作。

观众在看电影时也是如此。**一部电影是由大量的信息组成的,信息组成了电影中可被指摘、描述的一切,因此,观众观看电影的过程就是吸收信息的过程。**而电影是电影剧本视觉化的结果,电影释放的信息大都来自电影剧本,电影剧本规范了电影中出现的绝大部分信息。从这个角度来看,**电影剧本写作是编纂信息的过程。信息是电影剧本写作的最小单位。**编剧以这一最小单位的组合完成电影剧本的写作,如以下公式所示:

信息 1+信息 2+信息 3+……+信息 n＝电影剧本

二、信息的两种形式:文本与潜文本

文本(Text)和潜文本(Subtext)共同构成了电影中的信息。

文本指的是直白的、表面的信息。潜文本指的是表面信息之下的、观众能够根据表面信息破译出的信息。为了方便大家理解文本与潜文本的关系,我们进一步举例说明。

在电影《碟中谍4》的开场段落中,汤姆·克鲁斯饰演的主角特工伊森被其他特工从监狱中营救出来。伊森的伙伴——特工班及通过黑客手段打开了监狱中各处牢房的大门,让整座监狱瞬时陷入混乱,而此时伊森还在自己的牢房里熟练又悠闲地抛接一块石头,当伊森感到自己到了该出动的时候,他便慢悠悠地起身,走向牢房大门;伊森随手把石头塞进墙上一凹槽中,石头与凹槽严丝合缝地契合,显然石头就是从此处被抠出来的。

从信息层面来看,这一场景包含的文本是:监狱大乱、一个男人躺在床上、男人在玩儿石头、男人起身走向门口、男人把石头塞回空洞……

根据这个场景的文本,观众可以破译出文本之下的潜文本:伊森是一个头脑清醒、思维镇定、内心强大、临危不乱的男人。伊森对整个局势的走向都成竹在胸，对任何即将发生的事件都有完全的掌控力。他在监狱中生活得游刃有余，监狱对他来说是个想走就走的地方……

我们从这个片例中可以看出文本与潜文本的关系，同时能够看出专业编剧注重叙事效率，他们用尽量少的文本去包含尽量多的潜文本。在《碟中谍4》中，编剧用简单的文本对伊森进行描写，而简单的文本之下包含着大量的潜文本，让观众在很短的时间内对伊森有了丰富的了解，其叙事效率不可谓不高。

李安导演是铺设潜文本的大师，在其经典之作《饮食男女》中，李安导演以高超的手法合理地控制了观众获取的信息，成功用文本"欺骗"了观众。当观众在影片结尾处知晓老朱与锦荣的爱情后，回溯之前影片展示出的文本，他们会惊觉潜藏在文本之下巨大的潜文本，获得一种惊奇的体验。

常常被编剧忽略的一点是：人物的名字对观众来说也是非常重要的信息。名字虽然只是简单的两三个汉字的组合，但其中也可能包含大量的潜文本。比如，孙建军、易烊千玺、申奥、王梓轩，以上几个名字包含的潜文本展现了名字主人出生年份的差异。孙建军这种名字常见于60后、70后生人，这预示着名字的主人很可能出生于20世纪60年代或70年代。易烊千玺中的"千玺"二字代表着千禧年，这表明名字的主人很可能是千禧年出生的；申奥则表示该名字的主人的出生时间与奥运会有关；王梓轩很可能是位"05后"，因为"梓轩"这两个字多出现在2005年之后出生的孩子的名字中。再比如，二柱子、曹查理这两个名字包含的潜文本表示名字主人出生地的不同。王子翼、胡敦硕这两个名字包含的潜文本表明名字主人的身材可能存在明显不同。王胜男、刘招娣这两个名字包含的潜文本则体现了名字主人所在家庭对孩子性别的偏好。

三、潜文本的应用

在了解文本与潜文本的关系之后，可进一步了解潜文本的三种重要应用方式。

第一，在有些悬疑片或文艺片中，导演为了使观众紧密跟随故事进展，会以潜文本承载观众理解故事所需的必要信息。观众为了理解整个故事、消除谜团便必须认真解读潜文本，在这一过程中，观众将被故事紧紧吸引。

第二，编剧可以在台词创作中运用潜文本创造潜台词，而实际上潜文本的英文 Subtext 一词本身就有潜台词的意思。电影中的人物说话绝不直来直往，总喜欢把自己想要表达的真正意思藏匿在潜文本中，使用"夹枪带棒"的潜台词，比如他们能说"我不想去西边"便一定不会直说"我想去东边"，这一点在爱情片里那些恋人表白的场景中尤为明显。在电影《请以你的名字呼唤我》中，两位主角明确对彼此爱慕之情的台词中就包含着编剧精致的潜文本设计。

第三，意义也是一种信息，它是指事物包含或表达的思想或道理。编剧常常将情节表达的意义放置在潜文本中，供观众透过文本读解出来。这是潜文本的重要应用方式。此处我们以情节中的修辞意义为例进行讲解。

什么是修辞意义？修辞意义是编剧使用修辞手法、借助修辞段落表达的意义，这种意义蕴藏在修辞段落的潜文本中。

编剧在剧本中常用的两种修辞手法是比喻和隐喻。比喻是指编剧将两个形象或情节以先后顺序摆放在一起，用后面的形象或情节比方前面与之类似的形象或情节。而隐喻是一种暗中使用比喻的手法，指编剧写作一个形象或情节，用这一形象或情节隐晦地比喻另一个形象或情节。

这两种修辞手法的共同点是，当编剧使用这两种修辞手法时，编剧借助修辞段落表达的修辞意义都存在于潜文本中，以便观众可以从潜文本中读出修辞段落的修辞意义。二者的不同点在于，当编剧使用比喻时，本体和喻体是清晰、相连在一起的，这是说观众掌握的文本是完整的，观众可以立刻破解文本之下的潜文本，随即从潜文本中读出修辞意义，比如下面这个片例：

这是《饮食男女》中一个使用比喻手法的修辞段落，它的内容是：朱家二姐朱家倩正与男友雷蒙亲密地拥吻，与此同时，父亲老朱在家中准备晚上家宴的菜品，老朱奋力地把一只死鹅吹得饱满起来。

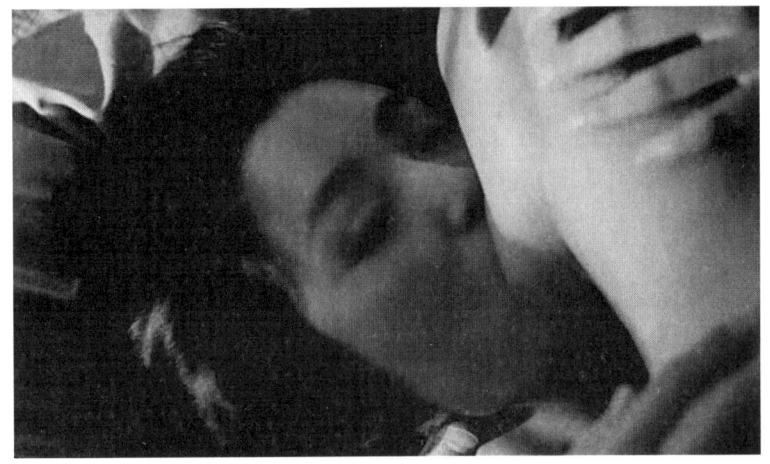

图 5-1　李安导演在电影《饮食男女》中使用比喻手法的修辞段落的截图

在这个修辞段落中,由于观众掌握了完整的文本,便可以迅速破解文本,从潜文本中读出这个修辞段落的修辞意义:没有真感情的两人发生亲密关系,就好像厨师给一只死鹅吹气一样索然无味。

而当编剧使用隐喻时,由于隐喻的特性,编剧往往只写喻体、不写本体。因此,观众掌握的文本是残缺的。观众必须通过合理的联想来找到本体,最终破译出文本之下的潜文本,读出修辞意义。

在文牧野导演的电影《奇迹·笨小孩》中,易烊千玺饰演的景浩为了换钱,卖掉了送妹妹上学用的电动车。当景浩将电动车出手给买家的一瞬间,车上挂着的一大一小两个头盔发生了碰撞。

图 5-2　文牧野导演在电影《奇迹·笨小孩》中使用隐喻手法的修辞段落的截图

观众如果只看到头盔，便无法理解这个段落的修辞意义，但观众经过合理的联想后可以想到：一大一小两个头盔（喻体）是一大一小景浩两兄妹（本体）的一种比喻。此时，观众便拥有了完整的文本，因而能够破译出文本之下的潜文本，读出潜文本中的修辞意义——命途多舛的景浩兄妹正像这两个头盔一样屡遭磕碰、遍体鳞伤。

四、信息使用要点

（一）提供准确的信息

人类接收信息，并对信息做出反应。一盆色彩艳丽的植物、一条长着密密麻麻的腿的虫子、满脸泪痕的儿童等画面释放出的不同信息，会给观者带来截然不同的感觉。

我们作为编剧，必须深刻认识信息与观众感受的关系，严格把控我们释放给观众的各种信息。一旦编剧提供给观众的信息不准确，观众获得的感受将与编剧希望他获得的感受之间产生误差。这一误差将成为观众体验故事时遭遇的"故障"，这一故障轻则使观众对故事内容形成误解，重则使电影世界的真实性动摇。

因此，编剧必须提供准确的信息。

（二）提供新鲜的信息

回想那些牢牢抓住我们的注意力、给我们沉浸式体验的电影，可以发现，在信息层面,它们有个共同的特点:它们会持续释放大量的新鲜信息。观众在观看这些电影时,由于其有着吸收信息的本能,便被电影持续释放的新鲜信息吸引。观众将不断地跟随新鲜信息,因而紧紧地跟随电影的进展。

相反,观众难以跟随那些做不到持续释放新鲜信息的电影。

一部电影无法持续释放新鲜信息的原因多是编剧没能使整个故事旅程以有效的方式向前推进,以致故事旅程发生了停滞甚至走向回头路的情况。这导致影片暂停释放新鲜信息,并将观众已知的信息重复提交给观众。此时,观众的大脑会停止执行吸收信息这一动作,中止对电影进展的跟随,最终产生沉闷、无聊等负面情绪。

因此,编剧在剧本写作中应确保新鲜信息的持续释放,避免新鲜信息中断或信息重复。如果我们在一部剧本中看到人物煞有其事地讲述或讨论观众早已获得的信息时,基本可以判断,这部剧本的编剧在剧本的信息组织层面缺乏足够的考虑。

五、信息的组合:形象与动作

信息是电影剧本写作的最小单位,信息的组合将形成电影剧本中两个更大的单位——形象与动作。形象分为视觉形象与听觉形象。

视觉形象是指剧本中人物、环境的视觉形态,比如人物的形态在剧本中可以写作:

军人站得笔直/三百个勇士形成了一道"人肉工事"

环境的形态可以写作:

平静的海面/空无一人的操场

听觉形象指的是剧本中包含的声音的形态,比如:

哭泣般的风声/"啪嗒啪嗒"的响声/金属划过玻璃的尖锐声音

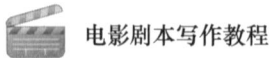

而动作指的是剧本中人物与环境做出的行为举动,比如,在剧本中,人物的行为举动可以写作:

阿强推开了门/阿强询问路过的男人/阿强露出慌张的神色

环境的行为举动可以写作:

狂风大作/地面突然裂开/月亮悬挂在天边,发出皎洁的月光

在剧本写作中,形象和动作往往是同时出现的,比如:

时空隧道里,两边的景象飞速后退,发出"嗖"的气流声。

形象与动作的组合将形成电影剧本中一个更大的单位——场景。

六、一个场景与一场戏

场景(Scene)指的是故事旅程涉及的某个环境,如家、教室、办公室、医院、林中小屋、太空舱等。编剧通过写作形象和动作描绘出人物在某个环境下一段时间内的经历,即写作了一个场景。

一场戏并不等同于一个场景,一场戏有时将在一个场景中完成,有时则会横跨多个场景,用多个场景完成一场戏的演出。假设在一部科幻片中,未来世界的警察要在无数个平行宇宙中追击一个盗贼,即便未来警察追击盗贼的过程穿越了一百个来自不同时空、不同文明的场景,这些场景组合起来也应被看作一场戏。

那么,我们该如何界定一场戏呢?我们要懂得构成一场戏的要素。

一场完整的戏一般包含四个要素:主人公、目的、对手、结果。

一场戏的第一个要素是主人公,主人公是一场戏的建立者,他未必是这场戏中最先做出行动的人,也未必是这场戏中拥有最多台词的人,但他怀揣的一个目的促成、建立了一场戏并推动了整场戏的进展。我们可以把剧本中的每一场戏想象成一座小房子,主人公就是小房子的拥有者。

一场戏的第二个要素是目的,目的是一场戏中主人公想要努力实现的结果或想要完成的任务,主人公在一场戏中不断地向这一目的前进。目的可能是多种多样的、可大可小的、可严肃可轻松的。主人公的目的可能是说服孩子穿上一条更厚的裤子,可能是修好一台电视机,可能是在杂乱的环境中找到一条解谜的线索,可能是拆解一个即将爆炸的核弹。无论主人公的目的为何,主人公在实现目的的过程中一定会面临挑战。

一场戏中的第三个要素是对手。对手是主人在一场戏中遭遇的反对力量。当主人公做出努力实现目的的动作时,对手就会出现,告诉主人公:想实现你的目的可没那么简单。对手既可能是主人公的同类,比如人、外星人、机器人、某种动物,也可能是这场戏发生的环境。在讲述主人公逃脱反面人物追捕的一场戏中,主人公的目的是逃离反面人物的追捕,其对手则是追击他的反面人物。又如,主人公在地震中求生的一场戏中,他的目的是逃出灾难现场,这时主人公的对手是环境——震动的大地或其头上即将垮塌的建筑物。在一场戏中,主人公为实现目的做出一个个动作,其间与对手进行一次或多次较量,而最终主人公的努力必然迎来一个结果。

一场戏的第四个要素是结果。结果一般有三种形式:主人公成功实现目的、主人公实现目的失败、弹开。前两种结果都很好理解,第三种结果"弹开"是指主人公实现目的的过程被打断,主人公不得不放弃对目的的追求。比如,在警察追捕窃贼的一场戏中,警察一连追过几条街,窃贼仍在逃跑,这时警察接到一个电话,电话里急诊科的医生告诉警察他的妻子出了车祸,警察瞬间崩溃,同时放弃了抓捕窃贼这一目的。又如,在一场母亲说服年幼儿子吃下蔬菜的戏中,地震突然发生。地震的一瞬间,本场戏的主人公——母亲说服孩子吃下蔬菜的这一目的顿时消失。

主人公、目的、对手、结果,这四个元素组成了一场完整的戏。

值得指出的一点是,对于编剧来说写作一场戏最大的困难不在于仅仅呈现一场戏的发展过程,而在于设计或挖掘一场戏之所以能够存在的原因,这个原因即主人公和对手之间的冲突(戏剧冲突)。一个被广泛接受的论断是"没有冲突,就没有戏",除了人与自然的冲突外,冲突指的是意见相左。这种冲突可以是来自社会层面的,其中最典型的便是警察和罪犯的冲突。警察信仰法制,他们以保护人民利益不受侵犯为己任。罪犯往往认为自己的犯罪行径在某些角度来看是合理的,他认同靠践踏法律、侵犯别人的利益为自己牟利的生存方式。二者意见相左,当他们在电影中遭遇了对方,一场戏就诞生了。执法者和罪犯的冲突是天然、显而易见、简单易懂的,相比之下,那些深藏在生活表面之下的冲突则隐秘而深奥,爱人之间会存在怎样的冲突?父母和孩子之间会存在怎样的冲突?个体自身会存在怎样的冲突?这些冲突都需要编剧用心地去挖掘。冲突可大可小,它可能来自身份、价值观、社会阶层、个人历史。无论如何,在一场戏中,冲突是必然存在的。编剧必须明确一场戏中主人公与对手的冲突为何,才能写出一场真实可信的戏。相反,若一场戏中主人公与对手的冲突模棱两可,那么,这场戏中的主人公和对手便会自说自话,做出一系列毫无意义甚至混乱的动作。

七、幕

幕是电影剧本中最大的结构单位。

电影剧本中幕的概念来自戏剧。在一台戏剧表演中,舞台大幕一开一闭则表示戏剧演出进行了一幕。电影与戏剧一样,一幕由多个单场戏组合而成,如:

单场戏1+单场戏2+单场戏3+……+单场戏n=一幕

而剧本讲述的故事由多幕组成,且常常是三幕,若故事为三幕,则:

第一幕+第二幕+第三幕=故事

由此可见,相比作为电影剧本小章节的单场戏,幕是故事中由多场戏组成的大章节。

(一)幕的顶点——高潮戏

幕的概念来自戏剧。如果你看过几部戏剧便会注意到在戏剧的一幕结束前,主角经历的故事旅程一定会行至一个激烈的时刻,这一时刻对主角来说可能是有益的也可能是有害的。主角也许获得了某种收获,比如成为一个富翁;主角也可能遭受了惨痛的打击,比如主角失去了身边的挚友、主角为了主要欲望付出的所有努力功亏一篑等。在这一时刻过后,这一幕便迎来尾声。这一激烈时刻在电影中也同样存在,被称为一幕中的高潮戏,高潮戏具有两个主要特点。

第一,高潮戏是对其所在的幕起到决定性、总结性作用的一场单场戏。

主角在这一幕中做出的所有动作,都将以高潮戏作为节点得到一个清晰的结果。在高潮戏中,也许主角得到了某个重要的机会、也许他追求主要欲望的旅程遭遇了巨大的失败、也许他在经历了一连串冒险后终于进入了一处安全屋……

第二,在高潮戏中,观众获得快感的强度水平达到一幕中的最高点。

编剧在创作高潮戏时必须考虑到"奖励预期"这个概念。理想的情况下,整部影片的内容排布方式应该使观众的奖励预期(快感预期)被一次次打破,让观众获得越来越强的快感。在一幕中也是如此,观众获得的快感的强度水平应该在一幕中逐步上升,直至升到一个最高点,这个最高点所处的位置便是一幕中的高潮戏,观众在此能够获得最强的娱乐。

(二)惯常幕结构:起承转合与三幕式结构

电影中的幕与幕组合在一起将形成一个完整的剧本结构,其中,我们最熟悉、最常用的便是三幕式结构。三幕式结构是电影剧本的经典结构。我们会在本书第十一章对三幕式结构的内容进行细致的讲解。本节将讲解三幕式结构成型的根源,以便让读者对三幕式结构和其合理性得到基础的认识。

首先,请你暂时忘记从各种渠道听说或学到的一切剧作方法,认真回想一下自己的故事观赏经验和故事创作经验,然后认真地思索一下这些故事的结构。你会发现,如果一个故事能够被讲述出来,它的结构大都由以下四部分组成:

1. 某个时间、某个地点,一个人想做一件事,于是他去做了。

2. 途中,他遭遇了各种阻碍、困难。

3. 后来,在某个时间点,事情出现了转机。

4. 他做成了或没做成他想做的事。

让我们认真地想一想,大多数的故事是否都是以这种结构建构的?

童话的常见故事结构是:一个王子发现公主被恶龙抓走了,他踏上了拯救公主的旅途。途中,他遇到各种怪物,冲破了重重的艰难险阻,但他发现他还是无法战胜恶龙。后来,事情出现了转机,他拿到了一把上古屠龙神剑。最终,他杀死了恶龙,拯救了公主。

动作片的常见故事结构是:一个男人珍视的某种存在(多为其子女)被绑架或侵犯了,男人踏上了拯救或行使正义的道路。一路上,他按图索骥,闯过一个又一个关卡,身负重伤。后来,他重整旗鼓,再度与恶势力作斗争,最终拯救了自己的心爱之人或成功地伸张正义。

在我们日常生活中,我们讲述自己身上发生的真实故事时常用的故事结构是:那天我想去办一件事,我先……后来我又……结果突然……,我又去……最终我办成了。

我们会发现几乎所有能被讲述出来的故事,都是以相似的结构建构的,我们将这种结构称为**标准故事结构**。

在我国,我们常用的一种叙事结构叫作"起承转合",它最开始被用作文章或诗歌的结构。"起"是文章的开头;"承"是文章的发展部分;"转"是文章内容的转折;"合"是文章结尾。后来,中小学的语文老师会要求学生用"起承转合"这一结构写作记叙文,"起承转合"慢慢成为中小学生写作记叙文的规范结构。相对于议论文,记叙文就是写作故事。我们再度审视标准故事结构:

1. 某个时间、某个地点,一个人想做一件事,于是他去做了。

2. 途中,他遭遇了各种阻碍、困难。

3. 后来,在某个时间点,事情出现了转机。

4. 他做成了或没做成他想做的事。

我们是不是可以把第一部分看作"起",把第二部分看作"承",把第三部分看作"转",把第四部分看作"合"？我们会发现"起承转合"这一结构的本质就是标准故事结构。

而"巧合"是,在剧本写作中,我们一般把第一部分作为第一幕,把第二部分和第三部分作为第二幕,把第四部分作为第三幕。我们会发现,三幕式结构的本质也是标准故事结构。三幕式结构与"起承转合"呈现了惊人的相似,从某种程度上来说,这两种结构是完全重叠的,它们是标准故事结构的两种描述方式,如：

第一幕＝"起"：某个时间、某个地点,一个人想做一件事,于是他去做了。

第二幕＝"承+转"：途中,他遭遇了各种阻碍、困难。后来,在某个时间点,事情出现了转机。

第三幕＝"合"：他做成了或没做成他想做的事。

这是一种巧合吗？当然不是。

标准故事结构是人类讲述一段时间内发生的事情的常规或通用结构,它并不是由某个远古时期的故事大师研制出的,而是一种源自人类生活经验（包括人类对自然与历史变迁规律的观察）、客观存在的天然故事结构。语文老师与戏剧家都感知并发现了这一天然结构,只不过他们基于各自的学习或工作背景,用不同的方法描述和应用这种结构。语文老师将标准故事结构称为"起承转合",并将这种结构传授给学生,要求学生用这一结构写作记叙文。剧作家则将标准故事结构称为三幕式结构,用三幕式结构讲故事。

可以说,三幕式结构来源于标准故事结构,标准故事结构是三幕式结构的本质。当编剧用三幕式结构讲故事时,实际上是在用一种客观存在的天然故事结构讲述故事,这正是三幕式结构成为最基本、最常见的电影故事结构的根本原因。

看,所谓的三幕结构,其实你早就了解,而且已经使用这一结构讲了很多个故事。千百年来,一代代剧作家们在发现并学习了三幕式结构之后,又持续对三幕式结构精雕细琢,让其进化为越来越极致的故事讲述工具。这意味着即使你有使用三幕式结构讲述故事的能力,但对于三幕式结构也仍然有很多要学的。

第六章　电影主题
——电影的核心问题

一、电影主题的特点

对初学者来说，电影主题常常是个令人感到迷惑的概念，无论是面对别人的剧本还是自己的作品，用简单的语言去描述一部剧本的主题似乎总像考试一样困难。归纳电影主题的方法多种多样，但我们对电影主题的归纳要符合两个特点才有价值。

第一，这一归纳应当是确凿的。很多电影的主题都被归纳为爱情、亲情、励志等。实际上，爱情、亲情、励志只是电影内容的类型而已，并不是电影的主题。如果以爱情、亲情、励志为电影主题的话，那么大量的影片将被冠以同样的主题。而我们知道，每部电影都浓缩了创作者的独特思想。电影的主题虽然有可能重复，但总体看来，电影主题应该是"百花齐放"的，绝不可能被简单的词语概括。

此外，电影主题还经常被归纳为某种人性现象，比如某些电影的主题被归纳为：人性的阴暗。这种归纳方法同样不够准确。"人性的黑暗"无法覆盖整部影片的内容，虽然故事中的有些内容与"人性的黑暗"有关，但无法将"人性的黑暗"看作整部电影的主题。

第二，这一归纳应该能够指导编剧完成整个剧本。它应当具有一种整体性，并贯彻于整部电影，如灵魂之于肉体，是整个电影剧本内容的核心。所有的设计、结构都应当服务于它。判断剧本中所有的设计合理与否都应该以它为标尺。如此，这一归纳便对写作具有指导意义，它能够指导情节的走向。当编剧归纳出的电影主题具有指导情节发展走向的能力，它便成了剧本写作的指南针。有了指南针，编剧便可以开始大胆地编纂情节，同时又不至于偏离主题。电影主题，是编剧写作的好伙伴。

以上论述基于一部电影在绝大多数情况下只能拥有一个电影主题的现实。这里说的电影主题是对于编剧来说的电影主题，而非观众眼中的电影主题。不同的观众会由于个人历史等方面的原因对电影主题产生不同的理解和判断，这是必然的结果。对于编剧来说，电影的主题必须是确凿的，因为编剧无法同时按照两个主题去创作剧本。观众对于电影主题的感受，就好像对一首歌曲主旋律的感知。影片同时具有两个主题，便相当于一首歌曲具有交替出现的两个主旋律。当观众在一首歌中听到两个交替出现的主旋律，就会感到混乱和迷惑。观众在看电影时也是一样的，如果观众看到电影情节指向两个不同的主题，就会感到迷惑。观众不是编剧，也少有电影行业的专业背景，因此，观众并不会指着屏幕说："看！主题混乱！"但当观众看到一部主题混乱的电影时，他们会感到电影出现了某种问题，最终将这部电影在他们心中的评分减去一分。

二、故事两极系统

我们将从**故事极**这个概念开始介绍电影的主题。

故事极指故事发展或情节进展的方向，比如在"正邪对立"这一类通俗的故事中，当正义一方击败邪恶一方时，故事便走向了一个故事极，当邪恶一方暂时战胜正义一方时，故事便走向相对的另一故事极。

在了解这个概念后，我们便可以了解第二个概念——**故事两极系统**。

故事两极系统指的是在电影讲述的所有故事中，其故事方向在两极之间往复运动形成的系统。

在"正邪对立"的故事中，主角出于某种原因决定踏上旅程和邪恶势力一战。我们观察这个故事，可以看到其进展方向在一个两极系统中往复。我们将两极分别标记为 A 极和 B 极，那么我们看到故事的两极是：

A 极:主角战胜邪恶势力。

B 极:邪恶势力战胜主角。

在故事的发展中,观众会看到正义的主角有时战胜邪恶势力,占据优势,有时被邪恶势力打败,处于劣势,但无论其顺序为何,故事的方向只在 A 极和 B 极之间往复。

在一部讲述穷小子追求富家女孩的爱情故事中,穷小子往往要冲破来自女孩家人、社会、内心(多为自尊心)等方面的阻力,他可能赢得与女孩的爱情,也可能无法赢得与女孩的爱情。其故事的方向将在以下两极中往复:

A 极:穷小子赢得爱情。

B 极:穷小子没能赢得爱情。

在一个讲述病人对抗癌症的故事中,故事的两极可以是:

A 极:病人战胜癌症。

B 极:病人没能战胜癌症。

以这个思路去看待所有的电影,我们会发现,每一个故事都有其两极系统,故事方向在故事两极系统中往复。可以说,故事两极系统是存在于每一个故事中的通用系统。在此我们必须解决的一个疑问是:为什么两极系统是故事的通用系统?故事为什么不能具有单极故事系统或多极故事系统?

如果一个故事只有一个故事极,那么故事将朝着一个单一方向前进,这也就意味着故事没有转折。通常来说,我们不会把一件没有转折的事称为故事。

转折,是人类对故事的基本要求。

如果一个故事有三个甚至更多个故事极,那么故事将失去方向。这是因为观众对故事方向(A 极)的明确感知依靠的是与之相对的反方向(B 极)。这就好像我们在一条笔直的跑道上行走,我们只有明确地知晓起点正在我们身后,才能得到"向前"的方向感,准确获知自己正前往的方向。如果我们在行走的过程中发现自己突然走向了第三个方向,那么我们此前在心中建立起的方向感也就不存在了。这就是说:如果在故事的 A 极和 B 极之间再加入一个 C 极,那么

C极将消解A、B故事极的关系,让观众感到迷惑,彻底失去对故事方向的感知。

由此我们可以看出,故事两极系统是在人类对故事的要求和逻辑的约束下必然生长出的结果,一个故事必然具有故事两极系统。

值得警惕的是,在一个故事中可能存在不同规模的多组故事极,它们可能形成多个或大或小的故事两极系统。这时,作为编剧,我们必须要认清其中哪个两极系统只存在于故事的局部,只能描述故事的局部,而哪个两极系统才是"凌驾"于整个故事之上且能够描述整个故事的。

通过对故事两极系统的了解,我们会发现故事的两极系统描述了故事中一种往复形式的进展逻辑。如果我们能够归纳一个故事的两极系统,便可以得出故事进展的逻辑,即故事进展的"依托物"。这一"依托物"就是电影主题。

可我们要如何归纳一个故事的两极系统呢?

三、核心问题

故事在A、B两极之间往复,时而走向A极,时而走向B极。A、B两极像是两个发生博弈的观点,一个问题悬浮于这两个观点之上:故事会走向哪一极?这个问题是A、B两极博弈的中心。如果我们能够找到这一中心,就可以用这一中心归纳出由A、B两极组成的两极系统。

比如,在正邪对立的故事中,如果我们以"正义的主角是否能战胜邪恶势力"作为中心,便可以归纳出"主角战胜邪恶势力""邪恶势力战胜主角"这两极组成的两极系统。如果我们以"穷小子是否能赢得富女孩的爱情"作为中心,便可以归纳出"穷小子赢得爱情""穷小子没能赢得爱情"这两极组成的两极系统。

这一问题能量巨大,它归纳出了故事的两极系统,指明了故事进展的核心逻辑,它成为故事进展的"依托物",回答了那几个重要的问题:故事的核心是什么?故事是围绕什么进展的?编剧在用故事讨论一个什么问题?

我们将这一问题称为故事的**核心问题**。当我们掌握了故事的核心问题,便能够通过核心问题展开讲述一个故事。无疑,**核心问题就是电影的主题**。

核心问题是电影的主题。编剧必须通过核心问题展开讲述故事,编剧写作的情节必须围绕着核心问题构建。为了精准地写作,我们单从故事层面理解电影的核心问题还不够,还必须深入意义层面去理解电影的核心问题。

四、意义层面的核心问题

一部完备的电影剧本,其情节之下的意义必须是集中的,而实现**意义集中**的关键在于编剧对电影主题,即核心问题的把握。当编剧将所有的情节都严格围绕着核心问题展开,所有的情节便有了一个共同的中心,确保了意义集中。相反,若编剧没能精准地把握核心问题,那么,故事情节则不会严格围绕着核心问题展开,故事情节将无序发展,最终使整个故事走向意义混乱的结果。观众将感知到电影意义的混乱,并因此生出迷惑等负面情绪。实现意义集中,避免意义混乱,这便是电影必须拥有一个主题的原因。

编剧想要精准把握核心问题,必须从意义层面去审视核心问题。

"正邪对立"的故事在故事层面,其核心问题可以归纳为"正义的主角是否可以战胜邪恶势力",但剥开故事外壳的意义层面,其核心问题则可以归纳为"正义是否能战胜邪恶"。按照这一思路,我们将上述三个案例的两个层面的核心问题整理如下:

表6-1 对比故事层面与意义层面的核心问题

故事	故事层面核心问题	意义层面核心问题
正邪对立	正义的主角是否可以战胜邪恶势力?	正义是否能战胜邪恶?
穷男孩追求富女孩	穷小子是否能赢得富女孩的爱情?	贫穷阶层的人是否能够弥合与富裕阶级之间的鸿沟?
病人对抗癌症	病人是否能够战胜癌症?	现代科技是否可以解决人类病痛?/人类能够有足够的意志力战胜病痛?/……

由这一表格我们可以看到:故事层面和意义层面是核心问题的两个层面。当编剧围绕核心问题构建情节时,他必须同时考虑到两个层面的核心问题,以

此判断自己构建的情节是否实现了意义集中。

五、讨论核心问题(讨论主题)

核心问题是故事进展的核心,一切情节都应该围绕核心问题进行建构,从而实现情节的意义集中。编剧实际该怎么做呢?为了把情节围绕在核心问题周围,情节必须与核心问题形成紧密的联系,而最能与问题形成紧密联系的便是与问题相关的观点。因此,编剧围绕核心问题构建情节的方法是:**用情节包裹对核心问题做出讨论的观点。**

观众应该能够从情节中读出情节表达的某种意义,且这种意义应当成为一种观点(评论或意见),对核心问题做出讨论。当情节中的意义能成为对核心问题做出讨论的观点,剧本就实现了意义集中。情节、观点与核心问题的关系应如下图所示:

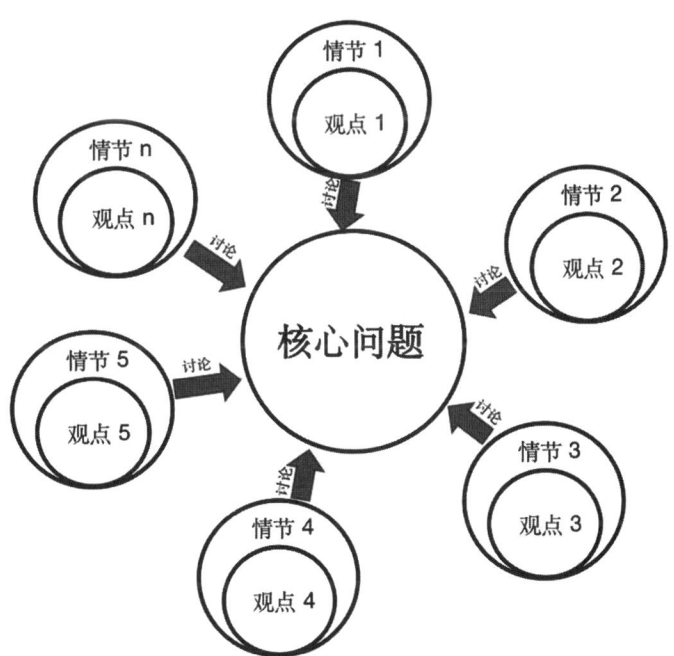

图 6-1 情节、观点与核心问题的关系

本节只为让读者对编剧用情节讨论核心问题的方法形成初步理解。本书第十一章将对"讨论核心问题"做出详解。在此，我们仅举出三个简短的案例展示编剧如何用情节包裹观点并对核心问题做出讨论。

案例一：动画电影《疯狂动物城》

该片第二幕高潮戏中的情节是这样的：狐狸尼克和兔子朱迪的探案旅程获得了显著成果，成功将狮子市长的阴谋昭然于众。朱迪作为优秀警员受邀发言，朱迪在台上一时紧张，说出了潜意识里对食肉动物带有偏见的见解。下台后，尼克因为朱迪的偏见而愤怒地终结与朱迪的友谊。这里有一个表意十分准确的情节是：当朱迪为自己的无心之语辩驳时，尼克假装扑向朱迪，朱迪的手立刻摸向别在腰间的"防食肉动物喷雾"，这本能的一举，更加体现了朱迪内心对食肉动物的恐惧和偏见。该片的核心问题是，"兔子朱迪和狐狸尼克是否可以成功合作（天性不同的人是否可以成功合作）"。而我们刚刚看到的这段情节就包裹着一个观点：天性不同的人无法克服对对方天性的恐惧和偏见，因此，天性不同的人无法成功合作。这一观点对核心问题形成了讨论。

案例二：电影《王牌特工：特工学院》

我们根据故事的两极系统归纳出故事的核心问题是，"平民艾格西能否成为王牌特工（出身平凡的人是否能够成为精英阶层的一员）"。故事中，平民出身的王牌特工候选人艾格西必须克服一系列考验才能成为一名王牌特工。本片中有这样一段情节：艾格西面临一个考验——他是否能克服同情心，像机器一样执行命令？艾格西必须杀死学院分配给自己的小狗来证明自己的内心足够冷酷，并以此通过考验。最终艾格西没有听从命令杀死和自己相处多日的小狗，因此，艾格西没有通过王牌特工的考验，在王牌特工的选拔中被淘汰。这段情节也包含了一个对核心问题形成讨论的观点，即出身平凡的人没有精英阶层冷酷的素质，无法成为精英阶层中的一员。

案例三：电影《训练日》

本片讲述了新任缉毒警察杰克与上司阿隆索在杰克第一天当班时的遭遇。从全片来看，本片的核心问题是杰克能否在阿隆索统治的江湖中生存下去（好

第六章 电影主题——电影的核心问题

人是否能在邪恶的世界中生存)。片中有这样几段情节:

情节1:阿隆索哄骗杰克服下致幻药物,因此,杰克不但失去了意识,他还因为自己触犯了"不可使用违规药物"的法律而失去了举报阿隆索罪恶行径的机会。如果阿隆索检举杰克当班时服用违规药物,那么杰克将彻底失去警察的工作。

情节2:阿隆索在发现杰克无法被自己收买后,便把杰克带去了一个匪帮窝点,让当地的犯罪分子杀死杰克。可在杰克被杀死前,犯罪分子从他的兜里掏出了一张犯罪分子妹妹的照片。杰克向犯罪分子讲述了自己上午经历的一段遭遇,他今天在街上出手营救了一个正被侵犯的女孩儿。犯罪分子给妹妹打去了电话,电话证实了杰克确实救了自己的妹妹,于是犯罪分子出于感恩之心决定释放杰克。

情节3:阿隆索大肆贪腐的原因是,他在不久前,一怒之下杀死了俄罗斯匪帮头目,他必须向俄罗斯匪帮交上一百万美元的"罚金"才能活下去。阿隆索驾车赶往缴纳罚金的地点,可他还是没能按时交上罚金,在街头死于俄罗斯匪帮的乱枪之下。当晚,杰克平安回到了家。

当我们探究这三段情节与核心问题的关系时,我们会发现这三段情节都包含着一个讨论核心问题的观点:

情节1—观点1:坏人阴险狡诈,好人难以防备,无法在邪恶的世界中生存。

情节2—观点2:好人行善,善行将成为好人的护身符,以保护好人在邪恶的世界中生存下去。

情节3—观点3:坏人终将被自己恶行带来的邪恶吞噬,而善良的人则可以在邪恶的世界中生存。

以上用三个案例展示了情节与核心问题的关系,即编剧用情节包裹观点,对核心问题做出讨论。本章只在每部电影中选取了几段情节,但实际上,剧本中的每段情节都应尽可能包含一个可以讨论核心问题的观点。随着故事的发展,对核心问题的讨论也在持续着。那么,讨论的终点在哪里?核心问题讨论终结的一刻,故事两极系统便行至终点,故事也偃旗息鼓。因此,核心问题讨论的终点大多在电影主线剧情的最后一刻——最后一幕的高潮戏。不过,也有部分影片的故事两极系统将运行至电影的最后一刻,如《泰坦尼克号》。在本书的第十一章,我们会详解《泰坦尼克号》的故事两极系统,在此先不展开。

六、先后问题

只要编剧用情节包裹观点,让每一个情节对核心问题做出讨论,那么剧本就能实现意义集中。在实际的写作中,我们会面临这样一个疑问:在找到核心问题(主题)后,我们的创作是应该从情节出发,还是应该从观点出发?本书认为,这两种方法都是可以的。

编剧可以在找到核心问题后,以核心问题为主题开始写作情节,随后再考虑情节是否包含了可以讨论核心问题的观点。编剧也可以先设计出对核心问题做出讨论的观点,再根据观点去设计情节。在这两者之中,笔者更推荐前者。

这是因为如果编剧从核心问题出发开始写作,暂不考虑情节之下的观点,那么编剧将获得极致的自由。编剧可以在没有束缚的状态下出发,极尽自己的想象力,写出他力所能及的最好的情节。假设你是《训练日》的编剧,需要写一个有关善良警察是否能在邪恶世界中生存的故事,你便开始了写作。最终,你完成了一个令你兴奋、同时你认为也能让观众获得快感的故事。这时,你再考虑情节之下是否包含讨论核心问题的观点,随即对剧本进行调整,最终使剧本实现意义集中。常见的情况是,如果编剧在写作剧本前准确地抓住了剧本的核心问题,他便很可能在意识、逻辑和经验的帮助下,自然地写出一个意义集中的剧本。

相反,如果编剧先写出一个观点列表,再照着列表"反推"情节,那么编剧的想象力很可能将被限制在观点中的几个字眼周围,无法得到充分的发挥。这是一种病态的"主题先行"。

七、核心问题对观众的影响

电影的核心问题对观众有着巨大的影响。

当观众自身站在一部电影的核心问题的讨论范围之内、与核心问题息息相关，便更容易释放情感。比如，一部以"人类是否能战胜外星人（人类文明是否可以战胜外星文明）"为核心问题的电影中，当故事的高潮来临，人类因为智慧、精神、道德等方面的原因成功战胜了外星人，来自人类身份的自豪感、荣誉感、道德感便在观众心中油然而生，这将驱使观众释放情感。再比如，《王牌特工：特工学院》的核心问题为"平民艾格西能否成为王牌特工（出身平凡的人是否能够成为精英阶层的一员）"，这一核心问题也与观众息息相关。这世界上虽然存在精英阶层，但绝大多数观众还是会认定自己是一名普通人。一部讲述普通人成长为精英的电影，更能让观众将自己带入角色，分享普通人"蜕变的喜悦"。在艾格西成功实现了梦想后，观众似乎感到自己也获得了某种成功，内心产生了情感释放。

八、主题的通俗性

生活本身蕴含意义，当同一种意义多次在生活中被人类观测到时，这种意义就变成了一种规律，如"性格决定命运""邪不压正""道高一尺，魔高一丈""三岁看小，七岁看老"等。当我们在电影中试图以核心问题的形式讨论这些规律时，我们就得到了人的命运是否完全被性格决定、正义是否可以战胜邪恶、童年经历是否对人的一生有着决定性的影响等核心问题。

我们可以观察剧本中的核心问题，如果剧本中的核心问题在讨论某一种老生常谈的规律，那就说明这个剧本的主题是一个比较通俗的主题。编剧不必为"通俗"担心，一个老生常谈的主题相比一个小众化的主题更容易被广大观众捕捉和理解。当电影的主题通俗到与观众本身熟悉的一种思想发生联结时，更容易让观众对故事内容产生共鸣，释放情感。

有些主题之所以老生常谈，是因为它们是永远不会过时的，比如"正义一方是否能战胜邪恶一方"这样的主题在过去一百年的电影史中出现的次数难以统计，我相信这一主题将永远流传下去，因为无论在哪个时代，正邪对立的故事永远都在现实中上演。而正邪两个阵营之间的战斗方式也在变化，在20

世纪,正邪之间也许靠枪炮战斗,而如今正邪之间的战斗则可能是一种"没有硝烟"的信息战。也就是说,即使多部电影讨论同一个主题,其内容也可以是千变万化的。

九、寓言式电影

我们在观影时会发现有一类在主题处理上相对特殊的电影。这样的电影虽然具备故事两极系统和核心问题,但故事试图表达的意义并非基于故事的核心问题。我将这种类型的电影称为寓言式电影,寓言式电影以故事整体表达意义,使整个故事成为一个单一意义的比喻。

电影大师斯坦利·库布里克拍摄于1979年的电影《巴里·林登》就是一部经典的寓言式电影。这部在当时票房和口碑皆遭遇滑铁卢的电影,在几十年后逐渐被认定为一部大师之作。

这部改编自19世纪英国作家威廉·萨克雷同名小说的电影生动细致地刻画了一个男人跌宕起伏的一生。该片讲述了爱尔兰青年巴里为从军旅底层走进上流社会,想方设法与贵族寡妇林登夫人结婚,开始了一场人生赌局的故事。

图 6-2　电影《巴里·林登》中的"决斗赌局"

我们从影片中可以看到,故事由赌局构成,但不仅仅是一场赌局,而是由贯穿于巴里一生的无数场赌局构成。

电影讲述了贯穿于巴里一生的几次决斗,决斗即赌局。

图 6-3 电影《巴里·林登》中的"牌局赌局"

巴里参与了无数场牌局,牌局是最典型、最直白的赌局。

图 6-4 电影《巴里·林登》中的"战争赌局"

战争也是一场赌局。这是一场以生命为筹码的赌局,有的人在战争中存活了下来,有的人却在战争中死去。

"赌局"成了整部影片的关键词。导演借助巴里漫步在赌局中的一生表达了一个关于人生的观点:人生就是由一场场赌局构成的(人生就是一场赌局)。整部影片成为表达这一观点的一则寓言。

十、《三块广告牌》的核心问题

相比描写主角对单一欲望追逐过程的影片,《三块广告牌》的结构可以说是非传统的。《三块广告牌》的故事跟随多个人物在同一个环境下展开,看似每个人物都承担着一个小型的两极系统,如果我们仔细研究,便能看到,实则仍是一个主要的两极系统和核心问题掌控着整个故事。

影片的主角是一个因失去女儿而愤怒到极点的母亲——梅尔德丽德。根据影片释放出的信息,我们看到这位母亲内心有对当地司法系统的愤怒、对世界的愤怒,还有一种隐秘的——对自己的愤怒。正是因为梅尔德丽德在事发当日没有把车借给女儿,才导致女儿不得不步行回家,在途中被人杀害。纵观全片,愤怒是影片的关键词。

每个人物都有自己的愤怒来源,每个人物也都有发泄愤怒的方法。他们用愤怒掩盖内心的羞愧、用愤怒作为一种交流方式、用愤怒包装对亲人的爱意,甚至将愤怒作为一种获得罪案证据的手段。电影中,有时愤怒使人伤害自己或他人,有时愤怒则成为人生中必不可少的工具。我们可以在这些有关愤怒的情节之中看到影片的故事两极:

A极:愤怒将人们的生活引向消极。
B极:愤怒将人们的生活引向积极。

由此可见,影片用情节讨论的核心问题是:愤怒在生活中带给人们的是积极的意义还是消极的意义?

具有明显暴力倾向的警察狄克森在愤怒的驱使下做出了将人扔出窗户的

残忍行径,并因此失去了自己的工作。根据影片释放的信息,我们可以推断:狄克森的愤怒(暴力倾向)可能源于他无法公开自己的真实性取向而导致的内心扭曲。另一种可能是,狄克森试图以暴力作为自己的男性标签,以掩盖自己的性取向。由于女儿遭遇的意外,梅尔德利得的内心被愤怒填满,她无法妥善处理生活中女儿遇害这件事之外的一切,她甚至伤害了暗恋她许久的温柔男士。这些情节都表达了"愤怒使人们相互伤害,并在生活中带给人们消极的意义"这一观点。

而在影片的结尾处,梅尔德丽德和狄克森都已经失去了人生的目标,他们打算按照查获的信息去找到可能是杀死梅尔德丽德女儿的那个男人。我们从他们临行前的交流中发现,他们对于这个男子是否是真正的凶手也并非十分笃定,但他们仍然决定先上路再说,因为他们只有这么做才能发泄内心对凶手的愤怒(以及对自己的愤怒)。愤怒为梅尔德丽德和狄克森提供了人生的方向,既给了他们一个情绪的出口,也给了他们对未来的一点希望。可见,愤怒在生活中也有着积极的意义。这个结尾表达了"愤怒有时将为人生提供一个方向/希望/理由,愤怒在生活中也会带给人们积极的意义"这一观点。

十一、核心问题与主要欲望的关系

我们在观看众多电影之后可以发现,故事中的核心问题与主角追求的主要欲望的关系有两种:

第一种,核心问题与主要欲望直接相关。这种关系比较常见,在这种关系中,电影的核心问题与主角追求的主要欲望紧紧绑定在一起。在一部讲述正邪对立的电影中,主角的主要欲望是战胜邪恶势力。而影片的核心问题恰恰根植于这一主要欲望,以"正义的主角是否可以战胜邪恶势力(正义是否能战胜邪恶)"的形式存在。

第二种,核心问题与主要欲望不直接相关。在电影《疯狂动物城》中,主角兔子朱迪的主要欲望是成为一名真正的警察。当我们研究《疯狂动物城》情节的进展方式会发现,其核心问题并非与朱迪的主要欲望直接相关。我们可以看到,在影片第二幕的结尾处,朱迪虽然已经破获了"水獭失踪案",成为真正的警察,但故事还在继续发展,两极系统仍在运行,对核心问题的讨论仍没有结束。我们观察故事会发现整个故事实际在这样一个两极系统中往复:

A 极:狐狸尼克和兔子朱迪成功合作。
B 极:狐狸尼克和兔子朱迪合作失败。

当故事走到 A 极时,狐狸尼克和兔子朱迪成为搭档,按图索骥追查案件的真凶。当故事走到 B 极时,朱迪和尼克因天性的冲突产生矛盾,分道扬镳。如此,我们可以看出本片的核心问题是"兔子朱迪与狐狸尼克是否可以成功合作(天性不同的人是否可以成功合作)"。可见,这一核心问题与主角的主要欲望并不直接相关。

由此我们可以看到,电影的核心问题可以与主角追求的主要欲望直接相关,也可以脱离主要欲望独立存在。

十二、电影主题与电影表达

我们对电影主题概念的把握是从剧本写作出发的,旨在找到电影内容的核心,即故事是围绕什么展开的。经过对故事两极系统的研究,我们发现了核心问题这一主题形式。那么,我们该如何回答那个经典的问题:你的电影表达了什么?

我们无法用核心问题作为答案去回答这个问题,因为当别人询问"你的电影表达了什么"时,他们期待的回答是个陈述句,而非疑问句。因此,我们该怎么看待电影表达呢?

电影情节之下的所有意义都是编剧在电影中做出的表达。我们以电影《公民凯恩》举例,虽然故事讲述了报业大亨凯恩的一生,但电影的主角却是一位调查凯恩临终遗言"玫瑰花蕾(Rosebud)"的含义的记者。记者通过走访凯恩的好友、前妻等人了解了凯恩的一生,最终也没弄懂"玫瑰花蕾"的含义。直到影片结尾处,我们看到工人正在处理凯恩的遗物,"玫瑰花蕾"赫然出现在凯恩童年的雪橇上，那是他被父母抛弃前最心爱的玩具。

这部电影表达了什么呢？我们可以说它表达了"无论一个人多有名，他真实的内心永远也不可能被他人了解"，也可以说它表达了"童年的美好将藏在人的心底，伴随人的一生"，还可以说它表达了"童年将对人的一生产生不可磨灭的影响"。观众能从情节中解读出的意义都可以视为电影的表达。

第七章　电影剧本中的人物

一、什么是人物

《现代汉语词典》对人物一词的定义是：文艺作品中所描绘的人物形象。人物是作品内容的重要元素，也是组成艺术形象的主体。文艺作品大多通过人物和人物的活动来反映现实生活。

电影剧本中的人物是电影中的形象和行动主体，是动作的承担者，是故事进展的引领者，是故事旅程中的导游。有时，观众会将自己带入人物，人物便成了电影世界中供观众使用的替身。

电影是一种以自由和丰富著称的艺术形式，其中的形象或行动主体可以是各种类型的。电影剧本中的人物既可以是人，也可以是物。无论在真人电影还是在动画电影中，当电影剧本中的主体是人时，它可以是男人、女人、跨性别人、无性别人、地球人、外星人、野人、狼人、变异人、超人、隐形人、死人、丧尸，等等。当电影剧本中的主体是物时，它可以是一辆小汽车、一个星球、一台沙发、一座山、一个玩具、一根香蕉、一只老虎、一张纸片，甚至是一个表情包，等等。

二、人物的特性

（一）人物是可被描述的

人物的外部形象是可被描述的。我们可以用高、矮、胖、瘦、怪、短、粗、细、长、跛脚、扭曲、水蛇腰、驼背等各种形象标签去描述人物,甚至可以用无形的、隐形的、可变形的进行描述。当我们在赋予人物任何一个形象特点时,就是在描述人物。

人物的性格也是可被描述的。相比于描述人物的外部形象,描述人物的性格是一件更难的事。人物的性格是复杂的、多样化的,而非单一特征的。然而,性格多样化的人物,其各种性格综合在一起后,也需要有一个可以被观众捕获的性格标签,如正直但胆小、表面乐观但内心悲观、暴力但脆弱等。人物的性格可以是变化无常的,这种特点可以被观众理解为一种"神经质"。此时,"神经质"就成了描述人物的性格标签。

(二) 人物不是某个真实的人类

虽然创作人物的素材来自真实人类,但编剧要明白:人物不是某个真实的人类。这并不是说编剧应当创造和真实人类截然不同的人物,而是说编剧可以自由地选取源于无数真实人类的一系列特征组成一个人物,这个人物的普遍性不应以某个真实人类为标准。

在生活中,我们虽然见不到《低俗小说》里马沙·华莱士那样的人,但我们见过身材高大的人、脾气暴戾的人、有"匪气"的人、故作幽默的人,在电影中,这些特征可以被组合到一个人身上。这种拥有复合特征的人在生活中也许显得不那么真实,但电影正是如此,接近于现实但又不等同于现实。正如法国电影新浪潮之父安德烈·巴赞所说"电影是现实的渐近线"。

(三) 人物需要做到相对真实

相对真实,指的是人物在现实生活中未必真实存在,但在编剧创造的电影世界中绝对真实。想要实现电影世界中的绝对真实,**电影世界的规则和人物的个人历史必须能对人物内外部特征自圆其说**。生活中绝不可能存在吞下炸弹还能存活的人,但在电影世界的规则之下,这样的人物可以是真实存在的,比如电影《变相怪杰》的主角斯坦利。

"个人历史能对人物内外部特征自圆其说"是指:电影释放的有关人物个人

历史的信息必须为人物的内外部特征提供合理存在的根据。如果编剧设置一个人物的外部特征，比如人物的面部有刀疤或文身，那么编剧必须提供足够的信息让观众了解人物这一外部特征的由来（根据），比如这个人物曾经经历过战乱或身为帮派的成员等。

人物的内部特征也是如此。电影要让观众有足够的信息了解人物内部特征的由来。更重要的是，当人物的内部特征如性格、思想发生改变时，电影要让观众掌握足够的信息了解这个改变是如何发生的。在创作领域，我们总关注一个人物是否被"立住"了，"立住"指的便是电影世界的规则和人物的个人历史能对人物内外部特征自圆其说。如果编剧没能做到这点，那么人物则不真实，"立不住"。

三、电影剧本中人物的分类

我们将电影剧本中可能出现的人物分为三类，它们分别是主角、配角、周边角色。

（一）主角

主角是电影中最重要的人物，他们是故事旅程的提供者。故事是主角的故事，没有主角也就没有故事。电影剧本的基本形式是讲述主角追求其主要欲望的过程，**因此，在角色多样甚至纷乱的影片中，只要分辨出整个剧本讲述谁在追求主要欲望，便可以界定出谁是主角。**

主角的视角是观众观看整个旅程的主视角，因而，观众用主角的视角经历整个故事。

从数量上来看，电影主角既可以是一个人，也可以是两个人，只有在极少数的情况下主角的数量才会多于两个。一部电影虽然可能讲述的是一个团体、一个阵营共同追求同一个主要欲望的故事，但由于观众的注意力和电影的篇幅是有限的，因而，电影的主角只能由一两个角色来担当。

观众必须深入了解主角，才能与主角产生情感联结，从而最大化地和主角一同体验主角经历的情感活动,最终实现情感释放。若电影中主角的人数过多,便会令观众本就有限的注意力被分散,没有足够的注意力同时观察、了解多个主角。这将导致观众无法与每个主角产生情感联结。

此外,若主角的人数过多,那么用于介绍主角的时间将被分割,观众将无法获得足够的时间去深入了解每一个主角。这同样导致观众无法对每个主角形成深入的情感联结,无法被主角的情感打动。如电影《星际穿越》中的飞行员库伯是影片中的唯一主角,他让观众深入地了解和体会到了他与孩子之间的羁绊,让观众通过电影最大化地与库伯感同身受。因此,当观众与库伯看到在错过的二十三年间地球上的孩子们发送来的几个视频时,会与库伯一同流下眼泪。倘若影片中有多个主角,则会让观众对库伯形成的情感联结减弱,那么当观众情感释放的契机来临时,其效果便会大打折扣。

为了让主角担当大任,编剧必须在创造主角时实现以下几个目标:

第一个目标——主角必须让观众与之形成联结。

这种联结,让观众将自己带入主角的身份。观众在看到主角经历冒险之旅时,就好像自己也在亲历冒险一样。实现这种联结的核心原理是:观众会自动捕捉到自己和主角之间的共同点(也被有些从业者称为共鸣点、共通点、联结点、共性、人物钩子、移情点等)。当观众找到自己与主角之间在样貌、性格、思想、生活环境、说话口音、面临的困境、所处的人生阶段等方面的共同点时,观众便会以这一共同点为桥梁,将自己带入主角的身份。

观众与主角形成联结会给观众的观影体验带来以下两点好处:第一,观众将自己带入主角视角后,便可以以第一人称视角沉浸式地体验整个故事旅程。无论是冒险片中的诸多惊险关卡还是主角经历的情感活动,都让观众得到如亲身经历一般的体验。这种体验常被称为"共情"。第二,当"共情"发生后,观众对主角命运的关注便如同对自己命运的关注,观众将紧密跟随故事的进展。这种对故事进展的紧密跟随,是观众得到戏剧满足的重要条件。为了让更多的观众能够与主角形成联结,编剧必须认真观察人类世界,以便找到全人类最普遍的共同点,并把这种共性安装在主角身上,以此形成主角与观众的联结。

有一种主角和观众之间的共同点几乎存在于所有电影当中,那便是个体与世界的关系。大多数电影都会讲述主角作为个体与整个世界的对抗,而我们与世界的关系不也是如此吗?我们自身作为一个独立个体,与整个世界的对抗是我们人生的主要内容。这种个体与世界的关系对于人物和观众来说是一种显著的共同点,能够吸引观众将自己带入角色。

另外一种让主角与观众形成联结的方式是,让主角成为偶像。偶像是令观众欣赏、称赞、羡慕、仰慕、尊敬的对象。当观众看到一个堪称偶像的主角时,便会产生一种心理:这个人令人羡慕,我希望我能成为这样的人。在这种希望下,观众将自己带入主角,与主角形成联结。很多电影之所以会选择英俊美貌的明星担任电影的主角,正是因为明星本身就是偶像,即便脱离情节,也能让观众将自己带入明星饰演的主角,与主角形成联结。

第二个目标——主角必须让观众喜欢。

观众只有喜欢主角才会主动关注主角的命运,从而将自己带入主角,实现与主角的联结。回想一下,生活中我们对于身边那些被我们厌恶的人,只会对他们敬而远之,与他们划清界限。在电影中也是如此,我们不希望在电影中看到令我们厌恶的主角。

主角必须让观众喜欢,这并不是说主角一定是个广义上光鲜亮丽的美好形象。主角可以是胆怯的、丑陋的、粗糙的,如怪物史瑞克。虽然外形是主角受到观众喜爱的重要因素(电影公司因此斥巨资为其电影产品制造明星阵容),但外形绝不是主角受到观众喜欢的必要条件。相比之下,主角展露出的内在品质更能使观众对其生出好感。怪物史瑞克虽然是一只外形并不美观的绿色大怪物,但是史瑞克的乐观、勇敢、纯情、单纯让他深受观众喜爱。

喜剧史上最令观众喜爱的角色之一"憨豆先生",是一个长相一般、性格怪异、收入平平、人缘很差、生活中囧事百出、频频出丑的人,但同时他也是一个高度自尊、极为乐观且超级坚强的人。他从不在比自己富有的人面前展示出一点自卑,即便生活中麻烦不断,他也永远会在各种境遇下拼尽全力解决麻烦。比如,憨豆先生买了一台沙发,但他发现他没办法把这个尺寸巨大的沙发拿回家。于是,他便把沙发放在他的微型车车顶,随后他爬上车顶,坐在沙发上,用拴在方向盘上的绳子控制车的方向将车开回家。

图 7-1　"憨豆式"驾驶

他的生活与大多数人都不同,但他不在乎别人的看法,过着一种有着特别格调的生活。表面上,憨豆先生是个性格怪异的麻烦制造大师,但其在生活中展露出的自尊、坚强的内在品质能够打动观众,收获观众的喜爱。

主角也并不一定是一个绝对意义上的好人。华语电影史上最有魅力的男性角色之一——《英雄本色》的主角小马哥就是个很好的例子。从社会层面来看,小马哥理应是一个被众人唾弃的黑道杀手,但《英雄本色》展示出了小马哥作为一个杀手的非典型性。我们在影片中可以看到,小马哥是一个幽默风趣、风流倜傥、关心底层劳动者的"专业人士"。和大多数靠赏金生活的杀手不同,相比金钱,小马哥更看重道义、兄弟情和尊严。在众多的黑道杀手中,小马哥无异于一位"侠义天使",因此,他深受观众的喜爱。

第三个目标——主角必须清晰了解自己的主要欲望。

在故事旅程中,主角可以经历短暂的疑惑,但当主角开始追求其主要欲望时,必须清晰了解自己想要什么。在某一类电影中,主角看似不知道自己想要什么,而电影讲述的正是主角寻找人生目标的故事,那么找寻一个人生目标就是主角的主要欲望。

更重要的是,主角还必须要知道主要欲望对自己的意义,如此,主角才能在整个故事旅程中奋进地、持续地追求自己的主要欲望。为此,编剧必须在故事中确保主要欲望对主角的重要性或不可或缺性。在剧作精良的经典电影中，主角追求的主要欲望并非一个可有可无的小目标，而往往是一个"求生级"的目标。我们在电影中经常看到讲述倾家荡产的人寻找金矿的故事，也经常看到病入膏肓的人寻找治愈良方的故事。主要欲望对他们来说往往是求生的关键。

第四个目标——主角的心理特征会发生改变，但这并非必然。

主角在获得故事旅程提供的人生经验后，其性格、人生观、价值观、世界观、善恶观等人物内在的心理特征可能发生改变。其心理特征发生改变的方式，如果写成公式则应表述为：

主角变化前的心理特征×电影旅程＝主角变化后的心理特征

虽然主角的心理特征发生改变的原理看似简单，但对于编剧来说，如何让这一变化令观众信服则是一件难事。我们都知道，人是很难被改变的，尤其是人的心理特征，这是因为人的心理特征是在生活背景、自然环境、文化环境等多方面因素长期的影响下形成的，心理特征往往根深蒂固，难以改变。有个打趣大体重人士的笑话是：百分之九十五的胖子瘦下来都是帅哥，但问题是百分之九十九的胖子根本瘦不下来。绝大多数胖子之所以频繁减肥又频繁失败的根本原因是，他们很难摆脱自己的生活方式，按照其生活方式，他们摄取过多的热量，同时很少进行体育锻炼，最终导致发胖。这种超重的身材正如人物的心理特征一样，是人物被生活塑造的结果。因此，如果编剧想要创造出令观众信服的人物心理特征的改变，则必须要创造出人物固有心理特征遭受重大挑战的时刻。这种时刻可能有多次，也可能只有一次。

《辛德勒的名单》里的辛德勒作为投机商人，其原始价值观在受到一系列挑战后（多次目睹犹太人遭受迫害的惨剧），才终于决定散尽家财，做一个在邪恶的环境中秉持正义的好人。相反，《沉默的羔羊》中的克拉丽丝，她虽然在和汉尼拔博士的几次对话中锁定了自己心理特征形成的根源，但其心理特征的改变发生在她最后成功杀死水牛比尔，营救被绑女孩的一瞬。克拉丽丝的内心一直对童年时自己没能拯救农场里发出尖叫的羔羊耿耿于怀，而被绑架的女孩儿也在地窖里向克拉丽丝发出求救声，正像当年用尖叫声向克拉丽丝发出"求救"的

第七章 电影剧本中的人物

羔羊一样。这一次,克拉丽丝成功击毙了坏人,救下了女孩儿。在克拉丽丝的庆功宴上,成功脱逃的汉尼拔博士问克拉丽丝:"那些羔羊停止尖叫了吗?"编剧用"尖叫的羔羊"这个设计让观众理解——那个被绑的女孩儿对克拉丽丝来说,就是她小时候没能营救的那只用尖叫向她"求救"的羔羊。当克拉丽丝救下女孩儿,她童年的心病也痊愈了。

业界很流行的一个用以描述人物心理特征改变的词叫作"人物弧光",这个词似乎打通了很多从业者和电影爱好者对人物理解的通道。对于很多编剧、策划和制片人来说,是否知晓这个词是判定一个从业者是否懂得电影剧本的重要标准。这个词在策划会、剧本会等行业会议中被频繁提及。很多遴选剧本的制片人甚至以观察剧本中的主角是否拥有人物弧光为鉴别电影剧本质量的关键指标。

人物弧光似乎成了剧本的必备要素。如果一个编剧无法快速、直接地表述其剧本中主角的人物弧光,就说明编剧在某种程度上"写错了"。而这个词之所以盛行,是因为人物弧光是一种在剧本讨论中容易被把握的东西。如果从业者对剧本写作这门技艺了解不深,也不知该如何决策剧本写作的方向,便会急于把人物弧光这个词掏出来用。事实上,这是一种错误的观念。电影主角心理特征的改变并不是必然发生的,很多电影并没有刻画主角心理特征的改变。这并不是说主角心理特征的改变可有可无,心理特征的改变至少会给剧本带来两个作用:

第一,剧本中主角心理特征的改变多是由"坏"转向"好"。剧本讲述一个有着内在"坏特征"的主角经历了故事旅程后化解了"坏特征",变成了更好的人的过程。在主角由坏转好的过程中将出现很多情感释放的契机,特别是主角心理特征发生改变后做出证明自己改变的动作的一瞬,极易让观众在此处发生强烈的情感释放,同时生出对主角巨大的认同和喜爱。

第二,主角心理特征的改变让观众感受到影片故事的进展。观众在看到人物发生转变后,便会觉得自己同影片中的人物一样经历了一段扎实的故事旅程,明确感受到故事向前的进展。

观众的这种进展感也可以由主角之外的人物来提供。《阿甘正传》的主角阿甘，一生中不断地接受人生给予他的"一块又一块味道各异的巧克力"。阿甘的善良、率真、纯粹从未发生过改变。相反，他的恋人珍妮从一个抵触童年过往、愤世嫉俗的嬉皮士变成一个阅尽千帆后内心平静的母亲。因战争而导致残疾、具有明显自毁倾向的丹中尉也从一个厌世者变为一个积极向上、热爱生活的健康人。这二人心理特征的改变都给观众带来一种电影的进展感，让观众感觉自己经历了一段扎实的旅程，而非一连串生活片段。

以上两个作用都可借助主角心理特征的改变来实现，因此主角心理特征的改变常被看作一种必需品。然而，如果编剧过于注重雕刻主角心理特征的改变，反而会产生很多副作用。很多编剧会强行为主角设置心理缺陷，把"主角拥有一个心理缺陷"作为主角人物设计的必备要素。有的编剧为主角设计心理缺陷是为了通过让主角拥有一个缺陷而变得真实、可爱、不完美，以便让同样不完美的观众与主角形成联结，继而将自己带入主角。如果编剧将主角克服缺陷的过程作为电影的主线情节，电影的情节便会过于集中在主角与缺陷相处或对抗的过程，整个故事进而变成了主角的疗伤之旅。编剧通过这种做法虽然也能写出意义集中的剧本，但其过于机械的人物设计思路极易将故事变为一种陈词滥调的样式。

（二）配角

配角，是配合主角的角色，他们出现在主角的周围，多作为主角的伙伴出现。他们往往有各种绝活儿，能够帮助主角在故事旅程中解决或大或小的问题。比如在《星际穿越》《世界末日》（迈克尔·贝导演）这样的科幻电影中，主角身边总有具备各种技能的配角，他们从各个方面在主角追求主要欲望的路上为主角提供帮助。

配角可以为电影提供趣味，丰富影片的内容。《世界末日》讲述一颗巨大的陨石正向地球飞来并将在十八天后撞击地球，对地球造成毁灭性打击的故事。影片使用的核心设计是：人类想要避免地球被陨石摧毁的悲剧，让一群劣迹斑斑的石油工人在陨石上打一个洞。

在地球即将被陨石撞毁的危急关头，拯救地球的最大希望竟然被寄予在一群有着各种"毛病"、劣迹斑斑的石油工人身上,影片的精彩之处正在于此。布鲁斯·威利斯饰演的"工头"身边的几个配角——几个石油工人可以说是"千奇百怪",他们在执行拯救地球的任务时状况百出。这大大提高了影片的娱乐性,丰富了影片的内容。试想,如果影片中的配角都和布鲁斯·威利斯饰演的工头一样严肃、多愁善感,那么这部影片还能像现在这样大放光彩吗?

配角可以与主角展开各种层面的互动,释放关于主角的诸多信息。主角的人物设计中包含了关于家庭背景、事业经历等大量的信息,这些信息需要有释放的出口,在很多时候,配角便承担了释放信息的职责。配角往往与主角在家庭、事业、个人历史等层面有着千丝万缕的联系,因此,配角与主角的互动一定会释放有关主角的各种信息。比如,我们经常在电影中看到配角跟主角说"你还记得吗?咱们小时候,世界不是这样的""如果你的母亲还在世,她一定不想看到你这个样子"。这些互动都在释放与主角相关的信息。

主角与配角的互动还能展示主角的人物性格。主角在面对不同的配角时将做出不同的反应,让观众可以从这些反应中了解主角的性格。比如,当主角面对天真的孩子时,观众会看到主角慈爱的一面。当主角面对一个悲惨的老人时,观众会看出主角悲天悯人的性格特质。为了反映出主角性格的不同侧面,配角的设计必须是丰富而多样的。"多样化"便是编剧在设计配角时的第一要务。

在故事的进展中,配角还经常成为为故事打开新局面的关键,成为主角追求主要欲望的道路上的转折点。主角或是经过配角语重心长的劝说而克服了某种内心的桎梏,或是在配角不经意间的点拨下想到了解决困境的方法。

电影《独立日》中就有这样一个经典的设计:地球人发现外星人的飞船外部有一层看不见的保护网,保护网坚不可摧,甚至连核武器都无法突破。正当杰夫·高布伦扮演的电脑工程师戴维为对抗外星人感到一筹莫展时,他的父亲——一个言语犀利的老头儿来到他的身边提醒他小心感冒。戴维惊呼其父亲为天才,他被父亲的话启发,想到可以用植入病毒的方法让外星人的防御系统"感冒",从而瓦解其保护网。

从电影剧本的整体结构来看,配角可以拥有一个独立的、与主角的主要欲望平行的欲望目标。配角对这一欲望目标追求的过程被称为**副线情节**,区别于讲述主角追求主要欲望的主线情节。故事时常在主线情节和副线情节间往复跳跃,令故事内容得以丰富。

了解你的配角、善用你的配角,他们会为你解决很多问题。

(三) 周边角色

理想情况下,编剧塑造的电影世界应该是一个真实的世界。在一个真实的世界中,除了主角和配角这样的人物以外,还有形形色色的其他人物,他们以合理的方式或缘由存在于电影世界中,被称为周边角色。周边角色虽不影响故事的进展,但同样重要。

周边角色能够将编剧创造的电影世界真实化。回想一下《虎胆龙威》中的纽约市和《阳光灿烂的日子》中的北京市,路上的居民、主角的邻居等周边角色所穿的服装、使用的语言、对外界刺激做出的反应是完全不同的,但他们都恰如其分地证明了其所在的电影世界的真实性。动画电影《疯狂动物城》中的动物城(Zootopia)是一个无数种动物混居其中的动物乌托邦。电影为了证明这一点,使用了大量的、不同种类的动物作为周边角色,让观众迅速接受"动物城是个动物乌托邦"这个基础设计。

周边角色也能为影片提供一些点缀式的趣味。这种趣味不依靠于主角和配角,也不推动或阻碍故事的进展。两个路过的角色"快闪"似的说了个笑话或出了点丑,仅此而已。

周边角色的功能之所以较为简单,是因为电影应着重展示以主角和配角为主的旅程,周边角色只被用作电影世界和故事旅程的填补物。然而有时候,周边角色却成了编剧初学者的"救命法宝",初学者常常对周边角色过度使用,这标志着其叙事能力的不足。初学者会将周边角色作为故事进展的工具,在主角追求主要欲望遇到困境时,设置一个突然现身的周边角色,该角色自言自语道:"其实只要那么做不就可以了吗?"周边角色看似不经意实则刻意的一句话使主角获得点拨,让主角如梦初醒、喜出望外。这种主角被周边角色点拨的方法看似合理,但这种"天降奇兵式"的方法实则显得过于随意和巧合。编剧初学者有时还会将周边角色作为释放信息的道具,这种方法更为拙劣。当主角路过三五成群的路人时,一个路人嘀咕着:"你听说了吗?他们家中了诅咒,前两年死了好几个人。"另一个路人:"是啊,听说他在城里上学,学费都是他那开药铺的老爹的家产,听说还不少呢!他这次回来肯定是为了迎娶他青梅竹马的女孩!"这种方法看似有着极高的信息释放效率,但这种直白的信息释放方式显得过于生硬,会让观众识别出这是编剧为了交代信息而使用的一种"手法",从而感知到故事的编纂痕迹,增加故事的虚假感。

四、PENA——一种人物设计方法

一般来说,周边角色大概只占据影片中几秒钟的时间,而观众对其审视的时间则会更短,因此周边角色一般不会出现"立不住"的情况。主角和配角就不同了,他们占据几十分钟的银幕时长甚至贯穿全片,观众会对他们进行长时间的审视。一旦主角的内外部特征与电影世界的规则或主角的个人历史发生冲突,主角的真实性便很容易被人质疑,最终可能导致人物"立不住"的情况发生。

这种冲突的发生常常是由于编剧对主角没有形成足够深入的了解,因而无法判断其所展露出的特征的合理性。为了防止这种情况出现,编剧必须对主角进行深度设计,设计主角从过去到现在的演变过程。在此,我们提供一种方法——PENA 人物设计法。

什么是 PENA 人物设计方法呢?P 指的是 Past,即人物的过去,E 指的是 Essence,即人物的本质,N 指的是 Now,即人物如今的特征,A 指的是 Action,即人物做出的动作。P、E、N、A 自然形成顺序,即**人物的过去塑造了人物的本质,人物的本质决定人物如今的特征,人物如今的特征触发人物做出动作,走上追逐其主要欲望的道路**。其关系如下图所示。

图 7-2 PENA 人物设计方法推导逻辑图

人物的过去(P)塑造人物的本质(E),是指人物在过去的遭遇将塑造人物的内在本质,即"他是个什么样的人"。人物童年的遭遇往往会对人物的本质进行最深刻的塑造。颠沛流离、缺少爱意的童年可能会造就一个极度缺乏安全感的主角,如《公民凯恩》中的凯恩的本质特征就是"极度缺乏安全感"。

人物的本质(E)决定人物如今的特征(N),指的是人物的本质会潜移默化地影响人物多方面的特征,如脾气秉性、思维模式、行为模式、外在样貌等。在《公民凯恩》中,极度缺乏安全感的凯恩在其本质的影响下,表现出一种对周遭的人或事物过分的掌控欲,他渴望在爱情和事业中成为"主宰者";众人以为他的野心是成为一个传媒界的国王,实际上他只是用这种成为主宰者的方式疗愈其因童年被抛弃导致的安全感缺失的痛苦。

人物如今的特征(N)触发人物做出动作(A),指的是人物如今的特征会触发其做出在追求主要欲望之路上的特定动作。比如,在一个讲述人物面临窘境,急需用钱的故事中:《加勒比海盗》中的杰克船长会召集船员,前往传说中的藏宝圣地寻找财宝。《西游记》中的孙悟空会前往天宫偷出宝贝后设法变卖。《憨豆先生》中的憨豆先生会想办法假装自己搞来了钱以渡过难关。人物做出的动作必须与人物的特征契合,如哈利·波特绝不可能通过背叛朋友的方式为自己牟利,这与他的人物特征不符。

为了让大家更好地理解 PENA 人物设计法,我们在此举出两个人物设计的例子。

第一个例子是贝尼特·米勒导演的电影《点球成金》中的主角比利·比恩。

人物的过去(P):比利·比恩曾被视为天才棒球选手,球探对比利和比利的父母信誓旦旦地表示,极少有人能像比利一样集多种天赋于一身。比利拿了巨额签约金加入了球队,他甚至放弃了入学斯坦福大学的机会,但没想到比利的天赋被错误地预判,他在场上表现不佳,最终草草终结了自己的球员生涯。

人物的本质(E):比利成了一个对失败感到恐惧和焦虑的人,同时他对自己的天赋被误判这件事的偶然性产生了怀疑,他觉得一定是某些地方出了问题!

人物如今的特征(N):比利成了一个球队经理,他对每一场比赛感到忐忑,

第七章　电影剧本中的人物

因此他从不在现场观看球赛。一旦比赛开始,他就躲到健身房里,一边健身,一边从电视或收音机中关注比赛的进程。同时,因为他对自己当年被误判的过往耿耿于怀,所以他对棒球界惯常的选人方法怀有质疑。

人物做出的动作(A):一次,比利前往某球队办公室商讨球员交易事宜。在谈判的过程中,他发现对方的经理和球探都在听取一个年轻人的意见。会后,比利单独找到这个叫作彼得的年轻人。通过比利的几经试探,彼得终于告诉比利,他在用一种全新方法为球队挑选球员。原来在彼得的眼里,球探使用的那一套挑选球员的经典方法已经过时。在彼得的理论中,外貌、挥棒动作等各种常规标准都不能用来判断一个球员的真正价值。此时,比利对自己当年天赋被误判这件事的怀疑再度在心中升起,他相信正如彼得所说,他当年一定是被一套错误的标准误判为了天才。因此,比利决定用彼得的方法挑选球员,找到真正能够组成制胜球队的球员,为克利夫兰运动家队赢取胜利,并以此证明自己当年天赋被误判这件事不是一个偶然。

第二个例子是巴里·莱文森导演的电影《雨人》中的查理·巴比特。

人物的过去(P):查理·巴比特出生在一个富裕之家,他认为他的父亲对其所拥有的物品的爱大过对自己的爱。查理曾因未经允许触碰了父亲心爱的一辆老爷车而被严厉惩罚。

人物的本质(E):在父亲和家庭关系的影响下,查理成为一个利字当先的、自私的人。他做任何事情都从自己的需要出发,毫不考虑别人的感受。由于父亲对他的态度,他对父亲有着深深的怨恨。

人物如今的特征(N):如今的查理是一名靠倒卖进口汽车赚取差价的贸易商人。查理的女友苏珊娜是他的员工之一。生活中,查理总因其自私的行为刺痛苏珊娜。一提到父亲,查理就气不打一处来,对父亲当年的自私行为耿耿于怀。

人物做出的动作(A):查理在生意遭遇危机、濒临破产之时得知父亲去世。查理从遗嘱中知晓父亲将遗产分配给了查理和他"素未谋面"的哥哥雷蒙德·巴比特,哥哥雷蒙德拿到了巨额的遗产,查理却收获寥寥。查理对父亲的愤怒再度燃起。处在破产边缘的查理,决定绑架自己的哥哥,拿到自己应得的那份遗产。

71

五、外在欲望与内在欲望

《雨人》中的查理·巴比特被看似自私的父亲深深影响,成为一名视财如命的投机商人。在查理濒临破产的危急关头,他选择了一个在他看来最有力的挽救危局的方法——绑架自己的哥哥。这一动作蕴含着查理的主要欲望——拿到属于自己的、可以帮助自己逆转危局的钱。在《点球成金》中,比利·比恩用新方法帮助球队取胜这一动作也蕴含着比利的主要欲望——带领球队拿到美国职业棒球大联盟冠军。

我们如果仔细观察人物的过去(P)和人物做出的动作(A)的关系,便可以发现两人的主要欲望实际存在于两个层面,两人表面追求的目标实际只是人物的外在欲望,与此同时,人物还具有一个内在欲望。

外在欲望是人物在故事旅程中表面的欲望目标,这个目标大多是对关于某种实物的获得,如遗落的宝藏、胜利的奖杯等。而内在欲望是在表面欲望之下的、人物"心底"的愿望,是个性化的、只属于人物个人的愿望。这一愿望来源于人物的过去(P)。人物过去的经历,让人物产生了内在欲望。内在欲望与外在欲望同时存在,因而,人物在追求外在欲望的同时也在追求内在欲望。

《点球成金》中的比利·比恩的内在欲望来源于其年少时天赋被误判的经历,从那时开始,他对自己天赋被误判这件事耿耿于怀,他一直怀疑传统球探遴选球员的方法不对,并想将其推翻,证明自己当年被误判的经历不是偶然的。这一证明就是比利·比恩的内在欲望。当比利·比恩看到彼得用数据去判断球员价值的新算法时,他内心实现内在欲望的渴求被激发,在内在欲望和外在欲望的双重加持下,他决定孤注一掷,用新算法选择新球员,应对接下来的比赛,向冠军发起冲击。

在《雨人》中,查理一直对父亲怀恨在心,他从小就有一个内在欲望——报复父亲。由于他在生活中没有实现内在欲望的机会,因而其内在欲望就如同一根长在查理心中的树苗。直到查理的父亲去世,查理发现自己的父亲没有公平地分配遗产。这消息就像水,滋润了查理心中想要报复父亲的这根树苗。查理决定绑架哥哥以逼迫哥哥的监护人将自己应得的遗产交出来。在外人看来,查理只是一个自私自利的不孝子,而查理自己很清楚,自己就是要通过这种手段让父亲的"阴谋"失算,以此报复父亲。

相比之下,《三块广告牌》中的愤怒母亲梅尔德丽德的内在欲望则形成得较晚一些,她的内在欲望不来源于年少时期,而是来自故事开始前的几个月。几个月前,正是由于梅尔德丽德拒绝将车借给女儿,才导致女儿殒命。

梅尔德丽德看似与整个世界为敌,如火如荼地逼迫警察找到杀害女儿的凶手,但实际上在其行为之下有着一个不为人知(甚至是不自知)的内在欲望,这个欲望便是消除自己害死女儿的罪孽感。梅尔德丽德通过向周遭的人们施暴的方式消除罪孽感。想想我们自己是否也是如此?我们有时对别人展示出冷酷无情或暴力其实只是为了克服自己内心的某种症结,而非真的对别人怀有敌意。

人类就是如此,表面的欲望之下还有另一层不为人知的内在欲望,这是人类身上真实存在的一种复杂性。电影写作的基础是对人类的深刻观察,在此观察中,必定会看到人类自身的复杂性,而写出这种复杂性是职业编剧的重要能力。

六、性格的复杂性

人物的复杂性不止体现在其欲望结构上,同样体现在人物的性格特征上。

我们经常称那些性格特征单一且特征极为凸显的人物为脸谱化人物,这些人物设计似乎只用一个词即可概括,如忠诚、勇敢、老实、好人,或用多个同类词的组合也可概括,如勇敢坚强、善良淳朴。脸谱化人物在电影中表现为具有单一性格特征的人。在某些特殊的文化语境或故事背景中,这种人物是存在的,但在大多数情况下,这种人物是虚假的。为了写出一个真实的人物,编剧必须直面人类性格的复杂性,创造复杂的人物,让观众去发现人物的多重性格,进而产生对人物的个性化认识。

人类的性格是在生活环境、社会环境、教育背景等因素长时间的影响下形成的,具有显著的复杂性。人类为了在群体中生存,会主动地隐藏自己的部分性格特征,因而,我们在生活中看到的大多数人都是"性格统一体"。不过,人类性格的复杂性将在生活中一些特定的时刻展现出来,比如,一个看起来善良的人可能会在生活琐事的刺激下突变成一个残暴的人,一个看起来无比坚强的硬汉可能在独处的时候想到自己童年的伤疤而脆弱地流下眼泪。因此,为了使剧本中的人物看起来真实,编剧必须在故事中创造出人物可以展示其性格不同侧面的时刻。观众只有见识到人物性格的复杂性,才能感受到人物的真实性。而只有面对真实的人物,观众才能对其生发感情。一个虚假的人物会激起观众本能的抵触,使观众闭锁自己的情感,内心毫无波澜。

有时,复杂的反面人物会令观众着迷。在思想上,反面人物往往不认为自己是个"反派",他们认为自己不过是秉持着世人不能理解的"真知灼见"并做出贯彻其中哲学的行为的好人。他们也符合 PENA 人物设计方法,其个人历史为他们的行为提供确切的情感支撑或理论依据。在他们眼里,主角才是和他们意志相悖的反派。有时面对振振有词的反面人物,观众甚至可能被他们说服,对他们产生认同感。在性格上,反面人物常常具有一种神经质的特征,在不同的瞬间,他们有着截然不同的性格特点,这种性格的复杂性时常能为观众提供惊喜。其中,最有代表性的就是系列电影《蝙蝠侠》中的小丑,小丑成为这些电影中令观众关注的焦点;在 2019 年,美国导演托德·菲利普斯更是拍摄了以小丑为主角的传记电影《小丑》,该片在中国最大的影迷社群网站"豆瓣电影"上的评分高达 8.7 分。这部由虚拟人物担任主角的传记电影获得了 2019 年第 76 届威尼斯电影节金狮奖。

七、信息塑造人物

关于人物塑造,编剧的最终目的是让观众对人物进行充分的认识。因此,我们聚焦一个问题——观众如何获得对人物的认识?在回答这一问题之前,我们先要问自己:在现实生活中,我们如何认识自己身边的人?

我们对身边人的认识来自我们的观察,我们会观察其相貌、衣着、居住环境、说话声音、待人接物时的状态等,同时还会观察其说了什么、做了什么。我们观察的过程实际上是一种信息捕获的过程,即捕获与这个人相关的各种信息,最终实现对这个人的认识。而观众在观影中也是如此,观众通过对人物的观察,捕获各种关于人物的信息,最终实现对人物的认识。因此,编剧可以用信息塑造人物。为了让观众对人物形成正确的认识,编剧必须精确地控制释放给观众的信息,把精心编排的信息呈递给观众。

电影与生活不同,在生活中我们往往需要通过长时间的观察才能真正了解一个人,所谓"日久见人心"。相比之下,电影的时长是有限的,因此编剧用信息塑造人物的时间也是有限的,编剧不但要将精心编排的信息呈递给观众,还要在有限的时间内完成这个任务,这对编剧用信息塑造人物的效率提出了要求。编剧应当抓紧时间,在人物动作、语言等各个方面的描写中释放与人物有关的信息。

此外,编剧还可以创造一定的私密时刻。私密时刻是指人物独处或暂停追求欲望目标的静态时刻。在私密时刻中,人物往往不慌不忙地与其他人物进行真诚的交流,在交流中表达出自己真实的心声。观众可以借助私密时刻释放出的信息对人物进行认识。

第八章　剧本的进展策略

无论我们把电影看作艺术品还是商品，我们对观众的期望都是一样的，我们希望观众在一百多分钟的放映时间内，不会有片刻的分神，紧密地跟随故事进展。只有观众足够紧密地跟随故事进展、沉浸地体验故事，才能尽情享受其中，不会感受"无聊乏味之苦"。为了实现这一目标，我们必须有策略地创作电影剧本。本章将讲解观众紧密跟随故事进展的主要原因，进而了解剧本的进展策略。

一、快感索取

快感索取，是指观众为了主动索取电影提供的快感而紧密跟随故事的进展。快感主要来自电影提供的四种娱乐：感官娱乐、新知娱乐、信息娱乐、情感释放。每一种娱乐类型，都可以提供令观众获得正面感受的快感。

因为观众会为了主动索取电影提供的快感而紧密跟随故事的进展，所以编剧在剧本中应当尽力为观众制造获得快感的机会，但这并不意味着编剧可以无节制地为观众提供快感。一方面，电影提供快感时必须考虑到观众的快感预期。如果即将出现的内容为观众带来的快感无法超越观众的快感预期，那么观众便会生出"失望感"等负面感受；另一方面，编剧要考虑到德国经济学家戈森曾提出的一个观点：同一享乐不断重复，则其带来的享受会逐渐递减。这一观点是经典经济学理论"边际效用递减"的前身，它告诫编剧要控制观众收获的同类快感的总量，过量的同类快感便会失去其应有的效果，过犹不及。

因此，如果我们要创作一部战争电影，那么我们必须让每一个战斗场景的激烈程度逐渐增加，同时要控制战斗场景的总量，以避免观众因收获过量的同类快感而对电影提供的娱乐感到麻木。

二、吸收新鲜信息

吸收新鲜信息，是指观众会持续吸收电影释放的新鲜信息而跟随故事的进展。

主动吸收新鲜信息是人类的一种本能，而电影可以利用人类的这一本能进行创作。电影中的新鲜信息可能关于人物、世界观、情节走向等，它区别于已知信息，是观众暂不知晓的信息。在观影过程中，当观众意识到新鲜信息被释放了出来，便本能地捕捉、吸收新鲜信息，在吸收新鲜信息的过程中，也就跟随了故事的进展。

与新鲜信息相对的是已知信息。故事不能持续释放已知信息。观众若持续接收已知信息，便暂停了吸收新鲜信息的本能，从主动跟随故事进展转为被动跟随，在观影过程中感到疲惫和无聊，产生所谓的"尿点"。为了避免"尿点"的产生，故事必须在持续释放新鲜信息的过程中向前发展，不能走回头路，不能把观众早已得知的信息重复释放给观众。

技巧娴熟的职业编剧往往能够以合理的速度持续释放新鲜信息。克里斯托弗·诺兰编剧和指导的影片《盗梦空间》中包含一个复杂的核心设计——盗梦师接到一单无法拒绝的生意，他要以潜入梦境的方式在他人心中植入一个想法。

这个核心设计包含着诺兰庞大的世界观设计。为了让观众能够看懂故事，编剧必须为观众介绍造梦、入梦、多层梦境、防御系统、身体感知系统等诸多相关设计。在片长148分钟的电影中，有将近60分钟的时间都在为观众讲解这些设计。即便这样，观众也看得津津有味，鲜有疲倦发生，这是因为编剧及导演以适当的速度持续释放与"盗梦"有关的新鲜信息，这使观众在被信息牵引着跟随故事进展的同时不会感到疲惫和无聊。

另外，编剧必须要了解的是：信息是否"新鲜"。一类新鲜信息是相对新鲜的新鲜信息，这类信息与观众在观影过程中收获的全部信息相比，是新鲜的；另一类新鲜信息是指绝对新鲜的新鲜信息，这类信息在观众的整个观影历史中都是新鲜的。

克里斯托弗·诺兰的电影中总包含着大量新鲜信息，涉及魔术、历史、战争、宇宙、物理等诸多门类。可以说，这些新鲜信息在观众的整个观影历史中都是新鲜的，称得上绝对新鲜。当然，编剧要在电影中实现信息的绝对新鲜是有门槛的，无论是诺兰的天赋还是他可触及的资源（《星际穿越》的科学顾问是美国物理学家、诺尔贝奖得主基普·S.索恩）皆为大多数编剧难以企及的。

绝对新鲜的新鲜信息还可以来自人物设计。我们以电影《法国贩毒网》为例。《法国贩毒网》中的反派是一个法国富豪——阿兰，他是全球最大海洛因走私网的运营者。和观众以往看到的那些肌肉强壮、满嘴脏话、皮肤上有着大面积刺青、随身携带武器的毒枭形象不同的是，阿兰有着标准的绅士形象。他穿着得体的高档西装，还拿着一根格外彰显绅士气质的手杖。他刚刚谈完非法生意，在回家的路上买上一束鲜花，回到家后送给他充满青春活力的妻子。在与妻子亲密接吻后，他掏出送给妻子的生日礼物——一台照相机。妻子欢呼雀跃。这哪儿是毒枭？这分明是一个热爱家庭的精致好男人。如此罕见的反派形象瞬间释放了大量绝对新鲜的新鲜信息。观众在本能的驱动下认真观察这个反面人物。如果观众的大脑能说话，它大概会说："看，这种人还真没见过，咱可得好好看看！"

除此以外，绝对新鲜的新鲜信息还可以来自影片中的各种设计。

从电影的创作理念来说，编剧必须把"新鲜"作为一种创作信条。当电影开始于陈旧，编剧就放弃了让观众紧紧跟随电影进展的最基本的方法之一。

好的电影，往往从"新"开始。

三、打破悬而未决

"悬而未决"，指的是故事线索中存在多种可能或未知的部分。"打破悬而未决",是观众的一种行为模式,它指的是:"悬而未决"将吸引观众紧密跟随故事进展直到"悬而未决"被打破、观众获知完整的故事线索。

"打破悬而未决"起效的基础是人类的好奇心和求知欲。当观众在观看电影时遭遇"悬而未决"的情况,人类的好奇心和求知欲会驱使观众紧密跟随故事进展以"打破悬而未决"。有时候,我们会发现身边的人正痴迷地观看一部电影,可当我们问他们好不好看时,他们却表示电影一般,只是想知道这故事后来怎么样了。此时,"打破悬而未决"正在起效,观众持续观影只为"打破悬而未决",获知故事线索的最终走向。

如今,"打破悬而未决"正面临挑战。观众在互联网平台大量观影,拥有了丰富的观影经验。越来越多的故事进展模式被观众熟知,各种"悬而未决"在观众观影经验的辅助下早已"尘埃落定"。这一残酷的事实逼迫编剧做出超越观众观影经验的种种崭新设计,而"崭新"应该从故事的核心设计做起。

核心设计是故事的主要设计,整个故事的戏剧性和精彩程度在很大程度上是由核心设计决定的。核心设计能够为故事创造大量的"悬而未决",促使"打破悬而未决"的发生。上映于1996年、由迈克尔·贝导演的经典动作片《勇闯夺命岛》的核心设计是:一个科学家要潜入固若金汤的监狱解救人质并制止一颗毒气弹向旧金山发射,但这个科学家自己是个胆小鬼,他的队友是个顶级罪犯。核心设计创造了大量的"悬而未决"——谁会试图向旧金山发射毒气弹?胆小的科学家要如何解救人质?为什么会让一个顶级罪犯帮助科学家?罪犯会不会有私心?潜入监狱的过程中会面临什么关卡?科学家和罪犯该怎么相互配合?这些"悬而未决"将激起观众的好奇心和求知欲,让观众紧密跟随故事的进展。相反,如果电影缺少核心设计或者核心设计没能创造"悬而未决"的情节,那么便无法让观众被"悬而未决"吸引,从而主动地跟随故事进展。最终,观众将感到无聊,表示"看不下去"。

假设一部电影叫作《上班奇遇记》,它讲述的故事是:一个工作繁忙的男人开车上班,全程堵车。这部电影一定不会大卖,因为这部电影缺乏核心设计,缺乏"悬而未决"。观众可以通过想象得知这个故事的全部过程和结果,难以主动地跟随故事进展。然而,如果《上班奇遇记》的核心设计是"一个男人驾驶着一辆装有炸弹的汽车,他必须保持稳定的车速以避免车里的炸弹爆炸",这一核心设计将激发大量的"悬而未决"。谁安装了炸弹？为什么安装炸弹？男人如何保持车速？他如何穿过拥挤的车流？炸弹在哪里？男人能否找到炸弹？男人最后是生是死？观众在观影中遭遇这些"悬而未决"后,若想要打破这些"悬而未决",就必须认真地看下去。

是的,上面这个创意在1994年就被人使用,拍摄成了电影《生死时速》。

让我们来看下几部经典影片的核心设计。

《点球成金》的核心设计是：一个流失大量球员的棒球队想要赢得冠军,球队经理将使用全新的算法挑选球员。

《世界末日》的核心设计是：人类想要避免地球被陨石摧毁的悲剧,一群劣迹斑斑的石油工人将在陨石上打一个洞。

《星际穿越》的核心设计是：在人类即将灭绝的背景下,科学家在神秘力量的指引下前往一个被刻意放置的虫洞。

《特工佳丽》的核心设计是：因为恐怖分子混入选美大赛,所以警方派出了一个有着男孩性格的女警卧底办案。

仔细观察经典电影的核心设计,我们会发现,核心设计由两个部分组成：

第一个部分是电影选择讲述的故事题材。电影题材多种多样,如黑帮、末日、监狱、选美、棒球比赛等。优秀的编剧往往会尽力选择新鲜的题材,因为新鲜的题材不常见于生活,这使故事讲述的内容对观众来说是新鲜的。可以说,新鲜的题材让故事对观众产生吸引力。

第二个部分是"变数",变数可能是一个人、一种身份、一个道具、一种状况、一个条件……变数是故事中一个被精心放置的不稳定、不确凿的因素,如《点球成金》中的选球员的算法、《星际穿越》中人为放置的虫洞、《世界末日》中的石油工人、《特工佳丽》中有着男孩性格的女警员。变数让故事中复杂的局面变得更加复杂、奇特的局面变得更加奇特,最终创造出大量的"悬而未决"。

除了核心设计能够创造"悬而未决",引发"打破悬而未决",情节铺排也具有相同的功能。威廉·弗莱德金导演的警匪犯罪电影《法国贩毒网》在1972年的第44届奥斯卡金像奖颁奖礼上,一举拿下最佳影片、最佳导演、最佳男主角、最佳改编剧本、最佳剪辑五项大奖,该片有一个扣人心弦的段落堪称使用情节铺排引发"打破悬而未决"的范例。

吉恩·哈克曼饰演的侦探道尔经过长时间的调查跟踪,认定一大宗毒品被藏在一辆为社会名人所有的汽车里。于是,道尔便与搭档合作扣押了这辆汽车,继而对汽车进行拆解,进行了一番彻底的搜查。即便在汽车专家的协助下,道尔与搭档仍然一无所获。所有人都怀疑道尔情报的准确性,道尔自己也感到不可思议。

这时,道尔的搭档不经意间注意到这辆车的实际重量要高出汽车在出厂时官方说明的重量。于是,他肯定道尔的判断是正确的,毒品一定藏在这辆车里。汽车专家表示除了保险杠,所有的零件都检查过了,并没有发现毒品。道尔和搭档立刻着手拆除保险杠,没想大量的毒品果然就藏在保险杠中,道尔对自己的收获十分得意。可这时,观众却看到道尔和搭档把车重新装配好后还给了车主。车主如约开车前往一栋郊区别墅,与纽约的买家进行毒品交易。此时,大量的"悬而未决"出现了,警察什么时候抓捕毒贩?警察打算欲擒故纵还是另有其他计谋?警察什么时候会收网?坏人是否会识破警察的计谋?观众为了得到这些问题的答案、打破"悬而未决",紧盯屏幕,他们知道:只要他们紧密跟随故事的进展,答案将马上揭晓。

很多电影为了创造"悬而未决",还会使用"增加变数"的方法,加入一个或多个额外的变数。这些额外的变数将对故事产生巨大的影响,创造出更多的"悬而未决"。额外变数创造的"悬而未决"将对观众产生吸引力,因此这些变数常常出现在影片的故事简介中,其形式通常是:主角不知道的是,几个杀手已经悄悄地向他逼近;在主角一行人执行任务的同时,一颗藏匿在车下的炸弹已经开始倒计时;当一行人走上对抗魔王的旅程时,主角发现封印在自己身体里的邪恶力量开始蠢蠢欲动。

在很多剧本讨论会中,我们往往会听到这样一种声音:这场戏没有足够的张力。什么是张力?张力就是"悬而未决"对观众产生的吸引力。如果我们说一场戏有张力,实际上就是说在这场戏中"打破悬而未决"的故事正在发生。

"打破悬而未决"的创作手段常常为悬疑片所用。悬疑片大师希区柯克的

"炸弹理论"广为流传,希区柯克曾说:"三个人在玩儿扑克牌,牌桌下有一颗炸弹。这时炸弹突然爆炸,那么故事就毫无悬念了。如果先将桌下藏有一颗炸弹的信息告诉观众,再展示三个不知情的人在玩儿牌,那么观众就会被吸引,时时刻刻关心炸弹什么时候爆炸。"炸弹随时可能爆炸,但又不知道什么时候爆炸,这就是"悬而未决",它会对观众产生强大的吸引力。

在理想的情况下,每一场戏的结果对观众来说都应该是"悬而未决"的状态,观众渴望得知这场戏的结果,从而紧紧跟随这场戏的进展。矛盾的是,生活中大多数现实情况的结果都是可预知的,即便无法精准预测结果,结果对观众来说也难称"悬而未决"。因此,电影中的情节必须是精心加工的现实,其复杂程度必须高于生活,如此才可能创造出"悬而未决"。回想一下《碟中谍》系列电影,主角伊森在很多场戏中做出了"上天入地"的高难度动作,让观众感受到了"悬而未决"——不知道伊森能否成功、敌人是否会发现伊森的计谋、伊森的伙伴是否能够完成助攻……

以上便是观众紧密跟随故事进展的三个主要原因——快感索取、吸收新鲜信息、打破"悬而未决"。通过对这三个主要原因的总结,我们可以得出三种剧本进展的策略:

第一,编剧应在故事的进展中持续为观众提供快感。

第二,编剧应在故事的进展中持续释放新鲜信息。

第三,编剧应在故事中使用种种设计创造"悬而未决"。

下面我们将介绍一种剧本进展策略,它是以上三种策略的综合体。这种策略能够使故事在进展中持续释放新鲜信息,创造"悬而未决"。偶尔,它也能为观众提供快感。我们将这种策略称为曲折前进。

四、曲折前进

曲折前进是一种剧本进展策略,它是指**故事在进展的过程中遭遇多重阻碍,曲折向前**。

第八章 剧本的进展策略

生活时而平静如水,时而一波三折。剧本中讲述的故事与生活不同,故事必须摒弃平静,曲折前进。在整个故事中,主角为了实现主要欲望,做出动作,这个动作可能使他实现主要欲望,也可能暂时无法使他实现主要欲望,这一过程一定是曲折的。主角在做出动作的过程中一定会面临各种事故、意外、打击,最终他可能克服这些阻碍,成功实现主要欲望,他也可能被阻碍击败,不得不做出下一个动作。

故事的"曲折"对主角来说可能是灾难,对编剧来说则是机会。编剧可从三个方面利用"曲折"进行创作:

1. "曲折"意味着有全新的状况在故事中发生,编剧可借此加入大量的新鲜信息。

2. 编剧可以使用"曲折"打破故事线索的稳定性或完整性,制造"悬而未决"的局面。

3. 编剧可以利用"曲折",使用"反转"的手法,给观众提供突然的快感,比如突然的情感释放。

不但整个故事应当是曲折前进的,并且单场戏也应当是曲折前进的。结构完整的单场戏包含四个要素:主人公、目的、对手、结果。一场曲折前进的戏指的是在这场戏中,无论最终主人公是否实现目的,主人公将曲折地得到结果。

那么这种曲折该如何实现呢?如果我们观察经典电影中的单场戏,会发现一种常见的写作模式:**在单场戏中,主人公为了实现目的做出一系列动作,在这一过程中,主人公将故事旅程会非常的曲折,最终他将在自信时迎来失败,在绝望时迎来成功。**

这是一种饱含"曲折"的单场戏的写作模式,它可以帮助编剧在单场戏中释放新鲜信息,创造"悬而未决"的情节,为观众提供突然的快感。

在电影《猫鼠游戏》的后半段,莱昂纳多·迪卡普里奥饰演的诈骗犯弗兰克继续逃窜,汤姆·汉克斯饰演的美国联邦调查局(FBI)探员卡尔带领众探员计划在机场逮捕弗兰克。卡尔是本场戏的主人公,他的目的是抓住弗兰克,他的对手是弗兰克。这时我们看到假扮飞行员的弗兰克带着他招募来的一帮空姐浩浩荡荡地进入机场，一行人从两个美国联邦调查局探员面前经过。很明显，探员已经被靓丽的空姐们吸引。神经紧绷的卡尔接到他手下的探员打来的电话说自己看到了一个穿着飞行员制服的年轻人，并且十分确信这个人就是弗兰克。卡尔做出动作，带着几个探员立即出动，快速跑向停在机场外的一辆轿车，将汽车包围起来。正当所有人认为已经成功抓捕弗兰克后，车内的司机下了车，他不是弗兰克，他说自己只是别人花一百块钱雇来穿飞行员制服的司机。卡尔问这司机被雇来接谁，司机转身进入车内拿出一个手持小牌子，上面写着卡尔的姓氏，卡尔立刻得知司机是被弗兰克雇用的，自己又被弗兰克耍了。至此，卡尔在这场戏中遭遇了"曲折"，在自信时败给了对手弗兰克。"曲折"释放了大量的新鲜信息，如弗兰克成功逃脱、弗兰克早有预谋……同时，"曲折"创造了"悬而未决"：弗兰克现在逃往了何处？卡尔会作何反应？卡尔接下来该如何继续追捕弗兰克？观众被这些疑问吸引着进入下一场戏。

　　再看本片中的另一个例子。片尾处，卡尔来到机场，看到准备继续逃亡的弗兰克。卡尔早已看透了弗兰克，他对弗兰克说："你即使现在逃走，我不会拦你，因为我知道你周一就会回来。"说罢，卡尔果然没有阻拦弗兰克，任凭弗兰克大步离开。一转眼，时间来到了星期一，卡尔在办公室里等待着弗兰克，这时有人推门而入，卡尔立即看向门口，发现进门的人不是弗兰克，而是一个迟到的探员。这个情节表达的意义是：卡尔的内心十分焦急、纠结，他迫切地等待弗兰克到来。看到弗兰克迟迟未出现，卡尔的内心动摇了，他开始怀疑弗兰克是不是不会来了？场景随即转换，在一个更宽敞的集体办公室中，卡尔正用放大镜研究一张伪造的支票。这时，弗兰克突然出现，为卡尔指点迷津。在短暂的惊讶过后，卡尔喜出望外，他心里的大石头终于落地了。在"等待弗兰克"的这场戏中，卡尔经历了两番曲折。第一番曲折发生在卡尔在会议室中看向门口的瞬间，卡尔自信地认为弗兰克回来了，却发现进门的是别人。第二番曲折发生在集体办公室中，卡尔已经放弃等待弗兰克的归来，但此时弗兰克却已经悄然来到卡尔的身边。这两处曲折同样释放了大量的新鲜信息并创造了"悬而未决"。由这两个例子我们同样可以看到这种单场戏写作模式能够为观众提供突发的快感，在第一个例子中，观众突如其来地看到卡尔的窘态，内心迅速发生了一次嘲笑型的情感释放。在第二个例子中,观众突然看到浪子回头的弗兰克,内心突然生出强烈的理解、释然和感动,这也是一种情感释放。

以上便是单场戏中"曲折前进"模式的两个典型案例。以这种模式写作的单场戏比比皆是,它们出现在每一部电影中。只要你大量地观看电影,对每一场戏进行拆解分析,便可以掌握"曲折前进"模式的写作方法。

编剧要了解的一点是,这种"曲折前进"的写作模式并不是由某个剧作家发明的套路或公式,而是诸多单场戏写作模式相互竞争、优胜劣汰的结果。它不是一种铁律。对于这种规律,编剧可以遵从也可以不遵从,但在很多的时候,"曲折前进"模式都是单场戏写作的最优方案。如果单场戏不以曲折的方式前进,而是以平铺直叙、按部就班的方式走向结果,那么观众将早早预料到单场戏中故事线索的走向,并将这场戏进展中释放的所有信息视为已知信息。如此,观众便无法主动跟随场景的进展,从而导致无法"入戏"。

为了更好地理解单场戏中"曲折前进"的写作模式,我们可以把每一场戏看作一场拳击比赛,主人公是拳台上的拳手之一,他的目的是打倒对手(赢得拳赛),对手是与之对战的另一方拳手,主人公可能打败对手,也可能被对手打败。为了打败对手,主人公必须快速在脑中决定战术,并随即打出他认为有效的一拳,而主人公的每一拳都会遭遇对手的防守或反击。

这个过程可能循环一次,也可能循环多次。在一次或多次循环后,一场完整的拳击比赛便诞生了。在循环中,二人你来我往,依靠对方的反应决定自己的反应,并根据对方的新一轮反应实时调整自己的反应,直到一方胜利,另一方败北。

写作一场拳击比赛的戏的方法就是写作任何单场戏的方法。主人公为了在这场戏中实现自己的目的便做出自己认为有效的动作(挥出一拳),随即他面对来自对手的反应,必须见招拆招,做出应对对手反应的新一轮动作(改变拳的类型和角度)。同样,主人公做出的新一轮动作也会迎来对手的新一轮反击。

循环往复,直到主人公在自信时迎来失败,在绝望时迎来成功。回想那些经典的讲述决斗的动作戏,戏中的主人公多是在打出自信的一拳后被对手以巧妙的方式反击并打败,主人公在即将放弃抵抗时发现了战胜对手的机会,从而绝地反击,获得胜利。

无论是整个故事还是单场戏的发展都应是曲折前进的,这意味着故事的主角和单场戏的主人公在追求其主要欲望和目的时都遭遇了种种阻碍。如果我们说一个故事足够曲折,实际上是在说它包含了足够多的阻碍。从文本的特征来看,平铺直叙的故事往往只停留在"因为……所以"的阶段,而足够曲折的故事则走向了"因为,所以,但是,却,突然,没想到……"的阶段。我们通过计算文本中表示转折的词的数量便可以判断故事的曲折程度。作为职业编剧,我们应当减少故事中的"因为,所以"的情节,大量创作如"但是,却,突然,没想到……"的情节。

我们可以凭借剧本的进展策略吸引观众紧紧跟随故事的进展,但有些时候进展策略的效果可能会被故事的短板影响而出现"一票否决"的情况。观众如果无法与故事的主角形成情感上的联结,便会对故事的发展漠不关心,从而无法跟随电影的进展。同时,如果电影讲述的故事内容深奥复杂到让观众难以理解,观众便会产生一种"不能理解"的痛苦,从而自动停止对故事的跟随。另外,如果电影包裹的价值观无法令观众接受,观众的内心也会本能地拒绝整个故事,所有的策略都不会对观众产生任何效果。

以上情况都说明剧本的进展策略虽然有效,但要让观众紧紧跟随故事进展是由多方面因素共同作用而决定的。本章讲述的进展策略仅仅是从文本层面出发的策略。20世纪初,好莱坞创造了"明星制"的概念,这是一种强调以明星为主、其他要素为辅的电影制作手段。明星在银幕上闪耀着光芒,让观众对他们目不转睛,这说明使用明星策略也是一种让观众紧紧跟随故事进展的策略。在很多时候,这个策略产生的效果远比剧本进展的策略强得多。

第九章 逐幕击破
——写作三幕式剧本

本章,我们将以三幕式结构为模型,讲解每一幕中需要完成的任务,逐幕击破一部三幕式电影剧本。在开始前,需要明确的一点是:本章以三幕式结构为模型是因为三幕式结构为大多数电影剧本的结构,它是电影剧本的经典形式,但三幕式并非剧本的唯一结构,剧本还可以有四幕、五幕,甚至更多幕。只要电影的片长足够长,故事进展中的曲折足够多,多幕式的剧本就必然会出现。无论一部电影剧本有几幕,它都必定是三幕式剧本的变形或延伸,因此,三幕式结构是编剧必须掌握的剧本结构。

一、三幕式结构

(一)第一幕

第一幕,是剧本的开端部分,主角在此出发走向主线情节。编剧在第一幕需要完成四个主要任务。

1. 建立电影世界

电影世界是故事旅程的发生地。为了让观众能够看懂故事、进入故事、深度体验故事,编剧必须在第一幕中尽快地将电影世界建立起来。由于观众是电影世界的受用者,因此编剧必须在第一幕中尽快地将电影世界在观众的内心建立起来。

在观众内心建立电影世界的方法是向观众输入与电影世界有关的大量信息。当编剧向观众输入与电影世界有关的大量信息时,观众就会在观影过程中吸收、读解这些信息,这些信息可能是文本,也可能是潜文本。在这个过程中,电影世界在观众的内心便被逐渐地拼凑起来。

图 9-1　电影《第五元素》中 2259 年的纽约市

上图(图 9-1)是电影《第五元素》的主场景之一——2259 年的纽约市。编剧为了将这个未来世界在观众的内心建立起来,必须写作与这个世界有关的信息,比如其中最重要的信息:飞行的出租车。观众在观影时会吸收、读解这些信息,最终通过信息在心中建立起一个"出租车在天上飞的、高度发达的未来世界"。

编剧在建立电影世界时需要达到两个目标:第一,编剧建立的电影世界必须逻辑自洽,使观众信服。第二,编剧要使用恰当的信息,让观众根据信息对电影世界的样貌与规则进行充分和正确的理解。

在讲述发生于现实世界的故事中,电影世界的样貌和规则均与现实世界大致相同,此种情况下,观众会迅速对电影世界进行充分和正确的理解。因此,编剧工作的重点便在于达到第一个目标——逻辑自洽。剧作理论家罗伯特·麦基在其著作《故事》中指出,故事必须遵守其自身内在的或然性法则,作家的事件选择局限于他所创造的世界内的可能性和或然性。① 这提示我们在电影世界中实现逻辑自洽的基本方法是:以电影世界为逻辑基础,设身处地地看待情节发生的可能性。若我们以当下时间(2022 年)为背景写作一场发生在小学生之

---

① 麦基.故事[M].天津:天津人民出版社,2014:73.

间的戏,可能会出现"你别问我,自己上网去查!"这样的台词,可这样的台词在讲述三十年前小学生生活的电影中则不可能出现,因为那时互联网还没有成为一个普及的工具,小学生不可能将使用互联网作为一种解决生活问题的方案。假设一个以警察为主角的故事发生在当今北京市、某个工作日的傍晚六点半。如果警察得知自己需要尽快赶到城市的另一端执行一件紧急公务,而他认为开车前往是他的最优选择,那么此时就会出现逻辑无法自洽的情况。因为从逻辑上来说,开车前往不可能是主角的最优选择。北京作为一个超级大都市,晚高峰时段必定会发生堵车的情况,开车前往一定不是最快抵达城市另一端的方法。

美剧《继承之战》(Succession)第一季中的一个情节是富豪洛根·罗伊在过生日的时候收到了女婿赠给他的一块百达翡丽手表,他打开表盒看了看表,随后便平静地吩咐身边的人把手表收起来。如果洛根·罗伊惊喜地戴上手表并神气地炫耀起来,这个发生在"富豪世界"中的情节便无法逻辑自洽。洛根·罗伊是操控着世界最大的传媒集团之一的顶级富豪,他作为这个富豪世界的"王",不可能因为收到一块对普通人来说价值不菲的手表便欢呼雀跃。值得指出的是,这个细腻的情节包含了丰富的潜文本:女婿对洛根·罗伊不够了解,他十分仓促地准备了这份生日礼物。接下来的一个情节更能体现出编剧写作的精湛,洛根·罗伊的大儿子送给了洛根·罗伊一块用来发酵面包的酸酵头,这个情节同样包含大量的潜文本,如大儿子渴求取悦父亲,他曾经用各种礼物取悦父亲但都失败了,他在送出礼物前经历了一番思考,他了解父亲是一个很难被取悦的人……

在另一类讲述发生在幻想世界的故事中,编剧要同时达到逻辑自洽以及让观众对电影世界的样貌与规则进行充分和正确的理解这两个目标。幻想世界的样貌和规则往往与现实世界大不相同,因此,在建立一个幻想世界时,使用恰当的信息让观众根据信息对电影世界的样貌与规则进行充分和正确的理解是编剧工作应该达到的首要目标。

一个经典的例子来自电影《未来水世界》,片中的一个情节是:凯文·科斯特纳饰演的主角——一个孤独的海行者在众人惊讶的目光下卖掉了一瓶3.2

公斤重的泥土后,来到一处商店,买下一杯淡水。这个情节包含的信息就让观众对"未来水世界"的样貌与规则有了充分和正确的理解,观众认识到在未来世界,陆地被海水吞没,泥土和淡水都成了可以用来交易的奢侈品,出海寻找泥土成了一门不错的生意。

很多编剧总在写作幻想世界中的故事时低估了逻辑自洽这一目标的难度,他们认为幻想世界看似天马行空,对情节不会存在太多限制,但实际上,幻想世界中的限制不但比现实世界更多,而且还更容易被编剧忽视,造成逻辑不通。我在今年(2022年)早些时候,曾与妻子一同去位于北京市通州区的环球影城游玩,当我来到"哈利·波特"的主题园区购买纪念品的时候,我问了店员一个非常"业余"的问题,我问店员:"哪里有卖哈利·波特主题的冰箱贴?"店员一本正经地告诉我:"魔法世界的食物用魔法保鲜,魔法世界不需要冰箱,因此,更不可能有冰箱贴。"看!当我在电影《哈利·波特》的魔法世界中寻找冰箱贴时,逻辑便无法自洽了,这是因为我忽略了魔法世界的规则和限制。在魔法世界中,魔法师们神通广大,区区给食物保鲜这点小事,怎么可能靠购买一台冰箱来实现?假设你是《哈利·波特》的编剧,当你在故事中建立起一个魔法世界,"世界上存在魔法"就成了电影世界中的一条规则,编剧必须在这一规则的限制下写作。如果编剧忽视了规则的限制,便会破坏逻辑,阻碍故事真实感的建立。

在武侠世界(也是一种幻想世界)中,侠客的身体机能无比强大,他们不但轻松一跃就能登上几层楼,甚至还能使用轻功站在树梢之上,因此,"侠客有着强大的身体机能"便是武侠世界中的规则。一个能够轻松飞檐走壁的侠客刚锁好自家院门想要外出办事,他忽然想起厨房里还燃着煮茶用的熊熊烈火,他必须立即返回厨房解除火患。编剧绝对不能在这一场景中写作侠客因为门锁坏了而打不开院门,最终导致厨房起火的情节。因为在武侠世界规则的限制下,一把锁、一面墙绝不可能阻挡侠客,侠客一个飞身便可以跃进院内解除火患,且毫无难度可言。《未来水世界》中"泥土和淡水都成了可以用来交易的奢侈品"也是一种规则,在这一规则的限制下,当一个女性角色不堪一个男性角色的骚扰时,她一定不会像我们常见的电影场景中那样,将一杯水泼在男性角色的脸上,因为在未来水世界里,被泼一脸水不是一种惩罚而是一种赏赐。

2. 推介主角

主角是故事旅程的提供者,因而主角视角也是观众观看整个旅程的主视角。观众要跟随主角,将自己带入故事以经历整个故事旅程。这要求编剧必须在第一幕中将主角推介给观众。"推介主角"这一任务由两部分组成,一个部分是"介"——介绍主角,另一部分是"推"——推荐主角。

介绍主角与建立电影世界的方法相似:编剧设计大量与人物相关的信息,让观众在观影时本能地吸收、读解这些信息。在这个过程中,主角的形象在观众的内心便被逐渐地拼凑起来。编剧在这一部分需要达到的目标是让观众清晰地了解主角是怎样一个人。

我们以本·斯蒂勒自导自演的喜剧片《白日梦想家》为例,看看影片开头数秒之内释放的信息是如何介绍主角沃尔特·米蒂的,如何让观众清晰地了解他是怎样一个人。

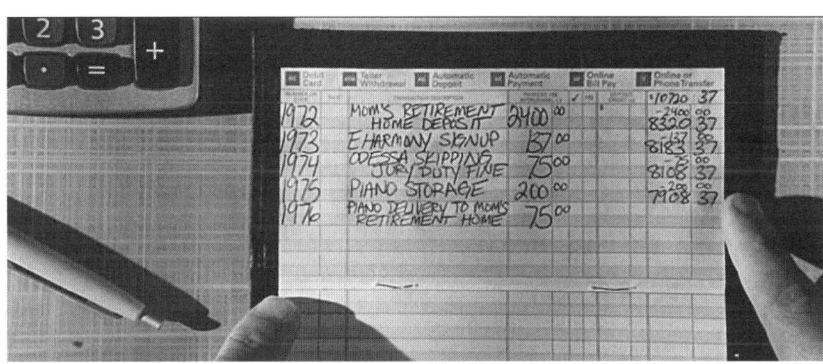

图 9-2　电影《白日梦想家》的前五个镜头

我们从影片的前五个镜头中接收到的信息是：修容整洁、穿着洁净如新的衬衣的中年男子沃尔特住在一个装修简陋、十分整洁但并不那么宽敞的公寓中，他正皱着眉，激烈地操作着计算器，认真查阅自己精心记录的账单。他孤身一人，家中没有妻子和孩子的痕迹，背后悬挂着一张全家福。

我们从这些信息中可以了解到沃尔特是一个经济并不宽裕却生活得十分认真的单身男子（整洁的小型公寓、记账本、沃尔特正认真算账），他认真对待他的工作（洁净的衬衣和领带），同时他也是个热爱家庭的男人（背后悬挂着全家福),他很有可能正面临财务危机(阅读记账本时皱起的眉头)。

我们仅仅通过本片的前五个镜头释放的信息便对影片的主角沃尔特·米蒂有了清晰的了解。这里必须要指出的是,这个片例的讲解基于一种假设,我们假设《白日梦想家》前五个镜头中的信息全部都是编剧在剧本中写就的,但实际上这几个镜头中释放的信息不可能全部由电影剧本提供,很多被释放出的信息很可能是导演、演员、摄影、美术工作的成果。无论信息是否来自剧本,用信息介绍主角的机制都是一样的。即使编剧在介绍主角时可能得到导演等主创人员的帮助,编剧也应当追求一种写作的高标准:让观众凭借电影剧本提供的信息充分地了解主角。

推荐主角,指的是将主角推荐给观众。编剧要向观众展示主角的内在品质,让观众接受主角、喜欢主角,并让观众与主角形成情感联结。达到这一目标的具体方法在第九章已经详细叙述过,在此不再赘述。在此要强调的是,"推荐主角"必须在第一幕尽快完成,因为只有观众喜欢主角、与主角形成联结,才可能关心主角的命运与故事的进展。

主角以外的其他角色也需要在第一幕中得到推介,其方法与推介主角的方法是一致的。不过,只有推介主角才是第一幕的主要任务,因为主角是观众经历和体验整个故事旅程的"线头",编剧要把"线头"推介给观众,才能让观众顺着"线头"主动地进入故事旅程。

3. 送主角上路

故事的基本形式是讲述主角对其主要欲望的追求过程。在一部三幕式结构的剧本中,主角将在第一幕出发,在第二幕开展对主要欲望的追求。在第一幕中,编剧必须完成一项任务——帮助主角出发,走上第二幕中主角追求其主要欲望的道路。我们将这一任务简称为"送主角上路"。

"送主角上路"需要借助工具,这一工具在不同的理论体系中有不同的名称,如激励事件、触发事件、冒险召唤,等等。本书从信息的角度推介一种工具——重大信息。

重大信息是主角在第一幕的某个时刻接收到的一个信息,这一信息将使主角得到一次趋利或避害的机会,这一机会将衍生出主角的主要欲望,让主角走

上追求主要欲望的道路。

我们以电影《飓风营救》为例,在该片的第一幕中,连姆·尼森饰演的父亲接到了女儿从巴黎打来的电话。电话中,女儿告诉父亲,她的住所被匪徒入侵了,她被绑架了。紧接着,父亲通过电话得知了女儿被绑架的全过程。在接收到电话里传来的重大信息"女儿被绑架"后,父亲意识到他必须要避免女儿被杀死的恶果(避害),随即,他的内心生出主要欲望——救回女儿,他立刻动身前往法国(走上追求主要欲望的道路)。

重大信息能够起效的基础,是"对信息做出反应"这一人类固有的行为模式。

这一行为模式常常出现在我们的生活中。当我们感到皮肤瘙痒(身体释放的信息),便会想办法解决瘙痒。当我们从公司人事经理口中得知自己被开除了,也许会在心里辱骂上级,随后为了缓解压力大吃一顿,然后评估自己的经济状况,最后打开招聘软件寻找新的工作。当我们得知妻子怀孕了,便在心里暗暗许诺自己必须挣到更多的钱,随即为这一许诺付出行动。这些都是我们生活中对信息做出反应的例子。同样,主角会对重大信息做出反应,只不过相比之下,重大信息对主角的影响比生活中一般的信息重大得多,主角必须做出积极的反应,忽视这种影响将使主角面临巨大的损失或伤害。《飓风营救》里的父亲如果不做出任何反应,那么他必将面临女儿死亡(失去女儿)的恶果。

相同的重大信息会使不同的人物拥有不同的主要欲望,这是由于人物个性不同导致的必然结果。如果故事的重大信息是坏人横行霸道,好人却饱受欺辱,那么人物会遭受价值观的崩塌。为了对抗这种价值观崩塌的痛苦,人物可能会选择遁入佛门,以追求"疗愈"这一主要欲望;人物也可能在价值观崩塌后,选择成为一个坏人,以此"报复"这个好人没有好报的世界,"报复世界"就是他的主要欲望。这也正是周星驰电影《功夫》中无名主角的主要欲望。

重大信息可以是来自主角的临场经历。主角可以亲眼看到、亲耳听到、自发意识到"一手"的重大信息,比如,主角看到地面开裂、火山喷发,他便接收到"大灾难即将发生"这一重大信息(《2012》);一个对自己当年天赋被误判这件事耿耿于怀的球队经理听到了一种全新的挑选球员的方法,"听到的这种方法"

就是故事的重大信息（《点球成金》）；再比如，主角突发心脏病后昏迷，醒来后他感受到（意识到）的重大信息是自己的生命即将走到终点（《摔角王》）。

重大信息也可以通过转达的方式被主角接收。假设《飓风营救》中的女儿在被绑架时没能给父亲打电话，而是警察在发现女儿被绑架后通过当面或电话的形式告诉了父亲"女儿被绑架"这个事实。那么，"女儿被绑架"这个重大信息便并非来自主角的临场经历，而是来自他人的转达。

重大信息将对主角造成影响。从重大信息对主角造成影响的层面来看，重大信息可以作用在主角外部——肉体、生存条件，造成主角患病、面临财务危机等；重大信息也可以作用在主角的内部——心理状况与思想，造成主角信仰或价值观的崩塌等。一个设计优良的重大信息，往往能同时作用在主角的内部和外部两个层面，既让主角经受外部的切肤之痛，又能对主角的内部形成巨大冲击。无论重大信息作用在主角身上的哪个层面，其目的都是一样的，那便是让主角出发，走上追求主要欲望的道路。下面我们将讲解主角在重大信息的作用下出发的三种方式。

第一种出发方式——"是你逼我的"。

在这种出发方式中，重大信息将使主角获得一个紧急的趋利或避害的机会，继而使主角立刻生出一个主要欲望，在一种近乎逼迫的力量下开始对主要欲望进行追求。

《飓风营救》中的父亲接收到"女儿被绑架"这一重大信息，他意识到必须要避免女儿被杀死的恶果（避害）。父亲立刻生出"救回女儿"的主要欲望，并且迅速动身、发动自己拥有的全部资源去追求这一主要欲望。

在电影《异形》中，船员们接收到的重大信息是"一个强大又危险的外星生物逃跑了"，船员们必须解除自己将被外星生物残忍杀害的风险，于是立刻着手追求主要欲望——"找到并消灭外星生物"。

在电影《教父》中，主角麦克·考里昂来到医院看望父亲，才发现家族派来保护父亲的保镖全部被警察遣散了，麦克知道父亲即将被杀害。于是，他来到医院门口，在蛋糕师安索的配合下"唬住"了第一波前来刺杀父亲的杀手。谁知纽约市腐败的警察麦克劳斯基竟带人前来，意图带走麦克和安索，麦克本想与之讲道理,没想对方竟对麦克行使暴力。麦克劳斯基一记重拳打在麦克脸上,麦克在这一瞬间接收到重大信息,这个重大信息暗含着一个道理,那便是:在腐败、虚伪的美国社会中,很多问题以正道是解决不了的。一瞬间,麦克明白在这样一个腐败的系统面前,自己和家人都面临着被杀害的风险。为了避免恶果的发生,麦克的内心生出一个主要欲望——保护考里昂家族。

在这一类的出发方式中,重大信息通常早早出现,以便让主角尽早进入第二幕的主线情节。不过,这并非必然。在有些电影中,主角会在较晚的时间接收到重大信息,这多是因为电影需要充足的时间展示故事发生的环境、规则、复杂的人物关系等。比如,在电影《教父》中,主角麦克·考里昂在影片的第六十八分钟才接收到重大信息。电影耗费前六十八分钟为观众介绍了考里昂家族、纽约的其他黑道家族、黑道家族的组成结构、考里昂家族面临的局势等。

一种特殊的情况是,主角接收重大信息的时刻发生在故事讲述的起点前。比如,《辛德勒的名单》中的重大信息是"战争打响了"。当辛德勒接收到这一重大信息,他便突然悟到一个趋利的机会,他发现"战争中有很多发财的机会",其主要欲望随即在心中诞生:我要发战争财。而以上这一段情节并没有在电影中展现,电影是从辛德勒使用人格魅力和社交技巧公关纳粹高官的情节开始的。观众虽然没有看到辛德勒接收重大信息的过程,但观众能够根据影片后续释放的信息"破译"出辛德勒成为投机商人牟利的原因。这说明主角接收重大信息的时刻并非一定要出现在电影中,但电影必须能够让观众了解主角走向追求主要欲望道路的原因。

第二种出发方式——"神之手"。

"神之手"这种出发方式即"是你逼我的"这种出发方式的变体。在使用"是你逼我的"这种出发方式的故事中,重大信息将使主角获得一个紧急的趋利或避害的机会,继而使主角立刻生出一个主要欲望,在一种近乎逼迫的力量下开始对主要欲望进行追求。在使用"神之手"这种出发方式的故事中的主角也经历相似的过程,但区别在于,这类故事中的主角没那么幸运。当主角获得紧急的趋利或避害的机会并生出主要欲望后,他却无法立即付诸行动,因为他找不到一个实现主要欲望的具体方法。困顿之际,生活中一种无形的强大力量——生活之神将出手为他指引一条追求主要欲望的明路。

我们举两个例子进行说明。

第一个例子来自文牧野导演的电影《我不是药神》。程勇（徐峥 饰）的父亲突然晕倒，医院的检查结果显示程勇的父亲患有血管瘤，需要一大笔手术费。医生郑重地告诉程勇，"血管瘤一破，人就完了"。程勇结结实实地接收到这一重大信息——"父亲患病，需要钱"。为了维持父亲的生命，避免父亲死去的恶果（避害），程勇知道自己必须要赚到一大笔钱，因而"赚一大笔钱"就是程勇的主要欲望。可问题来了，开印度神油店的程勇生活落魄，他根本没有"赚一大笔钱"的方法，可就在这时，程勇突然想到此前曾来找过他的慢性粒细胞白血病（下文简称为慢粒白血病）患者吕受益。吕受益希望程勇可以去印度为他代购一种治疗慢粒白血病的特效药。为了挣钱救父，程勇决定尝试一次，没想采购特效药恰恰就成为程勇"赚一大笔钱"的手段。生活之神把吕受益这根救命稻草带到了程勇的生活中，继而通过吕受益为程勇指引了追求主要欲望的道路。

第二个例子来自丹·吉尔罗伊编导的电影《夜行者》。杰克·吉伦哈尔扮演的主角路易斯是个小混混，以偷鸡摸狗度日。一次，路易斯偷到了五十磅铜线等赃物，前往一家建筑公司销赃。在路易斯成功把赃物卖给建筑公司的经理后，路易斯向经理自荐，希望得到一个长期的工作机会。没想经理不但拒绝了路易斯的自荐，还郑重地告诉路易斯："我不会雇佣一个贼！"在此，路易斯接收到重大信息——自己是社会的垃圾，没有人看得起自己。这一重大信息同时作用在路易斯的内部和外部。从外部来看，这一重大信息导致路易斯失去了一份工作机会。从内部来看，这一重大信息导致路易斯自我构建的尊严感被瓦解。相比之下，重大信息对路易斯内部造成的冲击比外部强烈得多。

在整个影片中，路易斯的语言、动作、处事方式等各方面释放出的信息都雄辩地证明了一点：路易斯是一个自尊极强的人。无论是面对竞争对手、合作伙伴还是他爱慕的女人，路易斯都展示出了极强的自尊，他不允许自己的尊严被践踏，如被践踏，必须反击。在影片的第三十六分钟，路易斯坐在演播室里新闻主播的座位上，他凝视着摄像机镜头，背后则是洛杉矶的璀璨夜景。这一场景的潜文本是：路易斯想成为一个万人敬仰的大人物。

因此,当路易斯接收到"自己是社会的垃圾,没有人看得起自己"这一重大信息后,自尊极强的他从潜意识里意识到自己必须摆脱不受尊重、没有尊严的困境,路易斯随即得到了他的主要欲望——获得尊严。可他作为一个偷电线的小毛贼要如何获得尊严呢?就在这时,生活之神再次挥手,给路易斯指点了一条明路。路易斯在回家的路上目睹了一场车祸,他出于本能停车观看。路易斯忽然看到一伙"新闻猎手"冲向事故现场,进行拍摄,路易斯意识到:也许他也可以做一名"新闻猎手"。对路易斯来说,当"新闻猎手"可以挣钱,而更重要的是,他可以做一名被人尊重的记者而非一个"贼",这与他"获得尊严"的主要欲望不谋而合。

又如电影《阳光小美女》也使用了"神之手"这一出发方式。和很多电影一样,《阳光小美女》的重大信息从一通电话中传来。梦想着成为美国小姐的小女孩奥莉芙终于接到了期待已久的电话,得知自己获得了参加"阳光小美女选美比赛"的机会。奥莉芙吵着要参加比赛,奥莉芙的爸爸和妈妈虽然希望带奥莉芙去参加选美比赛,但他们却为难起来,因为他们不知该怎么"处置"家里的其他人。奥莉芙的爷爷满嘴脏话、脾气古怪,偶尔还背着家人摄入毒品;舅舅是知名的普鲁斯特学者却在不久前因为爱情寻短见未遂;哥哥梦想成为飞行员并立誓在考上飞行学校前不说一句话。奥莉芙的爸爸和妈妈想不通该如何安排这一家"怪人",不知该如何与奥莉芙一起追求"获得选美比赛冠军"这一主要欲望。这时,生活之神轻轻点拨了奥莉芙的父亲,指出了一条明路。奥莉芙的父亲突然想到:既然这样,那就全家一起去。"全家一起去"成了他们追求"获得选美比赛冠军"这一主要欲望的可行方案。

以上是三个生活之神挥舞巨手为主角指引明路的例子,但这并不是"神之手"这一出发方式的全部。主角在得到指引后仅仅看到了路,但他还没有真正出发。主角在经历生活之神的指引后,会经历一个认知过程,这个过程通常很短。在这个认知过程中,主角意识到生活之神的指引的重大意义,他会感到"这也许真的是一种有效的追求主要欲望的方法"。在短暂的认知过程之后,他会着手进行一番试探,并在这个过程中克服若干困难,直到他获得一种来自外界的肯定,这种肯定让他意识到生活之神指引的道路是正确的,他也在这一刻真正走上了"生活之神"指引的道路。

在全长一百一十六分钟的电影《我不是药神》中,慢粒白血病患者吕受益在第十分钟出现在主角程勇的生活里,提议程勇前往印度采购特效药"仿制格列宁"。随后,程勇接收到"父亲患病,需要钱"这一重大信息。在影片的第十三分钟,程勇意识到吕受益让他去印度买药也许是一条解决眼下困难的明路。程勇随即前往印度,购回特效药,集结队友,寻找销路。在影片的第三十二分钟,程勇获得了"肯定"——印度药商来电通知程勇获得了"仿制格列宁"在中国的代理权。自此,程勇正式走上"卖药"的道路。

在全长一百一十八分钟的电影《夜行者》中,路易斯在第九分钟得到生活之神的指引,了解到"新闻猎手"这种职业。随后,他开始用偷自行车换来的种种设备模仿"新闻猎手"拍摄事故现场,并试着把录像卖出去。在影片的第二十分钟,路易斯终于进入了电视台,见到了对路易斯拍摄的"产品"非常感兴趣的新闻主播、制片人妮娜,妮娜出钱买下了路易斯的录像。了解了妮娜对事故录像的需求后,路易斯向妮娜表明自己是个学东西很快的人,他很快会再次拍摄到劲爆的新闻素材。随即,路易斯收获了"肯定"。妮娜不经意地回复路易斯:"我相信你。"这短短的一句话表明路易斯被妮娜当作一个专业人士看待,路易斯终于在工作中收获了他无比渴求的尊严。更重要的是,这种"肯定"表明路易斯和妮娜达成了合作关系,路易斯"新闻猎手"这条路走通了。

在《阳光小美女》中,当奥莉芙的爸爸妈妈认为全家一起出发是让奥莉芙赶在周末参加选美比赛的唯一方法时,叛逆的哥哥拒绝前往,这成了奥莉芙出发前的最大阻碍。这时妈妈灵机一动,她告诉奥莉芙的哥哥,只要他同意和一家人一同前往,他就可以获得去飞行学校的准许。奥莉芙哥哥犹豫片刻后双拳紧握,锤击桌面,随即和妈妈握手,表示他同意妈妈提出的建议。哥哥的答复便是妈妈获得的"肯定",这个"肯定"表明"全家一起去"的方案奏效了,随即开启一家人追求"获得选美比赛冠军"的旅程。

总结来看,主角以"神之手"这种方式出发时一定经历了得到指引、践行指引、获得肯定三个阶段。主角接收到重大信息后进入一种不知该如何实现主要欲望的困境,他偶然间得到指引。经过一段短暂的思考后,他开始践行指引,随即开始一段时间的试探,后来他终于取得阶段性的实质成果,获得肯定。最终,主角走上一条切实可行的追求主要欲望的道路。

从剧本的结构来说,以上三部电影中的主角获得肯定的这一场戏,是第一幕中起到决定性、总结性作用的一场单场戏,它们是第一幕中的高潮戏。

第三种出发方式——"好,我同意"。

"好,我同意"是一种答复用语,它被用来答复他人的提议。在"好,我同意"这种出发方式中,主角正是在答复某个人物的提议后走上了追求主要欲望的旅程。

如果说在使用"是你逼我的"和"神之手"这两种出发方式的故事中的重大信息是"突然来访",那么在使用"好,我同意"这种出发方式的故事中的重大信息可以说是"如约而至"的"登门造访"。这种重大信息以一种礼貌、平静的方式来到主角身边,它往往由一个长者或一个拥有权力的人物带来。这位长者以提议、邀请、恳求的形式向主角传达重大信息,并给主角提供两种选择,主角可能同意长者的提议,也可能不同意。当主角同意了长者的提议,主角便主动接受了一个主要欲望,随即走上追求主要欲望的道路。

在西尔维斯特·史泰龙主演的电影《洛奇》中,"混混拳王"洛奇从拳馆老板口中得知一个大人物——拳王阿波罗·奎迪的经理人杰根斯正在找自己,随后,洛奇前往杰根斯的办公室。办公室里,没等杰根斯表明意图,洛奇就表示如果杰根斯找自己做拳王的陪练对手要支付不少酬劳。杰根斯笑笑,表示洛奇没有明白自己的意思。这时,杰根斯向洛奇传达出重大信息:杰根斯希望洛奇登上拳台,成为拳王阿波罗·奎迪的对手。面对洛奇的犹豫,杰根斯搬出了一套"美国梦"的说辞。镜头一转,在下一个场景中,洛奇正在与女友一起看电视,电视里洛奇和拳王阿波罗·奎迪一同参加了"平民大战冠军拳赛"的发布会,显然洛奇已经答应了杰根斯的请求,同意出场挑战拳王。无论洛奇以什么样的语言表达对杰根斯的提议的接受,其结果必定是"好,我同意"。至此,洛奇正式出发,走上追求"战胜拳王"这一主要欲望的道路。

在电影《勇闯夺命岛》中,尼古拉斯·凯奇扮演的生物武器科学家古斯比也是以同样的方式出发的。在一场生死较量后,古斯比终于抓回了意图潜逃的前英国特工梅森(肖恩·康纳利扮演)。在作战研究室里,古斯比被上级要求与梅森一同前往洛克岛解决炸弹危机(重大信息)。古斯比故作镇定,却立刻赶往厕所,他被紧张的情绪逼得呕吐。这时,古斯比的上级长官来到厕所,苦口婆心地劝说古斯比。在此情境下,古斯比终于鼓起勇气答应了长官的提议,表示"好,我同意"。从此,主角古斯比便对"配合梅森完成任务"这一主要欲望展开追求。

这段情节中有两处值得关注的地方。第一,关于人物。"古斯比终于鼓起勇气答应了长官的提议",此处的"鼓起勇气"非常重要。在古斯比同意长官提议的这一场景中,我们能够从古斯比的身体状态、精神状态等信息里清晰地感到古斯比是一个胆小的男人,他的内心经过一番激烈的纠结才答应长官可以承担执行任务的职责。而实际上整个旅程便是古斯比从一个胆小的人逐渐成为一个勇敢的人的过程,这一转变是古斯比在电影旅程的影响下发生的心理特征的改变,闪烁出了真正的人物弧光。为了体现出这一人物转变,人物必须在出发前释放出足够的表现人物胆小的信息。当人物的转变完成后,编剧也必须设计情节来证明这一转变。第二,关于影片结构。电影的主角一般在第一幕出发,在第二幕经历主线情节。不过,在本片中,从故事开始到古斯比抓回特工梅森的这一部分成为影片的第一幕。古斯比在第二幕同意长官的提议,在第三幕经历主线情节。这一案例对我们的启发是:当一部影片需要对多个人物进行充分的塑造时,经典的三幕式结构可能被打破,影片可能拥有一个超长的第一幕,也可能如本片,将三幕式结构拓展成四幕或更多幕。

"是你逼我的""神之手""好,我同意"是主角从第一幕出发走向追求主要欲望道路的三种方式。这三种方式没有优劣之分,我们也无须从中做出刻意的选择。事实上,我们会发现,我们写作的故事会主动为自己选择一个适宜的出发方式。这三种出发方式的功能是统一的,它们推动主角进入追求主要欲望的旅程。同时,它们也让观众体验到一种"出发感",提醒观众收拾好心情,旅程正式开始。

4. 开题

第一幕需要完成的第四个任务是开题。开题是指向观众展开核心问题。

观众不是影评人,他们不会主动地挖掘情节的意义,但他们从电影开始的第一秒就会本能地感知情节的意义。如果电影情节的意义涣散、纷乱，那么观众便会感到意义混乱，从而生出迷惑等负面感受。为了避免意义涣散，编剧必须找到电影的核心问题，围绕核心问题构建情节，如此，便可以让观众感受到电影的"意义集中"。

编剧将面临的一个问题是：观影前对电影内容缺乏了解的观众犹如在"意义海洋"上寻找方向的一片孤舟，编剧该如何将观众引领至正确的航道，让观众准确地、顺利地理解电影的意义？开题便是解决这一问题的方法，它的意义和目标是让观众感知到电影的核心问题，以便于观众接触到电影的表意范围，从而更顺利地理解影片情节的意义。

编剧以构建内容的方式开题，在构建了恰当的内容后，就能使观众从这些内容中感知到电影的核心问题。观众在电影中看到正义人物、邪恶人物、邪恶人物的邪恶行径以及正义人物与邪恶人物的对抗等内容后，就会感知到影片的核心问题是"正义一方是否能够战胜邪恶一方"。观众在电影中看到一个有缺陷的主角、主角在缺陷中的挣扎等内容后，就会感知到电影的核心问题是"人是否可以战胜自身缺陷"。

编剧可以通过构建内容的方式开题，但开题是需要时间的，职业编剧渴望尽量缩短时间，在电影的第一场戏内完成开题。为了实现这个梦想，职业编剧会使用一种叫作**最小结构**的工具。最小结构指的是一段用极少的信息影射影片核心问题的情节。最小结构被放置在电影的开头部分，它是核心问题的缩影，能够影射影片的核心问题。

图9-3 动画电影《疯狂动物城》片头的动物幼儿园舞台剧表演

以《疯狂动物城》为例,《疯狂动物城》以一台动物幼儿园的舞台剧表演开场。舞台剧表演的内容是:动物世界有食肉动物和食素动物两种动物,食肉动物曾由于其天性捕杀食素动物,但如今食肉动物经过进化已经可以抑制其天性。食肉动物和食素动物在动物城和谐地生活在一起,每个人都可以实现自己的梦想。这场舞台剧表演便是《疯狂动物城》中的最小结构,在这段简短的情节中,食肉动物、食素动物、天性、动物城等信息影射了本片"兔子朱迪和狐狸尼克是否可以成功合作(天性不同的人是否可以成功合作)"的核心问题。

图 9-4　电影《猫鼠游戏》片头的电视节目《真真假假》

电影《猫鼠游戏》以一档叫作《真真假假》的电视节目开场。从主持人的介绍中我们得知,这是一档关于伪装和拆穿的节目。节目现场有三位身穿飞行员制服的男人,他们都自称在十九岁之前便通过伪造支票提取了四百万美元,是靠伪造飞行员的身份免费飞行了超过两百万公里的大骗子弗兰克·威廉·阿巴戈内尔,可他们当中只有一位是弗兰克本尊。节目的主要内容就是让这三位男性讲述自己行骗人生中的种种经历供观众鉴别,最终让观众在这三人中找到真正的弗兰克。这段电视节目的情节正是影片中的最小结构。从电影一开始,编剧就在这一最小结构中,用伪装、欺骗、身份、拆穿等信息影射了《猫鼠游戏》的核心问题——"弗兰克是否可以永远逍遥法外(人是否能够一直活在虚构的假象里)"。

桑德拉·布洛克主演的电影《特工佳丽》讲述了一个男孩子气的女特工隐藏自己原本男孩子气的一面、乔装选美选手侦破恐怖袭击的故事。在本片的第一个场景中，一个男孩子气的女孩儿看到自己喜欢的男孩子被欺负了，便出手教训了那个欺负人的坏孩子，随后女孩儿刻意隐藏自己的男孩子气，柔声细语地向自己喜欢的男孩子表白。没想到女孩儿的表白却换来了男孩的责怪和辱骂，随后，女孩儿再也无法压抑自己男孩子气的本性，一记重拳打在男孩的鼻子上，男孩忍痛跑开，只剩下女孩儿留在原地，她的求爱之旅正式告终。这段求爱之旅便是本片的最小结构，其中"女孩儿试图压抑本性"的情节影射了影片的核心问题——"特工是否可以假装选美小姐（人是否能够压抑自己的本性）"。

除了影射影片的核心问题，最小结构还具有展现电影情节模式的功能。如果一部电影由一场警察追击匪徒的戏开始，这场戏不但可以影射本片的核心问题，还可以展现本片"追与逃"的情节模式。电影尽早地展现情节模式，可以让观众提前做好观影的准备，得到最佳的故事体验。一个有趣的现象是，如今的好莱坞电影甚至使用电影一开场显现的电影公司片头来展现电影的情节模式。如下图（图9-5），电影《僵尸乐园》的片头：一向端庄的胜利女神与僵尸搏斗。这一片头展现了本片"僵尸大战"的情节模式。

图9-5　电影《僵尸乐园》片头的"胜利女神大战僵尸"

（二）第二幕

第二幕是剧本的主体部分，它承载了电影主线情节的主要进展过程。编剧在第二幕需要完成三个主要任务。

1. 编织外层故事

主角在第一幕出发后进入第二幕——一个全新的世界,正式启程追求主要欲望。我们将主角为追求主要欲望切身做出的一系列动作的过程称为外层故事。在第二幕中,编剧的首要任务便是编织外层故事。

编织外层故事的方法是为主角设计追求主要欲望的一系列动作。以下我们将使用两个片例来展示编剧是如何设计主角的一系列动作的。

第一个片例是经典科幻动作电影《独立日》。该片有三个主角,第一个是杰夫·高布伦饰演的电脑工程师戴维、第二个是比尔·普尔曼饰演的美国总统、第三个是威尔·史密斯饰演的战斗机飞行员史蒂文。在第一幕中,巨大的外星飞船出现在城市上空,三个主角都接收到了一个来自宇宙的重大信息:外星人入侵地球,人类危在旦夕。为避免心爱的人和人类文明被毁灭(避害),三个主角迅速产生了相同的主要欲望——战胜外星文明。于是,我们看到三个主角为追求这一主要欲望做出的一系列动作。第一个动作由总统发出,总统派遣数架直升机试图以传达视觉信号的方式与外星人沟通,希望以沟通的方式化解战争。没想到外星飞船瞬间便消灭了前去沟通的几架直升机,随即对地球进行大规模的攻击,一瞬间,战火弥漫,生灵涂炭。第二个动作由总统和飞行员共同发出,总统派出王牌战斗机飞行员前去与外星飞船战斗,威尔·史密斯扮演的飞行员史蒂文也位列其中。王牌飞行员们驾驶着人类最先进的战斗机信心满满地奔向外星飞船,可他们发现外星飞船的外围竟然有一道隐形的防御网,战斗机发出的任何攻击都无法将其突破。这时,无数外星战斗机从外星飞船内部飞出,这些外星战斗机的战斗力无比强大,王牌飞行员们连连溃败。第三个动作由总统发起,总统决定前往神秘的五十一区,寻找击败外星人的方法。总统来到五十一区,发现五十一区的研究员竟然从多年前就开始研究如今入侵地球的外星人了,甚至保存了一架当年坠落在地球的外星战斗机。此时,飞行员史蒂文运送了一个还未死去的外星人来到五十一区。总统与外星人进行了一番交流,从外星人口中得知,外星人将竭尽全力消灭人类,外星人与人类之间没有共存的可能。这时,总统下令做出第四个动作,这也是总统所能想到的最强力的动作:用核武器攻击外星飞船。可没想到外星飞船的防御网竟能轻松抵挡人类的顶级武器。至此，我们看到在《独立日》的第二幕中，编剧为主角设计的四个动作分别是：与外星人沟通、用战斗机攻击外星飞船、去五十一区寻求方法、用核武器攻击外星飞船。

第二个片例是电影《碟中谍4》。电影开篇，以主角特工伊森为首的组织——不可能任务情报署（简称IMF，电影中虚构的一个特工组织）迅速接收到重大信息：一个叫萨宾·莫洛的法国杀手截获了一份俄罗斯核弹头的发射密码，并准备将密码卖给一个代号为"科伯特"的新兴恐怖分子，"科伯特"可能用核弹头毁灭世界，世界危在旦夕。为避免世界毁灭的恶果，不可能任务情报署决定对他们的主要欲望展开追求，他们的主要欲望是"消灭恐怖分子、解除威胁"。

在影片的第二幕中，我们看到主角——特工伊森·亨特带领小队做出的第一个动作是潜入克里姆林宫，找到"科伯特"的真实身份。可当伊森潜入克里姆林宫时，却看到一个神秘人偷走了俄罗斯的核弹发射装置。随后，克里姆林宫发生爆炸，伊森和与之关联的不可能任务情报署被嫁祸为凶手。伊森知道，如今的恐怖分子不但拥有了核武器的发射密码，还有核武器的发射装置。面对这种局面，伊森带领小队做出的第二个动作是前往迪拜的哈利法塔拦截法国杀手萨宾·莫洛与"科伯特"旗下的特工进行的核武器发射密码交易。可这次行动仍然以失败告终，"科伯特"成功拿到了核武器发射密码，世界毁灭的悲剧就在眼前。至此第二幕结束了，我们看到编剧为主角设计的两个动作是：潜入克里姆林宫窃取"科伯特"身份信息、在哈利法塔截获交易。

我们通过上述两个片例能够看出，第二幕的外层故事由主角追求主要欲望的一系列动作拼接而成。编剧可以用章节意识看待主角的一系列动作。如果我们将剧本的第二幕分成章节，那么主角做出每一个追求主要欲望的动作的过程都将自动成章。如此来看，《独立日》的第二幕有四个章节，《碟中谍4》的第二幕则有两个章节。章节意识可以帮助编剧在写作剧本的第二幕时保持清醒的结构意识，并准确估算第二幕的长度。

一般来说，第二幕中应该包含主角的几个动作呢？事实上，主角在第二幕中动作的数量并非是常数。动作的数量由影片长度、实施动作的步骤数量、实施动作的难易程度等多个条件决定。《独立日》第二幕中的四个动作都可以在总统的命令下立即完成,在实施动作的过程中不存在任何阻碍。而《碟中谍4》第二幕中的动作则由潜入、伪装、诱导等多个步骤构成,这便是为什么仅仅两个动作便可以充盈《碟中谍4》的第二幕。

在外层故事中,主角追求主要欲望的动作具有"个性化"的特点。"个性化"指的是主角会做出对他自身来说最有可能尽快实现主要欲望的动作。当普通人得知不法分子即将行凶的消息时,普通人若想要遏制罪恶行为的发生,那么他首选的动作是报警。而当超人得知不法分子即将行凶的消息时,他首选的动作是立即赶往凶案可能发生的现场,立即出手终结罪恶行为。因为超人知道自己拥有巨大的力量,所以终结罪恶行为的最好方法是自己出手而非报警。另外,主角追求主要欲望的动作还具有"极端化"的特点。这是说主角在追求主要欲望的道路上,必须持续努力,将其所有的手段用尽。正如《独立日》中的总统一样,他起初试图以交流的方式让地球免于毁灭,但最终他使出了一个总统能够使出的最强力的方法——使用核武器。

动作和动作之间该如何联结呢?编剧在剧本中如何策划从一个动作进展到下一个动作?动作和动作之间可通过一个叫作情节点(Pilot Point)的工具联结。情节点这一概念由电影剧作理论家悉德·菲尔德在其著作《电影剧本写作基础》中提出,他指出情节点的作用是:它"钩住"动作并且把它转向另外一个方向。① 在电影《独立日》中,众人发现连人类最强的武器都无法伤害外星飞船的一丝一毫,这让人类彻底陷入了绝境。所有人物都郁郁寡欢,似乎人类文明被外星人消灭已成定局。杰夫·高布伦饰演的电脑工程师戴维在五十一区的实验室里自暴自弃地耍酒疯,他那独具幽默感的父亲来到他身边,劝说他乐观一点,并试图拉起他,父亲边拉便告诉戴维:"你坐在这冰冷的水泥地上是会感冒的。"戴维灵光乍现,他让父亲把刚刚说过的话复述了一遍,随后如梦初醒,夸奖父亲是个天才。原来戴维从父亲偶然关心的话语中想到了制胜妙招——向外星人的计算机系统植入病毒,让外星人的计算机系统"感冒"。"父亲的话点醒了戴维"这个情节让主角们从绝望走向希望,从几乎放弃的状态转向再次出发。

---

① 菲尔德.电影剧本写作基础[M].北京:世界图书出版公司北京公司,2011:12.

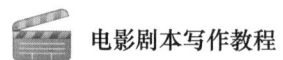

可以说,"父亲的话点醒了戴维"这个情节就是一个标准的情节点。

情节点并非总是像戴维父亲的话一样如天赐良机般出现,它也可能出现得很平静,比如主角在做出一个动作并发现这一动作失败(无效)后,主角必须在经过缜密的思考和分析后做出下一个动作。这一思考或者与其他人物讨论从而得出新计划的过程也可以被看作情节点。我们可以把情节点看作一个个铰链,主角追求主要欲望的动作和动作之间正是靠铰链来联结的。这些作为铰链的情节点很大程度上决定了影片的精彩程度。如果一部电影拥有很多情节点,便意味着故事的方向持续改变、情节跌宕起伏。若一部电影中的情节点寥寥无几,那意味着故事进展的方向将长时间保持不变,而不变就等同于乏味。

随着主角做出一个个追求主要欲望的动作,外层故事在第二幕持续进展。外层故事将进展到一个重要时刻,体现这一重要时刻的这场戏会决定主角在第二幕努力的最终结果,总结主角在第二幕的所有表现。一般来说,在这一时刻,主角将迎来一次重大的失败(在极少数时候是一次成功),主角可能经历一场前所未有的危机,如"落入生命垂危的境地""所有努力功亏一篑"(《独立日》和《碟中谍4》都是如此),也可能经历对主角打击甚重的"失去",如"失去了并肩作战的挚友"。这个时刻将呈现第二幕的高潮戏,而第二幕激烈的进展过程也将以高潮戏为终点暂时偃旗息鼓。

由于观众从电影中获得的主要娱乐大都来自电影的外层故事,因此,编剧在编织外层故事时应达到的目标是极尽可能创造电影娱乐,为观众提供多种类型的、强烈的快感。而达到这一目标的关键在于编剧对主角追求主要欲望的动作的选择,选择动作的标准和排布动作的要点在第五章已经详述过,在此不再重复。

2. 编织内层故事

我们将故事中主角思想(或精神)活动的过程称为内层故事。编织内层故事是编剧需要在第二幕完成的第二个任务。

在编织外层故事时,编剧可以直接描写主角的动作。可内层故事展现的是发生在主角内心的动作,编剧如何描写主角的心理活动呢?在生活中,我们虽然无法直接看到他人的心理活动,但我们可以从他人的语言、动作释放出的信息中读解他人的心理活动。在电影剧本写作中也是如此,编剧同样可利用这两种方式来释放信息,展示主角的心理活动,供观众读解。

有时,编剧会让主角将自己的思想活动说出来,此时,主角直抒胸臆,其心理活动以文本的形式存在,如"其实我一直有个疑问……""我在想,是不是……""其实那天发生的事我一直没有忘记……""我的内心陷入一种矛盾,你们不会懂"。

有时,编剧则通过主角的动作展示主角的心理活动,此时,主角的心理活动藏在文本之下,以潜文本的形式存在。主角的动作可能非常细微,如一个皱眉、一个冷笑、一次瘙痒,这些动作都能展示出主角的心理活动。我们常说"眼睛是心灵的窗户",简单的眼部活动可能包含着大量的与主角心理活动相关的潜文本。主角的动作也可能十分"隆重"。在某些电影中,主角可能放弃了对自己从前身份的坚持,脱下了象征着从前身份的衣服。"脱下衣服"这个动作便可展示出主角思想或精神发生的巨大改变。

编剧编织内层故事时,不但要写出主角思想或精神的活动,更要写出思想或精神发生改变的过程。若主角在电影刚开始时的心理特征为 A,电影结束时主角的心理特征为 B,那么由 A 到 B 的过程便是主角思想或精神发生改变的过程。我们会发现,这一过程主要存在两种类型,一种是突变型,另一种是反复型。

当主角经历突变型的改变,主角心理特征的变化呈现为以下模式:

AAAAAAAAAB

主角在人生某一节点获得了某种生命经验,这种生命经验瞬时改变了主角的心理特征。在电影《教父》中,麦克·考里昂挨了腐败警察麦克劳斯基一记重拳。这不是普通的一拳,而是来自纽约警察代表着腐败法制的一拳。这一拳让麦克的心理特征瞬间发生变化。他从一个信仰法律、鄙夷犯罪的二战英雄变为一个认清现实、信仰暴力的犯罪集团头目。在托比·马奎尔主演的 2002 年版《蜘蛛侠》中,"蜘蛛侠"彼得·帕克由于纵容一个罪犯的犯罪行径导致养大自己的叔叔被杀死,叔叔死前告诉彼得:能力越大,责任就越大。一瞬间,彼得·

帕克的心理特征发生转变。他从一个使用超能力谋求个人欲望的自私者变身为一个以扫除罪犯为己任的城市侠客。

当主角经历反复型的改变，主角心理特征的变化呈现为以下模式：

AAABBBAAABBBAAABBBBBBBBBBBBBBB……

在这种模式中，主角经过几番反复，其心理特征才彻底从 A 转变为 B。在电影《我不是药神》中，主角程勇最开始是一个不择手段逐利的投机商人，而当他认识了很多善良的病患并亲眼看见了身边无数被疾病摧毁的家庭后，他的心理特征发生改变，从自私转向无私，从冷漠转向悲悯，但这一改变不是绝对稳固的。当程勇面临被举报、自身利益受损的威胁时，他便在自我保护机制的驱使下恢复了他本来的心理特征。程勇为了保护自己，不再冒险采购仿制药品，而是把仿制药的销售权转给了假药商人张长林。因此，程勇和一起采购药品的伙伴们不欢而散。而当电影进展到第七十三分钟时，程勇的好朋友——慢粒白血病患者吕受益身亡，程勇来到吕受益家里表示哀悼。程勇试图给吕受益的妻子留下几万块钱抚恤金，而吕受益的妻子没有接受。这时，程勇离开吕受益的家，在吕受益家门口的长廊上，程勇和无数慢粒白血病病人相遇。这些病人戴着厚重的口罩，眼睛凝视着程勇。程勇在这种炽热的审视下穿过人群，就在此时，他意识到自己作为一个"药神"的意义，意识到自己背负着拯救众多病患的重大责任。在这一刻，程勇的心理特征发生了彻底的改变，程勇蜕变为一个具有悲悯心的善人。

在徐峥导演的电影《人再囧途之泰囧》中，徐峥扮演的主角徐朗是一个成功的商业人士，他用五年的时间发明了一种叫"油霸"的神奇产品——每次汽车加油只需加到三分之二，再滴入两滴"油霸"，油箱的汽油就会变成满满一箱。这一发明对徐朗来说无异于一颗摇钱树，徐朗渴望凭借这棵摇钱树实现人生的成功。我们可以看到徐朗成了一个内心被成功这一世俗概念裹挟的人。在徐朗经历的故事旅程中，他偶然遇到一个卖煎饼的年轻人王宝。王宝虽然土里土气，与成功二字毫不沾边，但王宝热爱家人、热爱生活，他的内心正好与徐朗相反，也与徐朗互为对照。如果说徐朗已经被"成功"这一概念冲击到失去人性，那么可以说王宝的内心是有人性的、有爱的、自然的。失去人性的徐朗在与极具人性的王宝的相处中，其内心思想发生了波动，他开始检视自己：我是否因为过于痴迷于成功而走向了失去人性的境地？在电影中，徐朗与王宝因误会发生决裂后偶然看到了王宝随身携带的日记本，他发现自己此前深深怀疑的王宝来泰国旅行竟是为了给患病的母亲种下一颗"健康树"。此刻，徐朗的内心深受震撼，他的心理发生了彻底的改变。

无论主角经历哪一种模式的改变，主角心理特征改变的过程有时会贯穿全片，有时则不会。在《我不是药神》《人再囧途之泰囧》《猫鼠游戏》等电影中，主角心理特征改变的过程贯穿了全片。《教父》《蜘蛛侠》中主角心理特征的改变在影片前半部分就已经完结，其后，人物所有的动作都是在证明人物的心理特征已经由 A 转向了 B。这一事实提醒编剧，不需要把整部电影变成人物心理特征改变的画布，不用强行将主角经历的内层故事和外层故事绑定在一起。

此外，配角也可能拥有自己的内层故事（发生心理特征的改变），其原理与主角心理特征发生改变的原理是一致的。不过，在第二幕中，编剧应当克制对配角内层故事的编织。编织内层故事让观众了解主角、与主角形成联结、最终通过主角的内层故事触发情感释放（这也是编剧编织内层故事应该达到的目标），而这一切的发生都依赖于观众向主角倾注的注意力。编剧如果过分编织配角的内层故事，会让观众被配角吸引，因而无法把足够的注意力放在主角身上。

3. 讨论核心问题（讨论主题）

第二幕的第三个任务是讨论核心问题。讨论核心问题指的是**用情节包裹对核心问题做出讨论的观点。**

我们以经典爱情电影《泰坦尼克号》为例，分析《泰坦尼克号》的编剧詹姆斯·卡梅隆是如何完成这一任务的。首先我们要明确本片的核心问题。

我们看到本片的两极系统是：

  A 极：杰克和萝丝可以拥有爱情。

  B 极：杰克和萝丝无法拥有爱情。

因此,本片的核心问题是"**杰克和萝丝是否可以拥有爱情(两个相爱的年轻人是否可以拥有爱情)**"。

在明确本片的核心问题后,我们按照本片的情节顺序梳理第二幕的情节,会得到以下情节段落(此处情节顺序梳理所使用的电影版本为227分钟的版本。分幕方式为:第一幕0—93分钟,情节落点为杰克和萝丝在船头拥抱,二人确认恋爱关系。第二幕94—169分钟,情节落点为杰克和萝丝逃出即将被淹没的船舱。第三幕170—203分钟,情节落点为杰克死去。第四幕为204—220分钟,作为故事尾声)。

1. 萝丝的内心突破世俗思想的束缚,决定和杰克在一起。
2. 二人爱得热烈。
3. 二人逃脱富人(萝丝未婚夫,下同)爪牙的追捕。
4. 萝丝误信富人的阴谋,怀疑杰克是小偷,二人的爱情之火暂熄。
5. 萝丝对杰克的信任和爱粉碎了富人的阴谋,二人爱火重燃。
6. 杰克和萝丝差点被越发高涨的海水杀死。
7. 杰克和萝丝奋力挣扎,逃出生天。
8. 杰克和萝丝被富人的封锁行为困住,陷入险境。
9. 杰克和萝丝突破富人的封锁,获得生存机会。
10. 杰克和萝丝被富人爪牙追杀。
11. 杰克和萝丝战胜富人爪牙。
12. 杰克和萝丝差点被越发高涨的海水杀死。
13. 杰克和萝丝奋力挣扎,逃出生天。

我们比照着本片的核心问题去复盘这些情节,可以"翻译"出包裹在这些情节之中的观点:

观点1:杰克和萝丝冲破世俗思想的阻碍,拥有爱情。

观点2:杰克和萝丝冲破富人的阻碍,拥有爱情。

观点3:杰克和萝丝无法化解信任危机,无法拥有爱情。

观点4:杰克和萝丝化解信任危机,拥有爱情。

第九章　逐幕击破——写作三幕式剧本

观点5：杰克和萝丝无法战胜大自然（命运）力量的阻碍，无法拥有爱情。

观点6：杰克和萝丝可以战胜大自然（命运）力量的阻碍，拥有爱情。

以上为《泰坦尼克号》第二幕中的情节包裹着的观点，这些观点都围绕在主题周围，对影片的主题——核心问题形成讨论，这就是"讨论核心问题"。那么编剧具体该如何完成这项任务呢？

编剧在讨论核心问题前，应当先明确自己剧本中的核心问题，即故事是围绕什么进展的。接着，编剧便面临了我们在第五章讨论过的"先后问题"，编剧必须决定自己的剧本创作是从情节出发还是从观点出发。

编剧可以从观点出发，检索脑海中对核心问题的观点，例如，如何看待"两个相爱的年轻人是否可以拥有爱情"这个问题（《泰坦尼克号》）；如何"看待出身平凡的人是否能够成为精英阶层的一员"这个问题（《王牌特工：特工学院》）。这些观点来自编剧对生活的观察和体验。只有经历过爱情或认真观察过爱情的编剧才可能知道爱情存活的关键是什么，继而对"两个相爱的年轻人是否可以拥有爱情"这一问题发表观点。又比如，我们也许没有参加过特工选拔，但我们参加过类似的选拔，比如特长生选拔、学生干部选拔等，只要我们认真观察这些类似的选拔就会发现智慧、力量、意志、心理素质的优越是我们超越对手通过选拔的关键。我们可以将这些通过观察生活获取的经验化为观点，用在写作"特工选拔"的故事中。

编剧还可以从情节出发，以核心问题为主题开始写作，暂不考虑情节之下的观点，自由地写作一个令自己兴奋的故事。在写作完毕后，再考虑情节之中是否包含讨论核心问题的观点，随即对剧本进行调整，最终得到一个意义集中的剧本。

意义集中，既是"讨论核心问题"的意义，也是"讨论核心问题"应该达到的目标。那些灵感爆棚、天赋异禀、被大量观影经验哺育的编剧也许不需要通过"讨论核心问题"来帮助他们实现意义集中，但对大多数编剧来说，"讨论核心问题"能够帮助其理解、编排、管理其写作的情节的意义，保证所有情节均可以作为讨论电影核心问题的观点,实现影片的意义集中。

对于"观点",编剧要了解的重要一点是,"观点"这一概念是面向编剧的,编剧用情节制造观点,而观众在情节中读出情节的意义。对编剧来说,是观点组成了电影的第二幕。对观众来说,则是种种意义组成了电影的第二幕。观众在观看《泰坦尼克号》中杰克和萝丝的爱情故事时,读到的意义是:

爱情可以冲破权势阶层、信任危机、大自然力量的阻碍……

以上便是编剧在第二幕中需要完成的三个主要任务,它们分别是:编织外层故事、编织内层故事、讨论核心问题。在此之外,编剧在第二幕还需要完成两个次级任务。

第一个次级任务是编织副线情节。

副线情节一般由配角承担。承担副线情节的配角拥有一个独立的欲望目标,配角追求自己欲望目标的旅程与电影主角追求其主要欲望的旅程相平行,同时进行。比如,在动画电影《无敌破坏王》中,电影主角——游戏世界中的一个反派人物"破坏王拉尔夫"为了拿到"好人"奖牌,成为好人而踏上旅程,他的离开让他所在的游戏《快手阿修》(Fix-It Felix, Jr.)陷入混乱,因此,游戏中的其他角色派"快手阿修"去寻找"破坏王拉尔夫"。寻找拉尔夫就是配角阿修的欲望目标,阿修寻找拉尔夫的旅程与拉尔夫努力变成"好人"的旅程相平行,同时进展,成为影片的一条副线情节。

第二个次级任务是编织周边情节。

周边情节指的是电影中除了主线情节和副线情节之外的情节,虽然它们看上去只是电影中用来调节节奏的补充情节,但它们同样非常重要。

比如,与主角或配角关联的爱情故事线索,或是有关于主角或配角和父母产生的家庭故事线索,又或是路边两个周边角色对某个主题发生的争论,甚至是某个周边角色说出的一句玩笑话,这些内容都属于周边情节。周边情节对电影产生至少两个重大作用:丰满人物和丰满世界。人物可在周边情节中展示出其性格的不同侧面,让人物的形象更加丰满、真实,这可以使观众对人物的理解和投入的感情更加深入。周边情节能够释放出大量信息,展现电影世界的样貌和规则,让电影世界更加丰满,继而使观众更加了解电影世界,并相信电影世界的存在。

编剧创造的电影世界应当是广阔的,它不仅属于主角和配角,而且同样属于那些看似不重要的周边角色。电影世界也不止发生主线情节和副线情节,也同时在发生着那些看似可有可无的周边情节,因此,缺少周边角色和周边情节的电影世界是单薄的,也是不真实的。

传说有一年在我国某著名艺术学院导演系的专业考试现场,招考老师给考场上的考生们出的即兴小品的题目是《公交车上的故事》。几个头脑灵活的考生立刻想出各种奇招,有人表演犯病的乘客,有人表演失恋的青年,还有两个考生竟然即兴演出了一场对手戏,他们其中一个人扮演"不小心踩到其他乘客脚的人",另一个扮演"被踩脚后不依不饶的乘客",二人吵得不可开交,吸引了招考老师们的注意力。就在这时,招考老师们注意到旁边有一个考生正淡定地扶着墙,静静地观察一旁两个争吵激烈的"乘客"。小品表演结束,招考老师问那个淡定的考生演的是什么,淡定考生告诉老师:"我演的是看客,看客在偷偷地看热闹。"据传,这名看似什么都没做的考生成功通过了这一考试环节。我相信招考老师们之所以让这名考生通过这轮考试正是因为这个考生懂得一个道理:世界是博大而丰富的,世界上有那些承担热闹戏份的"大人物",也有那些平静到几乎隐身的"小角色",有那些显性的、激烈的主线情节,也同时存在不喧宾夺主的周边情节,这看似简单的道理对导演或编剧等创作者来说是非常重要的。

(三) 第三幕

第三幕是剧本的收尾部分。编剧在第三幕需要完成两个主要任务。

1. 完结故事

编剧需要在第三幕完成的第一个主要任务是完结故事,具体是指,使内层故事和外层故事走向完结。"使内层故事走向完结"指的是使主角走向人物弧光的终点,主角的思想(或精神)活动过程趋于完成。"使外层故事走向完结"指的是使主角得到一个结果,行至对主要欲望追求的终点。

内外层故事完结的时刻往往出现在同一场戏中,这场戏将对第三幕以及整个故事起到决定性、总结性的作用,这场戏就是第三幕的高潮戏。在第三幕的高潮戏中,主角将做出最后一个动作打败大反派、粉碎邪恶、破除大阴谋、彻底昭示真相、释放被俘者、成功实现梦想……以完结外层故事。这一动作也将成为内层故事的终点,即主角在做出这一动作的同时完结了内层故事,从此完成了思想(或精神)变化的过程。

有一种特殊的情况是,主角对主要欲望的追求在第二幕已经结束,那么编剧在第三幕完结故事时要做的便是"完结故事旅程"。故事旅程包括内层故事和主角在主要欲望之外对其他欲望目标的追求。

在完结故事后,编剧还需要使用一些手段"收尾"整部电影,以此让观众获得一种"故事完结感"。

克里斯托弗·沃格勒在其著作《作家之旅:源自神话的写作要义》中指出,主角要携带"万能药"回归。①

"万能药"指的是主角在旅途中学到、收获到的东西,它可能是一种实体存在的奖励,也可能是一种品质或一种心理特征。前者可能是一种遗失的宝藏。主角将这一宝藏完璧归赵,至此,故事便圆满结局。后者则需要主角通过语言和动作来展示。在2002版的《蜘蛛侠》中,电影开始时,主角彼得·帕克是一个总被人欺负的高中男孩儿,他渴望得到自己暗恋对象的青睐。而到了影片结尾处,帕克已经不是一个将生活着眼于儿女私情的普通高中生,惩奸除恶才是他心中的首要任务。帕克叔叔的临终遗言"能力越大,责任越大",回荡在帕克的心中。在电影结尾处,帕克终于得到了一个向暗恋对象表白的机会,但他却选择隐藏自己的爱意,继续隐藏身份,成为守护纽约市的超级英雄。这一行为展示了帕克经过成长后拥有的一种信念。当观众目睹"万能药",观众便会收获"故事完结感"。

观众见到"世界恢复平静"后,也能获得"故事完结感"。在《无敌破坏王》中,女性游戏角色云妮洛普所在的游戏《甜蜜冲刺》被黑暗势力占据,昆虫形象的怪物吞噬了色彩斑斓的糖果世界,使之变得灰暗。在"破坏王拉尔夫"消灭了以"糖果国王"为首的黑暗势力后,云妮洛普恢复了《甜蜜冲刺》游戏主角的身

---

① 沃格勒.作家之旅 源自神话的写作要义(第三版)[M].北京:电子工业出版社,2011:203.

份,灰暗的世界也再次恢复了往日的色彩。观众看到"世界恢复平静"便知道黑暗力量已被扫除、世界完好如初、故事已经完结。

2. 结论

编剧在第三幕需要完成的第二个任务是结论。结论指的是终结对核心问题的讨论。完成结论的方法是编剧写作最后一个包裹着观点的情节。这一情节之下的观点,将成为编剧对核心问题发表的最后一个观点。

在大多数时候,结论发生在第三幕的高潮戏中。如在《王牌特工:特工学院》的第三幕高潮戏中,艾格西用王牌特工特有的优雅武器——藏匿在鞋头的毒刃杀死了"刀锋女",这情节包裹的观点是:平民艾格西能够驾驭精英阶层的装备,成为王牌特工。

结论也可能发生在电影的尾声中。有的观众会认为《泰坦尼克号》是一个悲伤的结局,因为在《泰坦尼克号》第三幕的高潮戏中,冻僵的杰克在萝丝松手后慢慢沉入海底,这一情节包裹的观点是:杰克和萝丝无法战胜大自然(命运)力量的阻碍,无法拥有爱情。这看似是编剧发表的最后一个观点,但事实并非如此,《泰坦尼克号》的结论实则发生在电影的尾声处。编剧对核心问题做出的最后一个观点被包裹在电影的尾声中,正是这个观点让本片超越一众爱情片,成为经久不衰的"挚爱经典"。

在影片的尾声处,我们通过老年萝丝随身携带的照片和她风趣豁达的个性了解到她与杰克的爱情成了她一生中的重大信息。这份爱情教会了她人生应该自由而肆意,要尽情地享受人生、享受多彩的世界。我们通过照片看到萝丝确实做到了,她游历四海,极尽人生之乐。这就是编剧看待杰克和萝丝爱情的观点,编剧认为二人的爱情无比热烈而刻骨铭心,他们的爱情可以摆脱肉体和时间的阻碍,以一种精神印记的形式藏在内心深处。因此,现实中的杰克虽然永远沉睡在大西洋海底,但他与萝丝的爱情并没有消逝,而是在萝丝心底的一片秘密花园开花结果、茂盛生长,伴随了萝丝的一生。正如本片由席琳·迪翁演唱的主题曲《我心永恒》(*My heart will go on*)中的歌词写的那样:

你就在身边,我无所畏惧

You're here, there's nothing I fear

我深知我心永恒

And I know that my heart will go on

我们将永远如此地长相厮守

We'll stay forever this way

我的心是你安全的港湾

You are safe in my heart

我心永恒

And my heart will go on and on

总结来说,"杰克和萝丝的爱情可以突破所有的现实阻碍,相伴一生",这便是编剧对本片核心问题的最终回答。这既是对爱情的一种理想主义观点,也是一种对爱情之伟大的赞美。编剧用这一观点完成结论这一任务。

与《泰坦尼克号》相似的一种结论方式发生在爱德华·兹维克导演的电影《最后的武士》中。《最后的武士》讲述了由汤姆·克鲁斯扮演的美国南北战争英雄纳森偶然加入了日本武士的阵营,与日本明治维新时期的一支现代化军队作战。本片的核心问题是"传统的武士道文化是否会被现代文明消灭"。武士阵营与现代化军队经过几番战斗,最终以武士阵营被现代化武器——机关枪剿灭为两个阵营对抗的最终结果。编剧发表的最终观点似乎是:传统的武士道文化完全无法与强大的现代文明抗衡,武士道文化必将被现代文明消灭。当我们看到影片的尾声处,我们看到年轻的明治天皇正要签署一份与美国合作的协议,这份协议的成功签署明确标志着明治天皇对现代化发展的渴求和摒弃日本传统文化的决绝之心。这时,一名宫廷侍卫近身告诉明治天皇:"与天皇的老师、武士首领胜元一同作战并幸存下来的美国人纳森来到了天皇的皇宫。"天皇立即请纳森进入天皇的会客室。

刚刚经历过血战的纳森跛着脚走近天皇,怀里还抱着胜元的武士刀。天皇随即起立。我们从天皇的神态破译出潜文本:不得已杀死老师胜元的愧疚填满了明治天皇的心。纳森将刀献给明治天皇,他告诉天皇:"胜元非常希望明治天皇能拥有这把刀,如此,武士精神将与明治天皇同在。"明治天皇身边的大臣立即劝说明治天皇应尽快签署合作协议。这时,纳森却说出更加令明治天皇震惊的话,他告诉明治天皇:"胜元咽气前说的最后一句话是希望明治天皇能永远记得拥有这把刀的祖先是谁,以及他们为何而死。"心中的愧疚和对老师的怀念让明治天皇流下了眼泪,他告诉前来签署合作协议的公使,他不能签署这份与美国的合作协议,因为他认为这份合约不符合日本本国人民的利益,这会让日本忘记了自己的根。

至此,编剧给出了对核心问题的结论性回答,即传统文化以一种精神的形式生长在人的内心深处,它是每个人的根基,即使现代文明再强大,现代文化也无法抹除传统文化,传统的武士道文化不会被现代文明消灭。当然,该片对日本传统文化尤其是武士道文化的讨论是主观而片面的。武士道文化被塑造成了现代文化的对立面、一种绝对正义的存在。其实无论是武士道文化,还是明治维新所倡导的现代文化,都是为日本攫取一定时期的利益的手段而已,大可不必让传统与现代完全对立互搏。

二、三套系统

下面这一表格梳理了编剧在写作一部三幕式剧本时,需要在每一幕中分别完成的主要任务:

表9-1 三幕式结构的剧本中每一幕的主要任务

第一幕	第二幕	第三幕
1. 建立电影世界	1. 编织外层故事	1. 完结故事
2. 推介主角	2. 编织内层故事	2. 结论
3. 送主角上路	3. 讨论核心问题(讨论主题)	
4. 开题		

在这些主要任务中,我们会发现其中有三个主要任务是贯穿整部电影而存在的,它们是:编织外层故事;编织内层故事;讨论核心问题(包含开题、讨论、结论三个部分)。这三个任务代表着编剧在写作剧本时主要会涉及的三个系统:

表9-2 写作剧本时主要涉及的三个系统

剧本中的三个系统
1. 描写主角追求主要欲望的外部逐利系统
2. 描写主角心路历程的内部变化系统
3. 保障情节意义集中的主题系统

如果电影剧本是一顶帐篷，以上三个系统便是帐篷的龙骨，它们决定了故事旅程、人物设计的质量以及情节的意义是否集中。在外部逐利系统中，编剧必须在众多可能中为主角挑选出最有娱乐性的动作。在内部变化系统中，编剧必须设计出主角起始的心理特征和最终的心理特征，并研究其心理特征改变的过程。在主题系统中，编剧必须明确自己剧本的核心问题是什么，从而由核心问题开始写作。

编剧必须确保以上三个系统在剧本中正确运行，才能得到一个坚实丰满、意义集中的剧本。同时，编剧了解了这三个系统后，就可以在剧本写作中拥有方向感，明确自己写作的内容会涉及以上哪一个系统。电影公司的文学策划和制片人也可以从这三个系统入手去检验电影剧本的质量。

本章节讲述的电影剧本写作方法，是以三幕式结构的剧本为模板的。三幕式剧本与四幕式或多幕式剧本的区别在于，故事前部用于建立电影世界、推介主角的时间的长短以及故事中部主角追求主要欲望的动作或"曲折"的数量。不过，编剧在写作剧本过程中需要完成的任务是一致的。

我们如今使用的剧本写作的方法是由最初的写作方法经过整个"人类故事创作史"的塑造，并经过长时间的演变，最终优胜劣汰的结果。因此，剧本的写作方法是有边界的、可观测的、可分析的，如此，我才能在这本书中编写剧本写作的理论。而在广袤的故事海洋中，故事模式理应是趋近于无限的。当我们对大量影片进行广泛观察时，会发现很多故事拥有极为相似的特征以及极为相似的故事模式。其中，有两种故事模式出现频率极高，堪称经典故事模式。

我们将在下一章节讲解这两种经典故事模式，它们分别是伟大放弃与弃暗投明。

第十章 伟大放弃与弃暗投明

一、伟大放弃

伟大放弃是一种经典的故事模式。我们在分析这种故事模式前,先简单回顾下两部同属于伟大放弃类的电影,第一部电影是 2012 年上映的动画电影《无敌破坏王》。

电子游戏《快手阿修》中的反派角色"破坏王拉尔夫"每天的生活便是在游戏中大搞破坏,以便让玩家通过操控"快手阿修"来修补破坏之处。看着主角光环照耀下金光闪闪的"好人"阿修,"坏人"拉尔夫很不是滋味,他也想成为大家喜爱的"好人"。一次偶然,拉尔夫发现《快手阿修》中的全体角色都参加了《快手阿修》三十周年纪念派对,只有自己没有收到邀请。拉尔夫来到派对现场,他发现身为"坏人"的自己遭受了巨大偏见。为了逆转大家对自己的态度,他决定改变自己,成为一个"好人",他采取的方法是去赢得一枚象征着"好人"的奖牌。

拉尔夫偶然获悉在游戏《英雄使命》中有获得奖牌的机会,于是拉夫尔穿上《英雄使命》游戏中的作战服,成为游戏中的一名士兵。可正当拉尔夫要以战斗英雄的身份获得一枚象征着"正面人物"的奖牌时,他却不小心踩爆了一枚生化昆虫的虫卵,并在慌乱中激活了无数虫卵。接着,拉尔夫乘坐逃离仓来到电子游戏《甜蜜冲刺》中,随即继续施展自己"无敌破坏王"的实力,不断地弄巧成拙,在《甜蜜冲刺》中大搞破坏。为了得到奖牌,拉尔夫与《甜蜜冲刺》中被流放的游戏主角云妮洛普达成交易——只要拉尔夫帮助云妮洛普打造一辆新的糖果赛车，云妮洛普就将赛车的奖牌送给拉尔夫。经过一段跌宕起伏的冒险，拉尔夫竟然真的给云妮洛普打造出一辆赛车。眼看拉尔夫即将拿到奖牌，成为一个"好人"，可就在这时，《甜蜜冲刺》游戏中的糖果国王在云妮洛普离开的间隙悄然出现在拉尔夫身边。糖果国王丢给拉尔夫一枚奖牌，他告诉拉尔夫：云妮洛普不能参加赛车比赛，因为云妮洛普会让游戏世界产生运行错误，一旦玩家发现这种错误，整个游戏世界都可能被关停。云妮洛普回来后兴致勃勃地交给拉尔夫一枚写着"你是我的英雄"字样的自制糖果奖牌，此时，拉尔夫知道自己在云妮洛普心中已经不再是一个"坏人"，而是一个"好人"。可拉尔夫却高兴不起来，因为他急于说服云妮洛普放弃参加赛车比赛。可早已蓄势待发的云妮洛普怎么会听从拉尔夫的劝说？面对固执的云妮洛普，拉尔夫看了看自己硕大的拳头，随后他用拳头将云妮洛普的糖果赛车砸了个粉碎，随之粉碎的还有拉尔夫成为"好人"的美梦。失声痛哭的云妮洛普对拉尔夫严厉地说："你真的是个坏人！"说罢，云妮洛普离开了，只剩下留在原地、不知所措的拉尔夫。一无所有的拉尔夫回到《快手阿修》游戏中，发现自己的离开让《快手阿修》被误以为发生故障，即将被关停。

拉尔夫扔掉了糖果果王给他的奖牌，他决定再次出发，帮助云妮洛普重新参加赛车比赛。可当拉尔夫来到比赛现场时，却看到来自《英雄使命》中的生化昆虫大举攻入《甜蜜冲刺》，而糖果国王也魔化成了一只面目恐怖的螳螂怪。

当拉尔夫被螳螂怪裹挟着升至高空时，拉尔夫想到了一个消灭所有生化昆虫的计划——从高空垂直坠落，用重拳粉碎悬挂在岩浆之上的曼妥思，让爆发的曼妥思喷泉消灭生化昆虫。拉尔夫心想，只要自己打出这一记重拳，自己变身"好人"的旅程将以失败告终，自己将作为"破坏王"永远成为游戏世界里"坏人"的代名词，但拉尔夫还是出手了，在下坠的短短十几秒里，他说了这么一段话：

我很坏，没错。

我永远成不了好人，那也没关系。

除了自己以外，我不愿意做任何人。

第十章 伟大放弃与弃暗投明

随后,拉尔夫的计划成功了,曼妥思喷泉闪烁的强光让所有生化昆虫和糖果国王变身的大螳螂在昆虫趋光性的驱使下被吸引,昆虫们被喷泉的高温消灭,危机解除。《甜蜜冲刺》的游戏故障被消除,游戏世界恢复了往日的绚烂多彩,云妮洛普也恢复了《甜蜜冲刺》主角的身份。而拉尔夫也回到了《快手阿修》游戏中,坦然地接受了自己"坏人"的身份,开心地扮演一个"坏人",电影至此结束。

第二部电影是上映于2002年的电影《猫鼠游戏》(又名《逍遥法外》)。

电影的主角弗兰克本来有一个幸福富足的家庭。弗兰克的父母爱情美满,父亲常常在饭后讲述他与弗兰克的母亲如何在战争年代相爱的浪漫佳话。一天,弗兰克父亲的生意遭遇了巨大危机,他不得不卖掉名牌汽车,让全家搬出宽敞豪华的住宅,住进一套古老破旧的公寓。

一次偶然,弗兰克撞见了母亲与他人在家中幽会。一时间,弗兰克的家庭处在分崩离析的边缘。果然,没过多久,弗兰克就被迫参加了一场关于父母离婚后如何分割财产的会议。一个幸福美满的家庭顷刻间化为乌有,好像一场戛然而止的美梦。可与梦境不同的是,这种美满曾经真实存在过。忽然失去一切的弗兰克难以接受这沉痛的现实,于是他走上了一条"构建人生假象"的道路,踏上了造假的旅程。在造假之旅中,弗兰克虚构了自己的年龄、教育背景、职业、经历,甚至爱情。

弗兰克原本靠着自己造假的本领逍遥法外,可他偶然在医院遇到了青春懵懂的护士布兰达。弗兰克对布兰达心生好感,他问自己:"我为什么不搞个医生的头衔玩儿玩儿呢?"于是,弗兰克便制作了一张哈佛医学院的假文凭。弗兰克凭借假文凭和虚构的工作经历,轻松得到了一份夜班医生的职位,并亲自挑选布兰达作为自己的助手。至此,二人的感情迅速升温。布兰达身上的懵懂气息和一种"易碎"的气质深深打动了弗兰克,弗兰克决定和布兰达结婚。FBI探员卡尔通过弗兰克的假文凭锁定了弗兰克的所在,他知道弗兰克不能更改自己的假名字"康纳思",因为"失去了名字,弗兰克便失去了布兰达"。凭借弗兰克即将结婚这条线索,卡尔带领FBI一众探员突袭了弗兰克的婚礼现场,导致弗兰克落荒而逃。

婚姻计划失败的弗兰克发现除了继续"造假",自己的人生已经别无选择。于是,弗兰克继续利用伪造身份、伪造支票的方法在全世界流窜。卡尔按图索骥,最终在法国一个叫曼特丽莎的小村子里找到了弗兰克。曼特丽莎是弗兰克母亲的故乡,弗兰克的父亲正是在这座小村子里打败了数百个同为美国大兵的竞争对手,赢得了弗兰克母亲的芳心。卡尔将弗兰克扭送回美国,在飞机上,卡尔惋惜地告诉弗兰克,他的父亲在一次意外中去世了。在飞机落地的一瞬间,弗兰克顺着飞机厕所下面的通道逃脱。逃脱抓捕的弗兰克没有隐匿起来逃避卡尔的追击,而是径直赶往了母亲的新家。在一个寒冷的冬夜,弗兰克透过窗户望向温暖的室内。弗兰克看到母亲和她的现任丈夫、孩子幸福地生活在一起。弗兰克感觉自己是个局外人,不敢和母亲相认,打扰这幸福的一家人。此时,当卡尔赶到,弗兰克坦然走向卡尔,并主动要求卡尔逮捕自己,好像卡尔才是他理所应当的归宿。

弗兰克与卡尔做了笔交易,他以顾问的身份为 FBI 工作,获得了受限的自由。某天下班后,弗兰克路过一家售卖制服的商铺,他望着橱窗里的飞行员制服,决定重拾自己的老本行。

在机场的一条通道里,弗兰克正提着登机箱匆忙赶向登机口。卡尔却在此时出现在弗兰克的身后。让弗兰克没想到的是,卡尔竟然不阻止自己的脱逃。卡尔告诉弗兰克:

> 有时候活在谎言里是一件更容易的事。
> 弗兰克,我今晚会让你飞走。
> 我甚至不会拦你。
> 因为我知道,你周一会回来。
> 你看,根本没人在阻拦你。

卡尔离开后,弗兰克留在原地,思索着弗兰克的话。

转天上午,卡尔正盯着办公室上方的钟表,显示当下为上午的十点十分。弗兰克仍然没有出现,卡尔忧心忡忡。正当卡尔给周围的一圈探员讲解伪造支票的细节时,有人用一只手从旁拿走了卡尔正在使用的放大镜。"你介意我看一下吗?"卡尔抬头,看到了站在桌子对面的弗兰克。弗兰克回来了,他选择成为一名拥有"受限的自由"的 FBI 探员。镜头略过围在无数个办公小桌旁的探员们,卡尔和弗兰克也在其中,至此,电影结束。

回顾《无敌破坏王》和《猫鼠游戏》这两部电影可以让我们对伟大放弃类电影有一个大致的认识,同时这两部电影也属于我们在本节选取的六部片例中的两部,其他四部片例是《摔角王》《心花路放》《超脱》《饮食男女》。我们将以这六部片例为样本,从其多方面的共性分析伟大放弃这一经典故事模式。

(一)主要欲望的形式

以下是六部伟大放弃类电影中主角在故事中追求的主要欲望。

表 10-1 《无敌破坏王》等六部电影中主角追求的主要欲望

片名	主要欲望
《无敌破坏王》	改变自己
《猫鼠游戏》	活在虚构的假象里
《摔角王》	洗心革面
《心花路放》	彻底切割自己伤痛的过去
《超脱》	闭锁感情活动
《饮食男女》	压抑人性的需求(隐藏与女儿同学暗中结合的事)

纵观这六部电影中主角追求的主要欲望,我们会发现其中的两个共性。

第一个共性:在伟大放弃类影片中,主角追求的主要欲望都与主角的生活状态、心理状态、尊严等方面紧密相关,这些主要欲望将对主角的人生造成根本性、革命性的影响。如果主角追求的主要欲望是得到一笔钱,那么,即使最终主角没有得到这笔钱,他仍然可以寻找别的方式谋求金钱,最终实现趋利避害。然而,在伟大放弃类影片中,主角追求的主要欲望则影响着主角人生的根基,主角对于实现主要欲望势在必行。在主角的眼中,一旦他没能实现主要欲望,他的人生将面临彻底崩溃。比如在《无敌破坏王》中,如果拉尔夫没能改变自己并拿到"好人"奖牌,他将成为一个永远被孤立的"坏人",成为自己所处的游戏世界中的边缘人。在《猫鼠游戏》中,如果弗兰克没能虚构生活中的一切,他将承担家庭破碎的巨大痛苦,这让他痛不欲生。《心花路放》的主角耿浩梦想彻底切割自己伤痛的过去,如果他做不到,那么,他便永远沉溺在过去的伤痛中,无法面对自己未来的生活。

第二个共性:**在伟大放弃类影片中,主角追求的主要欲望都是"不健康"的。** 改变自己、活在假象里、切割过去、压抑人性……虽然以上这些主要欲望在主角的眼中无比重要,但这些主要欲望都是"不健康"的,而"不健康"来自这些欲望目标包含的虚妄性。

《无敌破坏王》和《摔角王》中的主角的主要欲望的本质是改变自己。"改变自己"是常常出现在成功学和心灵鸡汤中的词,看似轻而易举,可试问谁又能真正地改变自己?我们也许可以改变自己的外部特征或一些行为习惯,但无法从根本上改变自己,这是我们不得不接受的事实。切割过去、压抑人性则更加不可能。主角们在追求这些"不健康"的主要欲望的道路上逐渐变得病态。《心花路放》中的耿浩拼尽全力切割伤痛的过去,却越发沉浸于痛苦,变得萎靡不振。《超脱》中的亨利为了避免来自亲密关系的伤害而隔绝与外界的情感交流(闭锁感情活动),因此,他过上了一种苍白、孤寂的生活。《饮食男女》中的主角老朱的"病态"则更加直接。无数话语积压在老朱的心里,老朱却有口难言,重压之下的老朱失去了味觉。

有的主角看起来与出发前没有太大差别,他们看起来似乎毫发无伤,但他们仍然"不健康"。比如,拉尔夫在试图成为别人的路上越走越远,他也离真实的自我越来越远;弗兰克得到了绚丽虚假的生活,同时他也失去了真实可信的生活。

我们通过观察这些追求"不健康"主要欲望的主角时,可以说他们都生病了,他们亟待疗愈。

(二)两极系统与核心问题

在大量观察伟大放弃类影片故事后,我们会发现其故事两极系统的基本形式是:

　　A极:主角能够实现其主要欲望。

B 极：主角无法实现其主要欲望。

故事时而走向 A 极，主角实现了主要欲望，时而走向 B 极，主角面临失败，无法实现其主要欲望。

如《无敌破坏王》的两极系统是：

A 极：人可以真的改变自己，成为另一个人。

B 极：人无法真的改变自己，成为另一个人。

《猫鼠游戏》的两极系统是：

A 极：人可以一直活在虚构的假象里。

B 极：人无法一直活在虚构的假象里。

由此，我们归纳出伟大放弃类影片核心问题的基本形式是：

主角是否能够实现其主要欲望？

以下是六部片例意义层面的核心问题：

表 10-2 《无敌破坏王》等六部电影中意义层面的核心问题

片名	核心问题
《无敌破坏王》	人是否能真的改变自己，成为另一个人？
《猫鼠游戏》	人是否能够一直活在虚构的假象里？
《摔角王》	人是否可以真的洗心革面？
《心花路放》	人是否能够真的彻底切割自己伤痛的过去？
《超脱》	人是否可以真的闭锁自己和外界的情感交流，超脱于环境？
《饮食男女》	人是否可以压抑人性的需求，遵守传统道德的制约？

（三）失败的旅程

主角拥有主要欲望后，追求主要欲望的旅程正式开启，主角在这条路上一路狂奔，拼尽全力想要实现其主要欲望。然而，由于伟大放弃类影片中主角追求的主要欲望都是"不健康"的，因此，主角追求主要欲望的旅程都以失败告终。

在《无敌破坏王》中，拉尔夫拼尽全力也没能改变自己，摆脱自己"破坏王"

的身份;在《猫鼠游戏》中,弗兰克拼尽全力也没能长久地活在自己虚构的假象里;在《超脱》中,亨利最终也没能闭锁自己的感情,成为他梦想中那个"冷血"的人;在《心花路放》中,耿浩没能彻底切割自己伤痛的过去;在《摔角王》中,摔角手"大锤"蓝迪也没能洗心革面。

(四)生活导师

在伟大放弃类影片中,主角在追求主要欲望时遭遇的失败绝不是偶然发生的,而是一种必然结果。生活将作为导师,把产生这种结果的原因传达给主角。

生活告诉拉尔夫他无法真的改变自己而成为另一个人的原因是,他无法压抑自己的本性,无法改变自己的性格和良心。如果拉尔夫可以改变自己并压抑自己的本性,他便不会为了保护云妮洛普而举起硕大的拳头,将云妮洛普的糖果赛车砸个粉碎。《超脱》中的主角亨利闭锁自己的感情,试图超脱于周遭环境。然而,看似"冷血"的亨利无法隐藏其内在的温柔和善良,他得到了学生们巨大的喜爱。刻意回避学生感情的亨利竟"失职"造成一名学生的死亡。亨利的生活告诉他:我们自身可以努力拒绝与他人的情感交流,但是在生活中,情感交流是双向的,无论多么努力地单方面拒绝与他人的情感交流都是徒劳的。亨利可以拒绝与学生们的情感交流,却无法阻止学生主动与他进行情感交流。《心花路放》中的主角耿浩用切割机分割了自己与前妻的一切共同财产,他试图经历一次放浪形骸的"无耻假期",只为忘记过去,摆脱离婚的伤痛。可无论怎么努力,耿浩都无法将他与前妻的过往彻底分割。经过一段旅程后,耿浩终于收到了生活的教诲。生活告诉他,过去经历的痛苦已成为他生命中的一部分,没有人能真正分割自己生命的一部分。

《摔角王》有着和《无敌破坏王》相似的核心问题,即人是否真的能洗心革面?《摔角王》的主角是曾经辉煌一时的美式摔角手"大锤"蓝迪·罗宾森(下文简称为蓝迪)。蓝迪在一次比赛后陷入了昏迷。在他醒来后,医生告诉蓝迪,他因为心脏问题差点死去,以后不能再摄入那些日常滥用的药物,而且劝蓝迪不能再从事摔角行业,强度剧烈的摔角运动可能会让蓝迪丧命。蓝迪为了避免让自己的人生终结于孤独和悔恨而生出了主要欲望——洗心革面,蓝迪希望以此修复残破的生活,在余生中重温家庭的温暖。他一方面想从脱衣舞娘卡西迪那里得到爱情,另一方面想从女儿那里得到亲情。蓝迪试着变成一个温柔的好男人、好父亲,可生活导师却告诉蓝迪,你必然失败。蓝迪由于向卡西迪示爱被拒而"现出原形",变回那个情绪化的暴力男人。而后,蓝迪又因为一次放浪后的宿醉耽误了和女儿早已约定好的晚餐。蓝迪再一次深深地伤害了本就因为童年创伤而变得神经质的女儿。受伤的女儿表示她再也不会见蓝迪,女儿崩溃地告诉蓝迪:

> 我以为你能改变,我真是愚蠢。
>
> 我们之间的一切再也不可能被修复了。
>
> 我们之间已经彻底完了。

生活借女儿之口告诉蓝迪:你是一个"根深蒂固"的人,不可能改变自己,不要再妄想洗心革面了。

我们从影片中可以看到,主角在生活中得到了生活导师的教诲,而实际上,主角的生活导师就是编剧本人。编剧化身生活导师,将主角失败的原因化为观点,包裹在情节中,而情节展现了主角的生活。

(五)恶果

伟大放弃类影片中的主角们大多在经历了失败的旅程后,会亲眼看见因自己追求"不健康"的主要欲望所造成的"恶果"。拉尔夫离开《快手阿修》游戏,去寻找一枚证明自己是"好人"的金牌,但当他拿着一枚毫无意义的金牌回到《快手阿修》时才知道因为自己的离开导致《快手阿修》被认定为出了故障,即将被关停。在《摔角王》中,蓝迪在洗心革面失败后回到了他工作的地方——一家杂货店的熟食档口。一个前来购买熟食的顾客认出了蓝迪,他高声询问着:"你是不是'大锤'蓝迪?八十年代的著名摔角手?你会使用绝招'大锤粉碎压'?"蓝迪这才意识到曾是明星的自己却因为妄图洗心革面而把自己困在一个逼仄的熟食档口,既失去了往日的荣光,也失去了尊严。在《超脱》中,亨利由于闭锁自己的感情,推开了向他寻求关爱的学生——一名抑郁症患者,最终酿成悲剧。

(六)开悟时刻

在伟大放弃类的影片中,主角在经历失败之旅、生活导师的教导并目睹恶果后,将在某一个时刻"开悟"。开悟时刻指的是主角认识到自己不可能实现自己梦寐以求的主要欲望,必须要放弃对主要欲望的追求的那一时刻。

这一时刻可能突然发生在主角的内心思想的转折处。比如,在《无敌破坏王》第三幕的高潮戏中,拉尔夫在打出终极一拳前,终于想通了一切。他认识到自己永远也不可能改变自己而成为一个"好人"。于是,他念出了以下独白:

我很坏,没错。

我永远成不了好人,那也没关系。

除了自己以外,我不愿意做任何人。

从此,拉尔夫放弃了对主要欲望的追求。

开悟时刻也可能在外力的帮助下发生。在经历了失败之旅、生活导师的教导并目睹恶果后,主角也许仍痴迷于追求主要欲望。此时,他需要一个外力来帮助他完成开悟。在《猫鼠游戏》中,弗兰克在被卡尔逮捕后,仍幻想着继续自己的"造假之旅"。弗兰克购买了一套飞行员制服并打算逃之夭夭。可令弗兰克没想到的是,他在机场遇到了卡尔。卡尔对弗兰克说:

有时候活在谎言里是一件更容易的事。

弗兰克,我今晚会让你飞走。

我甚至不会拦你的。

因为我知道,你周一会回来。

你看,根本没人在阻拦你。

就在这一时刻,弗兰克开悟了。弗兰克认识到,自己的"造假之旅"不过是让自己换取"虚假轻松"的一种方式。弗兰克回想起自己的失败之旅,他发现自己无法一直活在虚构的假象里,他两次被卡尔抓捕都是因为自己对真实生活的需求。弗兰克相信正如卡尔所预测的:即使自己现在离开,也会在不久的将来因为自己对真实生活的需求而再度回到卡尔身边。弗兰克随即放弃了对主要欲望的追求。

在《心花路放》中，主角耿浩发现他无论如何都无法解脱自己，无法终止对主要欲望的追求。这时他望着自己的影子，影子使耿浩瞬间开悟了，他认识到：自己无法切割自己伤痛的过去，因为伤痛的过去好像自己的影子，是自己人生的一部分。耿浩瞬间释然，不再追求自己的主要欲望。

（七）主动反动作

主角开悟后便放弃了对主要欲望的追求。在生活中，放弃追求意味着停止追求的动作，意味着"躺平"。而电影中的主角绝不会以"躺平"表示放弃，他们要使用一个更为明显的、有仪式感的动作表示对主要欲望的放弃，这个动作可称为**主动反动作**。上述六部电影中主角做出的主动反动作如下表所示：

表 10-3 《无敌破坏王》等六部电影中主角追求的主要欲望与
主角最终做出的主动反动作的对照

片名	主要欲望	主动反动作
《无敌破坏王》	改变自己	坚定地做自己
《猫鼠游戏》	活在虚构的假象里	选择真实的生活
《摔角王》	洗心革面	坚定地做自己
《心花路放》	彻底切割自己伤痛的过去	选择与自己的过去共生
《超脱》	闭锁感情活动	主动拥抱有情感交流的生活
《饮食男女》	压抑人性的需求	直面人性的需求

在《无敌破坏王》中，拉尔夫开悟后，从高空俯冲而下，打出了终极一拳，这一拳就是拉尔夫做出的主动反动作——坚定地做自己。因为这一拳是只有无敌破坏王才能完成的一拳，所以他打出这一拳便表示对自己原生身份的坚持。在《猫鼠游戏》中，弗兰克开悟后做出了主动反动作——回到卡尔的监视之下，选择过一种粗糙但真实的生活。其余四部电影中的主角也一样，以一个主动反动作表示对主要欲望的放弃。这一放弃就是"伟大放弃"，它为主角带来一种疗愈的效果。

(八)疗愈

追求一个"不健康"的主要欲望,或让主角意志消沉,或让主角失去自我,甚至可能让主角造成身体上的残疾。当主角以一个主动反动作放弃对主要欲望的追求时,他自然就远离了此前的病态,犹如获得疗愈一般,正如新裤子乐队的那首歌《没有理想的人不伤心》。

意志消沉的人在放弃追求"不健康"的主要欲望后会变得积极向上,如《心花路放》中的主角耿浩。失去自我的人在放弃追求"不健康"的主要欲望后会获得坚定的自我认同,如《无敌破坏王》中的主角拉尔夫。身体残疾的人在放弃追求"不健康"的主要欲望后甚至能使残疾修复,如《饮食男女》中的老朱。主角在经过疗愈后,也来到了"人物弧光"的终点,即主角通过主动放弃转而变成更好的自己。

(九)幕结构

伟大放弃类影片的幕结构大多与标准的三幕式影片相同,主角在第一幕接收到重大信息,在趋利或避害的本能下产生自己的主要欲望——一个"不健康"的主要欲望(主角的主要欲望可以在电影开始前便已经存在于其内心。随着故事的进展,观众必须要知道其主要欲望的由来,否则观众将无法理解主角一切行动的缘由)。

当主角开始对主要欲望进行追求,故事便来到了第二幕,内层故事与外层故事在此同时开启。外层故事由主角为实现主要欲望做出的一个个动作组成,内层故事是主角经历的心路历程。在第二幕中,主角经历了一场失败之旅(外层故事以失败告终)后,又接受生活导师的教导、目睹恶果、经历开悟时刻,此时,主角的内层故事也即将行至终点,主角从狂热地追求主要欲望转向放弃主要欲望。

当故事通过情节点进展到第三幕时,主角将在第三幕的高潮戏中做出主动反动作。这一动作表明主角对主要欲望的放弃,也让主角获得"疗愈"。至此,电影的主线情节结束。

二、弃暗投明

本章介绍的另一种故事模式叫作"弃暗投明"。我们与此前一样,先回顾两部弃暗投明类的电影。

我们以文牧野指导的电影《我不是药神》为例。这部在 2018 年上映的电影由真实事件改编,讲述了经营成人保健品店的中年男人程勇从一个投机奸商逐渐变为拯救无数慢性粒细胞性白血病(下文简称为慢粒白血病)患者的"药神"的故事。

从破旧且带着油污的衣服、杂乱的头发、毫无修饰的胡须等外表特征来看,程勇是一个生活并不顺遂的中年男人。事实也确实如此。程勇的店铺生意惨淡,其前妻又找来律师和他谈话,要把儿子带去澳洲,就在这时,程勇的父亲又患病住进了医院,急需一笔救命钱。在这紧急关头,慢粒白血病患者吕受益来到程勇身边,为程勇指出一条明路——去印度为慢粒白血病患者采买仿制药。在考察印度、寻找代理商、集结思慧与黄毛等伙伴之后,程勇终于拿到了印度仿制药的代理权。程勇带着几个伙伴一起开始销售印度仿制药,不但仿制药的销量可观,而且在这一过程中,程勇和几个伙伴的感情也更加深厚。他们几人偶然发现了一个叫张长林的"假院士"在贩卖假药,这个人不但骗病人的钱,还耽误了病人的病情。在张长林贩卖假药的现场,程勇和几个伙伴与张长林大打出手。没想几日后,张长林竟登门拜访程勇,他企图以程勇两年的利润交换程勇印度仿制药的代理权。程勇表示拒绝,张长林却放话:"像你这么卖,不出半年肯定被抓。"几天后,警察突击了程勇的成人保健品店铺。警察刚离开,程勇就接到张长林打来的电话,得知是张长林举报了自己。

一个雨夜,程勇召集几个伙伴,一群人热闹地吃着火锅。酒过三巡,程勇突然告诉大家自己不再卖印度仿制药了,他已经把代理权交给了张长林,但他会保证几个伙伴仍能以低价拿到药。几个伙伴听到这个消息后,对程勇非常不满。程勇告诉伙伴们,张长林虽然涨价卖药,但也比正版药便宜了很多。黄毛质问程勇:"你不知道有的人连五千块钱一瓶都吃不起吗?"程勇大怒:"我能管得了那么多人吗?我上有老下有小,我被抓进去他们怎么办?"说罢,几个伙伴先后离开,饭局不欢而散。

一年后,程勇已经是一家服装厂的老板。他一改往日的邋遢模样,穿上了精致的衣服,十分整洁,还开上了奥迪轿车。这时,吕受益的老婆找上门来,她告诉程勇,"张长林跑了,药也被警方查封了,病人们已经很久没有药吃了"。更令程勇震惊的是,吕受益竟然因为没有药吃、难忍痛苦而割腕自杀了。虽然吕受益经过及时的救治活了下来,但也只剩下半条命了。

程勇来到医院看望病重的吕受益,目睹了吕受益经受的痛苦。程勇决定再去趟印度,从药店为吕受益买药。可没想,程勇从印度回来直接参加了吕受益的葬礼。原来吕受益不愿拖累老婆和孩子,再次选择了轻生。当程勇离开吕受益的家,他看到门外的走廊上站满了慢粒白血病病人,所有病人都戴着口罩并注视着程勇。程勇低着头穿过病人们,内心经历煎熬,不敢与病人发生眼神接触。

在吕受益死后,程勇决定重新卖药。与此同时,警方正在抓捕张长林并搜查仿制药的源头。一天,程勇和黄毛正在港口卸货时,警方根据线报来到港口搜查仿制药。黄毛率先看到警察,他为了保护药品和程勇,开上装着药品的皮卡车试图摆脱警察的追捕,但谁知他刚出了港口园区的大门就被一辆卡车撞上,当即性命垂危。黄毛被警察曹斌赶忙送往医院,可还是没能救回重伤的黄毛。当程勇赶到医院时,曹斌将黄毛已经过世的消息告诉程勇,这让程勇当场崩溃,程勇撕扯并质问曹斌:"他才二十岁,他想活命他有什么罪?"

在悲痛过后,程勇决定继续卖药,帮助更多的慢粒白血病患者。就在这时,印度那边传来消息,药厂已被查封。如果程勇想要继续采购仿制药只能以高于成本价数倍的零售价格从药店购买。在这艰难的关头,程勇做出了一个惊人的决定:他同意以高价从药店购买仿制药,并仍然以成本价销售给病友,中间的差额由他自己贴补。在一次运货的途中,程勇被曹斌抓捕并接受了法律的审判。程勇乘坐警车离开法院时,他看到道路两旁竟都是他帮助过的病人,就连吕受益和黄毛也站在病人的中间。电影至此结束。

我们再回顾另外一部电影——由亚历山大·佩恩指导,上映于2004年的电影《杯酒人生》。电影展现了精通红酒知识的"不得志"作家迈尔斯和生性放浪的失败演员杰克这对好朋友在杰克即将步入婚姻殿堂前的一次红酒狂欢之旅。

电影开始于迈尔斯的一次迟到。迈尔斯答应杰克会在中午前到达杰克家，接上杰克，一起开始狂欢之旅，可迈尔斯却迟到了。杰克经过一番努力，终于摆脱了家人，和迈尔斯一起踏上旅程。没想到迈尔斯竟想顺路去看望自己的母亲，因为这天正是母亲的生日。我们从迈尔斯与母亲的对话中得知迈尔斯曾经有过一段婚姻，但在两年前离婚了。这成了迈尔斯时常情绪低落、抑郁的原因。在与母亲共进晚餐的席间，迈尔斯借故离开。迈尔斯蹑手蹑脚地登上二楼，悄声进入母亲的房间，从母亲衣橱中的一个罐子里取出了大约一千美金的现金。（由这个情节我们可以读出两个潜文本：迈尔斯很了解母亲；迈尔斯经济拮据，过得并不好。）

第二天一早，迈尔斯和杰克趁迈尔斯的母亲还没醒来便踏上旅程，二人的红酒之旅正式开始。迈尔斯驾驶着一辆古董敞篷跑车，带着杰克行驶在加州风景秀丽的公路上，穿过一片片葡萄园。他们在沿途的一座红酒庄园停留，红酒专家迈尔斯教"红酒小白"杰克如何从颜色、味道等方面鉴赏红酒。当晚，二人在一家餐厅用餐，杰克被美丽的女服务生吸引，迈尔斯表示，那是他的老朋友玛雅，她曾与一名大学教授结婚，另外，玛雅还是一名红酒鉴赏专家。杰克认为玛雅明显对迈尔斯有好感，他劝说迈尔斯对玛雅主动展开攻势。迈尔斯却认为他与玛雅根本不可能。杰克告诉迈尔斯："兄弟，你现在已经盲目了，彻底盲目了。"

入夜，仍在吧台品酒的迈尔斯和杰克遇到了刚刚下班的玛雅，也许是迈尔斯将杰克的话听进去了，迈尔斯主动邀请玛雅加入他们的酒局。席间，杰克努力地展示自己的魅力，迈尔斯却内敛得像个闷葫芦。玛雅询问迈尔斯他们晚上有什么安排，迈尔斯说他们准备回旅馆睡觉。在回旅馆的路上，杰克对迈尔斯非常生气，他认为迈尔斯对玛雅的回答让他们错失了一次参加派对的机会。第二天一早，杰克终于和迈尔斯摊牌，他早就计划好让这次旅行成为他婚前的放纵之旅，而更重要的是，他想用这次旅行为迈尔斯找到新的爱情。迈尔斯听了杰克的话，却毫无兴趣。二人再次回到畅游加州葡萄园的旅程中，经过几次停留，二人在一座酒庄认识了女侍酒师丝黛芬妮。杰克主动与丝黛芬妮交流，得知丝黛芬妮是玛雅的好朋友。杰克在丝黛芬妮的酒庄买下几箱酒,他兴冲冲地告诉迈尔斯,他都问清楚了,玛雅一年前就和大学教授离婚了,而且他和丝黛芬妮已经安排好了今晚的派对,一定会是个浪漫的夜晚。

迈尔斯和杰克在一处葡萄园旁的路边停下,迈尔斯指着一旁的空地回忆起他和前妻维多利亚在一起的美好回忆。迈尔斯感叹道,"她真是世界上最好的女人"。可杰克却告诉迈尔斯一个令他震惊的消息:维多利亚一个月前已经再婚了。迈尔斯内心崩溃,兴致全无,他径直回到车上,请求杰克送他回家。

当晚,迈尔斯和杰克如约参加四人约会。和迈尔斯想象的完全不同,这是一次浪漫、温柔的约会。品美酒、尝美食,推杯换盏间,迈尔斯放松了下来。可不一会儿,前妻再婚这件事又如梦魇般袭击了迈尔斯。迈尔斯走向电话间,给前妻打去了电话。迈尔斯告诉前妻自己不会出现在杰克的婚礼上,让她可以放心。言语间,迈尔斯还表示自己曾期望将来有机会和前妻维多利亚复合。饭后,一行人前往丝黛芬妮的家继续约会。丝黛芬妮和杰克正打得火热,迈尔斯和玛雅在一旁闲聊。迈尔斯说,他拥有一瓶1961年的白马庄园红酒,本来计划在结婚十周年纪念日时喝掉。漫谈中,玛雅展示出的对红酒的理解、细腻的思想、浪漫的人生观,都深深吸引了迈尔斯。迈尔斯终于勇敢地亲吻了玛雅。随后,玛雅匆匆作别,浪漫的夜晚结束了。

次日一早,杰克激动地炫耀自己的"战果",迈尔斯的情绪还与以前一样,平淡、抑郁、毫无起色。在酒店抑郁了一天的迈尔斯经过一段沉思,突然爬起来梳洗自己,随后大步赶往玛雅工作的酒吧。可迈尔斯转了一圈,却没有发现玛雅的身影。迈尔斯的浪漫幻想破灭,他独自喝了瓶红酒后返回了酒店。

旅程继续。迈尔斯和杰克在结束了一场高尔夫球赛后,接到了来自丝黛芬妮的电话。丝黛芬妮约了玛雅一起约会,迈尔斯再次见到了玛雅。当晚,迈尔斯和玛雅正式成为一对恋人。第二天,当迈尔斯和玛雅独自约会时,迈尔斯不小心将杰克周六即将结婚的消息说了出来。玛雅为迈尔斯的不负责任大怒,二人的爱情之火熄灭,这让精神状态刚有起色的迈尔斯又恢复了平日的抑郁。在随后的一次品酒活动中,迈尔斯从自己的经纪人口中得知自己的书稿没有被出版商选中的消息。迈尔斯彻底失控,和酒保发生了激烈的冲突。当二人回到酒店,碰到了早早在停车场等候的丝黛芬妮。丝黛芬妮已经得知杰克即将在周六结婚,上来就对着杰克一通暴打,迈尔斯将杰克送往医院。在杰克包扎伤口的时候,迈尔斯给玛雅打去了电话,他通过电话留言告诉玛雅自己的书并没有被出版,并表达了对二人关系的惋惜。在回家的路上,杰克故意撞向一棵树,只为让家人以为自己的伤来自一场车祸。

周六,婚礼如期举行。婚礼上,迈尔斯见到了前妻维多利亚,他看到维多利亚已经拥有了新的生活并已经怀上了现任丈夫的孩子。迈尔斯虽然故作镇定,但仍难以掩饰他镇定之下的痛苦。迈尔斯回到家,翻出那瓶 1961 年的白马庄园红酒,随后来到一家快餐厅,边吃汉堡边大口喝下了这瓶珍藏多年的红酒。

旅程结束后,迈尔斯的生活恢复了平静。他继续在中学教授英语课,也继续着他的抑郁和忧愁。某天,迈尔斯回到家,随后打开了电话答录机,玛雅的声音从机器中传来。玛雅在录音里表达了对迈尔斯书稿的赞美,又隐晦地表达了对迈尔斯的想念。迈尔斯当即开车前往玛雅的住处。迈尔斯快速攀上玛雅家的楼梯,笃定地敲响了玛雅的房门。电影至此结束。

以上两部电影为弃暗投明类的电影,除此以外,我们另选两部弃暗投明类的电影,与这两部一起作为片例。其余两部电影为《人再囧途之泰囧》《夏洛特烦恼》。我们仍然从这几部电影的共性去分析弃暗投明这一经典故事模式。

(一) 念头

弃暗投明类影片最明显的共性是:**主角的内心都回荡着两种念头**。

什么是念头?《现代汉语词典》对念头一词的释义为:心思;主意;想法。

念头驱动了主角的动作,动作也反映了主角的念头。

《我不是药神》中的程勇是一个经济拮据的中年男人,他因为自己的无能,儿子被前妻带走,父亲又在这时患了重病。非常需要钱的程勇在病人吕受益的引导下,前往印度采购仿制药。程勇通过采购仿制药挣到了钱,也在做这门生意的同时见到了无数的病人,意识到自己承担的责任重大。吕受益的死极大地刺痛了程勇,让他选择重新为病人们采购药品……在故事旅程中,程勇内心的两种念头是:

1. 我想要赚钱,个人利益最重要。
2. 我想要救人,善良和道义最重要。

《杯酒人生》中的迈尔斯是一个曾经有过美满生活的男人。当年的迈尔斯非常期待未来,他甚至准备了一瓶1961年的白马庄园红酒,打算在结婚十周年纪念日时打开。可迈尔斯的婚姻却失败了,他失去了他心中最好的女人——前妻维多利亚。在这种人生变故的重大打击下,迈尔斯的人生走入歧路,他陷入一种抑郁、自暴自弃的情绪中难以自拔。迈尔斯过上了一种苦闷、自闭的生活,他对开展新的恋爱关系这件事丝毫不感兴趣,甚至对此表示抵触。可当迈尔斯见到美丽、温柔、知性、情感细腻的玛雅时,他动心了,他渴望与玛雅展开一段恋爱关系……在故事旅程中,迈尔斯内心的两种念头是:

1. 我想要保护自己、固守现在的状态,不想开展新的生活。
2. 我想恋爱,改变现在的状态,想开展新的生活。

这两种念头中,其中一种念头是主角的**初始念头**。初始念头在电影开端时便占领主角的内心。在很多时候,初始念头甚至在电影开始前便已经占领了主角的内心。如《杯酒人生》中的迈尔斯,又如《辛德勒的名单》中的辛德勒,在电影开始时,辛德勒已经是一个内心被"我要赚钱,得到人们的尊重"这一念头占领的投机商人。而另一种**新念头**是"后来者"。

我们将四部片例中主角内心的两种念头整理如下:

表10-4 《我不是药神》等四部电影中主角拥有的"初始念头"和"新念头"

片名	初始念头	新念头
《我不是药神》	我想要赚钱,个人利益最重要。	我想要救人,善良和道义最重要。
《杯酒人生》	我想要保护自己,固守现在的状态,不想开展新的生活。	我想恋爱,改变现在的状态,想开展新的生活。
《人再囧途之泰囧》	我要获得人生的成功,即使失去人性,我也在所不惜。	我渴望回归人性,哪怕牺牲成功的人生。
《夏洛特烦恼》	我要拥有名利双收的人生,不想要平庸的生活。	我想要拥有真情实感的平淡人生,想放弃名和利。

我们观察以上四组"初始念头"和"新念头"后会发现,这两种念头具有的第一个明显的特点是:**两种念头是相互矛盾的**。这是说主角心中的两种念头呈一种矛盾的关系,主角不可能同时执行内心中的两种念头。程勇如果秉持"我想要赚钱,个人利益最重要"的念头,就必然放弃"我想要救人,善良和道义最重要"的另一个念头。

进一步来看,这种念头之间的矛盾关系导致主角无法同时得到两种念头之下的"收获",换言之,主角在两种念头下的"收获"是此消彼长的。如果程勇秉持"我想要赚钱,个人利益最重要"的念头,他便会成为低买高卖的奸商以牟取个人利益。同时,他就无法拯救那些慢粒白血病病人,无法获得善良和道义。反之,如果程勇秉持"我想要救人,善良和道义最重要"的念头,他便可以通过救人收获善良和道义,同时他就无法实现攫取个人利益的目标。迈尔斯如果秉持着"我想要保护自己,想固守我现在的状态,不想开展新的生活"的念头,他便可以实现一种完备的自我保护,同时他也放弃了开展新生活(爱情)的机会。相反,如果迈尔斯秉持着"我想恋爱,想改变现在的状态,想开展新的生活"的念头,他就可以拥有新的生活(爱情),同时,他也必然放弃了自我保护。同理,《人再囧途之泰囧》中的主角徐朗渴望回归人性,那么他就必定无法实现人生的成功。《夏洛特烦恼》中的主角夏洛渴望名利双收的灿烂生活,便失去了真情实感的平淡人生。主角在两种念头下的两种"收获"的关系如下表所示:

表 10-5　上述电影中主角在初始念头之下的"收获"和新念头下的"收获"

片名	初始念头下的"收获"	新念头下的"收获"
《我不是药神》	赚钱,个人利益	救人,善良和道义
《杯酒人生》	自我保护	新的生活(爱情)
《人再囧途之泰囧》	成功的人生	人性的回归
《夏洛特烦恼》	名利双收的人生	真情实感的平淡人生

纵观整个故事旅程,我们会发现两种念头具有的第二个明显的特点是:**新念头将在主角的内心与初始念头成为竞争关系**。这两种念头好像两个金牌销售,向主角叫嚷着:"选我吧!选我吧!我才是你最想要的!"而这两种念头并非凭空出现,而是来自生活。可以说,**生活为主角提供了念头**。如果念头是销售,

那么生活便是它们推销自己的凭据。

在《我不是药神》中,程勇虽然是个生活粗糙的个体户,但他的生活过得也较为稳定。可忽然有一天,程勇的前妻认定程勇养不起孩子,要把孩子带到国外,同时程勇的父亲也身患重病,急需一笔手术费。程勇不禁思考:

> 我得挣钱,现在没钱是真不行。没钱就救不了父亲,而且没钱还被人瞧不起。前妻居然认为我养不起我的亲生儿子,要把我儿子带到国外去。

经过一番思考,程勇得到了他的初始念头:

> 我想要赚钱,个人利益最重要。

程勇有了初始念头之后,又得到了生活之神的指引,开始从印度采购仿制药。程勇在赚钱的同时,他也对一起贩药的伙伴和慢粒白血病患者群体有了更深的认识。这一切使他想到:

> 我做的这件事,除了为自己赚钱以外,似乎有着更大的意义。

在生活的"挑逗"下,程勇的新念头即将形成。而新念头能够形成的根本原因是:程勇不是一个纯粹的坏人。在生活的"逼迫"下,他成为一个利字当先的走私商人。程勇告诉印度药厂的老板,"中国有很多吃不起正版药的病人,他们正等着我把正版药带回去",印度药厂的老板问他:"你想做一个救世主?"程勇明确地告诉药厂老板:"我不要做什么救世主,我要赚钱!"程勇自觉地成为一个投机商人。然而,从另一面来看,他也是一个有着良心和善心的普通人。一次酒后,程勇拦下一辆出租车要送一起贩药的伙伴——单亲妈妈思慧回家,思慧表示自己家就在附近不需要打车。程勇低着头,一个劲地让思慧上车,思慧终于明白了程勇想和自己一起回家的用意。经过一阵短暂的犹豫,思慧还是同意了程勇的提议。来到了思慧的家,程勇非常兴奋,似乎他已经很久没有得到和女性亲密接触的机会了。程勇在思慧洗澡的空档激动地脱掉了衣服,等待浪漫时刻的到来。可脱至半裸的程勇却看到了思慧患有慢粒白血病的女儿。程勇立刻露出了包含着尴尬、羞愧、心疼等情绪的表情。当思慧洗完澡、穿着性感的

第十章 伟大放弃与弃暗投明

睡衣回到房间,程勇却早已穿好了衣服,正认真端详思慧与女儿的合影。思慧努力和程勇亲热,没想却遭到程勇的拒绝。程勇执意终止约会,临走前还嘱咐思慧别把孩子弄醒了。程勇终止约会的原因有很多,但从整部影片来看,我们有理由推断程勇终止约会的主要原因是他意识到自己正利用自己"药神"的身份欺负思慧和她的女儿,而程勇无法接受自己做出这种不道义的行为。这场戏正是程勇拥有善心的有力证明。

在生活的鞭策下,程勇的初始念头逐渐变得根深蒂固。面对张长林的威胁,程勇真的怕了,他怕失去自己积累的财富,他害怕自己变回不久前那个深陷泥潭的自己。程勇的内心被初始念头征服:

我想要赚钱,个人利益最重要。

为了保护自己的利益,程勇召集了伙伴们,并宣布他不再贩卖仿制药。可一年后,吕受益的妻子找到程勇,并将吕受益和众多病人的遭遇告诉了程勇。程勇再次来到印度为慢粒白血病病人采购仿制药,他偶然遇到几个印度工人正在运输一尊印度神像,程勇与印度神像的遭遇宛如程勇的神启时刻。面对擦肩而过的巨型印度神像,程勇开始思考神与众人的关系,他觉得也许对于病人来说,自己就是被信仰的"药神"。程勇回国后,却得知吕受益已经去世。程勇在吕受益家门口的走廊中,与无数病人擦肩而过。新念头终于在程勇心中野蛮生长:

我想要救人,善良和道义最重要。

由此我们可以看到,生活在主角内心植入新念头的过程不是一蹴而就的。新念头的种子是悄然种下的,经过开枝、发芽等阶段最终才发育成熟。后来,程勇的新念头战胜了初始念头,他不但选择继续帮病人采购仿制药,甚至高买低卖,用自己的钱贴补那些难以承受高价药的病人。他选择牺牲个人利益,追求善良和道义。

在《杯酒人生》中,迈尔斯——一个对美满的婚姻生活有着憧憬的男人,不得不面对人生走向岔路、爱情事业双重失败的惨痛事实。在生活的影响下,他不得不思考：

> 也许我不应该憧憬爱情，对爱情的憧憬只能让我更加受伤，我曾无比期许的上一段婚姻就是这样，我还没有吸取到教训吗……

经过思考，迈尔斯拥有了他的初始念头：

> 我想要保护自己，想固守我现在的状态，不想开展新的生活。

可迈尔斯看似稳定的念头很快便迎来来自生活的挑战——生活将玛雅"派到"了迈尔斯的身边。在短暂的交谈中，心思细腻、美丽知性的玛雅震撼了迈尔斯，迈尔斯开始思考：

> 她对生活、人生、红酒居然有这样的见解？玛雅可真是一位迷人的女性。如果我能和这样的女性在一起，那真的是太美好了。我想要爱情，想要新的生活。

迈尔斯的新念头也随之而来：

> 我想恋爱，想改变现在的状态，想开展新的生活。

可当迈尔斯的新念头刚刚形成，还没能对初始念头造成重大影响时，他就从杰克口中得知了前妻即将再婚的消息。失去前妻、人生走向岔路的惨痛回忆又向迈尔斯发起了进攻。迈尔斯的内心回荡着这样一种声音：

> 感情破裂、离婚那些事你都忘了吗？你再也不可能拥有那样的感情了！你的人生注定失败，你注定孤独终老！别再抱有幻想了！

此时，迈尔斯的初始念头再一次占领了他的心：

> 我想要保护自己，想固守我现在的状态，不想开展新的生活。

可当迈尔斯和玛雅再次接触时，他又燃起了对爱情的渴望，新念头又暂时打败初始念头，占领了迈尔斯的心：

> 我想恋爱，想改变现在的状态，想开展新的生活。

杰克即将在周六结婚的消息败露,玛雅与迈尔斯之间也产生了巨大的信任危机,信任危机让二人的爱情戛然而止。再次遭受爱情打击的迈尔斯又开始闭锁自己的感情。在返程的路上,杰克忽然开车撞向一棵大树,因为他要隐藏自己受伤的真实原因。迈尔斯问杰克,如果我们遭遇了车祸,为什么我没有受伤?杰克告诉迈尔斯:"因为你系了安全带。"这是非常有趣的一句台词,它印证了迈尔斯的初始念头:追求自我保护的迈尔斯就好像在人生中系了安全带,只要系了安全带,就能确保他不会受伤。

当迈尔斯参加完杰克的婚礼,他在门口碰到了前妻维多利亚,前妻说自己已经怀上了现任丈夫的孩子。面对这个冲击力巨大的消息,迈尔斯崩溃了,他的内心彻底被初始念头占领。迈尔斯放下了对未来人生的幻想,就着快餐店的汉堡喝下那瓶本想在结婚十周年纪念日当天开启的1961年白马庄园红酒。迈尔斯的生活恢复了平静,他仍然孤独、抑郁,甚至放弃了成为作家的梦想,心甘情愿地做一个英文教师。直到有一天,他收到了玛雅的电话留言。玛雅的留言表达了对迈尔斯才华的理解与欣赏,更重要的是,玛雅的留言隐秘地表达了对迈尔斯的爱慕与想念。一瞬间,迈尔斯的新念头复活了,并将初始念头瞬间粉碎,新念头获得了绝对胜利。迈尔斯再也不想活在一种自暴自弃式的自我保护中了,他的内心大声地呼喊:

> 我想恋爱,想改变现在的状态,想开展新的生活。

在新念头的驱使下,迈尔斯立即赶往了玛雅的家,叩响了玛雅的房门。他选择放弃自我保护的念头,追求新的生活。

我们从以上两个片例能够看到,生活为主角提供了念头,两种念头在生活中依次出现,形成竞争关系。而生活是由编剧创造出来的,也就是说,是编剧构建出了一段让两种念头形成竞争关系的生活。

我们观察两种念头竞争的过程会发现两种念头具有的第三个明显的特点是:**在故事的终点,主角的初始念头将被新念头战胜**。经过一番竞争,程勇内心追求善良和道义的念头战胜了为自己牟利的念头;迈尔斯走出过去的阴霾开展新生活、新爱情的念头战胜了迈尔斯自我保护的念头。

(二)主要欲望的形式

在弃暗投明类的影片中,主角的内心同时存在两种念头,因此,主角将拥有先后出现的两个欲望目标,这两个欲望目标都可以看作主角的主要欲望。

第一个欲望目标由主角的初始念头提供。在一般的电影中,主角追求主要欲望的旅程将贯穿整部电影。与一般的电影不同的是,弃暗投明类影片的主角将很快实现其第一个欲望目标。《我不是药神》中的程勇和《辛德勒的名单》中的辛德勒都早早实现了"获取金钱"这一欲望目标。《杯酒人生》中的迈尔斯则更早,在影片开始的一瞬他就已经实现了自己的欲望目标。我们在影片开始的第一秒便看到迈尔斯已经过上了一种闭塞、沉闷的生活,他已经实现了"追求自我保护"这一欲望目标。

随后,主角在生活(实际是编剧)的帮助下孕育出新念头。当新念头占领了主角的内心,一个新的欲望目标便应运而生了。比如,当程勇的内心被"我想要救人,善良和道义最重要"这一新念头占领时,程勇便拥有了新的欲望目标——"追求善良和道义"。当迈尔斯被玛雅深深吸引时,迈尔斯便暂时压抑了"追求自我保护"这一欲望目标,开始追求新生活和新爱情。

主角开始追求新的欲望目标,并不意味着主角将立刻放弃最初的欲望目标。相反,主角将在两种念头依次交替的吸引下辗转于两种欲望目标之间。《人再囧途之泰囧》中的徐朗辗转于获得成功和回归人性两种欲望目标。他过去三四十年的生活将他塑造成一个极度渴望成功的人,因此,他拼命追求成功,乃至于被成功迷住了双眼,直至失去了基本的人性。他在泰国的旅途中遇到了有些冒失但极度善良可爱的王宝。极具人性的王宝就如一面纯洁的镜子,映照出徐朗人性丧失的病态模样,这也让徐朗的内心生出回归人性的愿望。如此,徐朗时而在过去人生的影响下执着地追求他梦寐以求的成功,时而在王宝的影响下渴求人性的回归。弃暗投明类影片中的主角都如徐朗一样,在两种念头之间摇摆,在两种欲望目标之间反复横跳。

(三)两极系统与核心问题

在弃暗投明类的影片中,故事旅程围绕着主角内心的两种念头的竞争展开:两种念头以生活为载体,形成一种竞争,它们依次交替地吸引主角,并占领主角的内心。由此,我们可以看到弃暗投明类影片两极系统的基本形式是:

  A极:初始念头战胜新念头,初始念头吸引了主角,占领主角的内心。

  B极:新念头战胜初始念头,新念头吸引了主角,占领主角的内心。

我们用一个核心问题去归纳弃暗投明类影片的两极系统,可以发现核心问题的基本形式是:

  初始念头和新念头,谁对主角的吸引力更强大?

四部片例的核心问题如下表所示:

表10-6 《我不是药神》等四部电影的核心问题

片名	核心问题
《我不是药神》	"想要赚钱,追求个人利益"的念头与"想要救人,追求善良和道义"的念头,谁的吸引力更强大?
《杯酒人生》	"想要自我保护"的念头和"想要开展新生活"的念头,谁的吸引力更强大?
《人再囧途之泰囧》	"拥有成功的人生"的念头和"回归人性"的念头,谁的吸引力更大?
《夏洛特烦恼》	"拥有名利双收的人生"的念头与"拥有真情实感的平淡人生"的念头,谁的吸引力更强大?

在弃暗投明类影片中,编剧该如何写作包裹着观点的情节呢?仔细来看,这些围绕核心问题"初始念头和新念头,谁对主角的吸引力更强大"表达的观点由两个部分组成:**吸引+证明动作**。

吸引指的是主角的生活使主角被一种念头吸引的过程。程勇的前妻将把孩子带往国外,父亲又身患重病。于是,程勇的内心被"我想要赚钱,个人利益最重要"这个念头吸引。当程勇见到无数的慢粒白血病病人并经历了吕受益的死后,他的内心又逐渐被"我想要救人,善良和道义最重要"这个念头吸引。迈尔斯不如意的生活让他的内心被"我想要保护自己,想固守我现在的状态,不想开展新的生活"这个念头吸引。而当迈尔斯认识玛雅并与其交往后,"我想恋爱,想改变现在的状态,想开展新的生活"这个念头便吸引了迈尔斯。

证明动作指主角做出证明自己的内心被某一种念头吸引并占领的动作。程勇开始从印度采购仿制药,"采购仿制药"这个动作证明了"我想要赚钱,个人利益最重要"这个念头吸引并占领了程勇的内心。程勇从印度购药,并用自己的钱贴补病人,"贴补病人"的这个动作就证明了程勇的内心被"我想要救人,善良和道义最重要"这一念头吸引并占领。迈尔斯拒绝恋爱,对约会等有利于开展新生活的活动不感兴趣,这证明迈尔斯的内心被"我想要保护自己,想固守我现在的状态,不想开展新的生活"的初始念头吸引和占领,而当迈尔斯主动地和玛雅交往,则证明迈尔斯的新念头"我想恋爱,想改变现在的状态,想开展新的生活"吸引并占领了他的内心。

当编剧在影片中呈现出吸引及证明动作,他便表达了"某种念头对主角的吸引力更强大"的观点,对核心问题"初始念头和新念头,谁对主角的吸引力更强大"做出了讨论。

(四)一个动作,弃暗投明

新念头在主角的内心与初始念头成为竞争关系,最终这场竞争将以新念头战胜初始念头为最终结果。紧接着,在最后一幕的高潮戏中,主角将用一个主动动作证明自己已经放弃了初始念头(暗念头)、内心被新念头(明念头)占领。我们将这个主动动作称为弃暗投明。

我们要明确,为什么要将初始念头看作"暗念头",将新念头看作"明念头"?我们通过以下表格可以看到,这张表展示了弃暗投明类影片中主角在两种念头下的"收获"的关系:

表10-7 《我不是药神》等四部电影中主角在初始念头下的收获和新念头下的收获

片名	初始念头下的"收获"	新念头下的"收获"
《我不是药神》	赚钱,个人利益	救人,善良和道义
《杯酒人生》	自我保护	新的生活(爱情)
《人再囧途之泰囧》	成功的人生	人性的回归
《夏洛特烦恼》	名利双收的人生	真情实感的平淡人生

在弃暗投明类影片中,主角的两个念头是相互矛盾的,主角在两种念头下的"收获"是此消彼长的,在得到一种"收获"的同时,就要失去另一种"收获"。不但如此,在编剧创造的戏剧性情境下,其中一种"收获"将造成对主角自身或其所处环境中的他人的一种伤害,另一种"收获"则将造福主角自身或其所处环境中的他人。

程勇获得个人利益后,便丧失了珍贵的善良与道义,既伤害了自己,也伤害了靠程勇贩卖的仿制药活命的病人。程勇在收获了善良与道义后,他便使自己成为更加善良的人,同时也造福了无数的病人。迈尔斯获得自我保护之后,他便使自己陷入一种孤寂、沉闷的生活,伤害了自己。迈尔斯拥有了新的爱情和生活后,他便造福了自己,让自己拥有更好的人生。对主角和他人造成伤害的"收获"往往由初始念头提供,而造福主角和他人的"收获"往往由新念头提供,这便是初始念头被看作"暗念头",新念头被看作"明念头"的原因。

随着故事的发展,主角在两种念头间摇摆不定,最终主角心中的"暗念头"将被"明念头"战胜。**为了证明这一点,主角必须在最后一幕高潮戏中用一个主动动作,表明他对"暗念头"的摒弃,同时表明他对"明念头"的秉持**。程勇选择用自己的钱贴补病人,为病人从印度购药。这个动作,证明程勇已经放弃"我想要赚钱,个人利益最重要"这个念头,内心被"我想要救人,善良和道义最重要"这个念头占领。迈尔斯选择开车去找玛雅,追求爱情。这个动作表明迈尔斯已经放弃了"我想要保护自己,想固守现在的状态,不想开展新的恋爱关系"的初始念头,转向"我想恋爱,想改变现在的状态,想开展新的生活"的新念头。我们将上述提到的四部电影中主角做出的弃暗投明的动作整理如下:

表 10-8 《我不是药神》等四部电影中主角的两种念头与弃暗投明动作的对照

片名	"暗念头"	"明念头"	弃暗投明
《我不是药神》	我想要赚钱,个人利益最重要。	我想要救人,善良和道义最重要。	牺牲自己的资产拯救病人。
《杯酒人生》	我想要保护自己,想固守现在的状态,不想开展新的恋爱关系。	我想恋爱,想改变现在的状态,想开展新的生活。	打破自我保护,追求与玛雅的爱情。

续表

片名	"暗念头"	"明念头"	弃暗投明
《人再囧途之泰囧》	我要获得成功的人生,即使失去人性我也在所不惜。	我渴望回归人性,哪怕牺牲成功的人生。	主动放弃用油霸换取人生成功的机会。
《夏洛特烦恼》	我要拥有名利双收的人生,不想要平庸的生活。	我想要拥有真情实感的平淡人生,放弃名和利。	放弃名利双收的人生,珍惜真情实感的平淡人生。

要注意的是,对初始念头的放弃和对新念头的秉持,就是主角心理特征的改变,这种改变就是人物弧光。

(五)幕结构

与大多数三幕式电影剧本相同,在弃暗投明类影片中,主角在第一幕中接收到重大信息,开始追求初始念头孕育的欲望目标,如《我不是药神》《人再囧途之泰囧》《夏洛特烦恼》。在部分弃暗投明类的影片中,电影的一开始,主角已经拥有了初始念头,并开始追求初始欲望下的欲望目标,如《辛德勒的名单》《杯酒人生》。

在第二幕中,主角追求初始念头提供的欲望目标,并在这一过程中遭遇了随着新念头而来的竞争。主角在两种念头之间摇摆,在两种欲望目标之间反复横跳。直到第二幕的高潮戏,主角经历了某个重要的事件或接收到某个对其产生重大影响的信息后,其新念头终于"扳倒"了初始念头,彻底占领了主角的内心。比如,在《我不是药神》中,程勇经历了黄毛的死后,"我想要救人,善良和道义最重要"的念头便彻底占领了程勇的内心。《我不是药神》也可以被看作一部四幕式电影,一行人得到代理权、开始贩药前是第一幕,从开始贩药到程勇在酒桌上宣布将代理权交给张长林是第二幕,从程勇重新采购仿制药到黄毛去世为第三幕,其后至影片结束为第四幕,如此一来,新念头彻底占领程勇内心的时刻则发生在第三幕。在《杯酒人生》中,迈尔斯从电话答录机中收听到了玛雅的留言,留言中渗透出的理解、欣赏和爱意让迈尔斯的内心彻底被"我想恋爱,想改变现在的状态,想开展新的生活"的新念头占领。

故事的第三幕,则是一个供主角展示其"弃暗投明"的舞台。主角在第三幕做出弃暗投明的动作,这一动作证明了主角已经摆脱了"暗念头",秉持起了"明念头"。同时,这一动作也表明了人物心理特征发生的转变,呈现出人物弧光。

三、罗伯特·麦基与其反讽思想理论

编剧界的上师——剧作理论家罗伯特·麦基在其著作《故事》中有这样一段论述:

> 到了二十世纪七十年代,好莱坞却演化出一种具有高度反讽意义的成功故事:救赎情节。主人公追求的价值曾经是令人仰慕的金钱、名声、事业、爱情、胜利、成功——但由于痴迷和盲目,这些追求却把他们带到了自我毁灭的边缘。即便没有面临丧失生命的危险,也已步入了丧失人性的误区。后来,他们终于洞悉了其执着追求的毁灭性,在尚可挽回的情况下悬崖勒马,毅然抛弃了他们曾经梦寐以求的东西。这一模式产生了一种具有浓厚反讽意义的结局:高潮时,主人公牺牲其梦想(正面),一种已经变成灵魂腐蚀剂的不正常依恋(负面)的价值,以获得一份诚实的、清醒的、平衡的生活(正面)。①

可见,伟大放弃这一故事模式基本符合麦基所描述的"救赎情节",而弃暗投明类虽与伟大放弃类不同,但其仍可以看作"救赎情节"的一类变体。主角通过某种表示放弃的行为(在弃暗投明类影片中,主角并不单纯放弃,而是"放弃初始念头,选择新念头")获得了一种具有救赎意味的结局。"救赎情节"在麦基的理论体系中,属于一类具有"正面反讽思想"的故事。麦基认为在具有"正面反讽思想"的故事中,人物得到一个"以失为得"的结局。现在我们顺着这一思路,去观察伟大放弃类和弃暗投明类影片中主角在整部影片中的"得"与"失",以便更加深入地理解这两种故事模式。

我们先来看伟大放弃类故事。

---

① 麦基.故事[M].天津:天津人民出版社,2014:142.

电影的主角与所有人类一样,都具有趋利避害的天性。在这种天性的驱使下,主角开始追求其在第一幕中产生的主要欲望,主角的第一个"得"便来自主角追逐其主要欲望的过程。以《无敌破坏王》的拉尔夫为例,在第一幕中,他拥有了改变自己、成为"好人"的主要欲望,于是拉尔夫的旅程开启。那么拉尔夫在追求成为"好人"的过程中得到了什么呢?拉尔夫虽然没能立即成为好人,但他得到了成功改变自己、成为好人的希望,即便这种希望是虚妄的。虚妄的希望,在很多时候也是人生的必需品。

《猫鼠游戏》中的弗兰克因为家庭破碎、美好的生活不复存在,而产生了"活在虚构的假象里"的主要欲望。于是,他便开始了自己的"造假之路",他伪造年龄、伪造身份、伪造支票、伪造学历、伪造感情……通过不断地虚构人生假象,弗兰克获得了一种完美的、华丽的生活。

我们按照这一分析思路整理出下表:

表 10-9 伟大放弃类电影中主角追求的主要欲望与追求主要欲望时的收获

片名	主要欲望	追求主要欲望时的收获
《无敌破坏王》	改变自己	改变自己的希望
《猫鼠游戏》	活在虚构的假象里	完美华丽的生活
《摔角王》	洗心革面	重获家庭温暖的希望
《心花路放》	彻底切割自己伤痛的过去	一种暂时抑制痛苦的方法
《超脱》	闭锁感情活动	一种远离受伤的生活方式
《饮食男女》	压抑人性的需求	维持传统大家庭的道德秩序

由上表我们可以看出,伟大放弃类影片中的每一个主角都在追逐其主要欲望时有所收获。正是这种收获,吸引着主角不懈地努力追求主要欲望。

在伟大放弃类电影中,由于主角的主要欲望都是"不健康"的,因此,主角在追逐一个"不健康"的主要欲望的过程中,也逐渐走向"病态",这种"病态"通常来源于主角在生活中遭受的损失。

《无敌破坏王》中的拉尔夫,在努力改变自己、成为"好人"的路上越走越远,他得到了改变自己的希望,但在试图改变自己的路上,他也失去了更重要的东西——一个真实的自己。在《猫鼠游戏》中,弗兰克虽然获得了完美、华丽的生活,但由于他的生活基于他虚构出来的人生假象,在获得完美华丽生活的同时,他也失去了真实的生活。在虚假的生活中,他可以获得很多体验,但他无法从中获得真实的情感体验,比如真挚的爱情和真实的亲情。

我们按照这一分析思路整理出下表:

表10-10 伟大放弃类电影中主角追求的主要欲望与追求主要欲望时的损失

片名	主要欲望	追求主要欲望时的损失
《无敌破坏王》	改变自己	真实的自己
《猫鼠游戏》	活在虚构的假象里	真实的生活
《摔角王》	洗心革面	真实的自己
《心花路放》	彻底切割自己伤痛的过去	内心平静的自己
《超脱》	闭锁感情活动	拥有情感的生活
《饮食男女》	压抑人性的需求	满足人性需求的自己

由上表我们可以看到,伟大放弃类电影中的每个主角都在追求主要欲望的过程中遭受了损失。这些损失中,有的比较隐秘,有的则比较明显。《饮食男女》中的老朱为了维护一个传统大家庭的道德秩序,他拼尽全力压抑自己的人性需求。李安导演为了让老朱的损失明显一些,设计了老朱失去味觉这一情节。一个以满足人类"口舌之欲"这一人性需求为职业的顶级厨师,在压抑自己的人性需求后失去了味觉,这是一个表意非常清晰的情节设计。

主角在经历失败之旅、生活导师的教导并目睹恶果后终于开悟,他发现自己无法实现主要欲望,因此,他决定"伟大放弃"。当主角用一个主动反动作放弃了主要欲望,他便得到了疗愈,让人生恢复了平衡,电影的主线情节也到此结束,形成了罗伯特·麦基所谓的"以失为得"的结局,那么主角在执行伟大放弃的一瞬,得到了什么,又失去了什么呢?

仍以《无敌破坏王》为例,拉尔夫在第三幕的高潮戏中,决定打出"终极一拳"以解救困在《甜蜜冲刺》里的所有游戏角色。拉尔夫和观众都知道,这一拳将标志着拉尔夫"改变自己,成为好人"这一主要欲望的终结,他将永远成为一个以破坏能力著称的"坏人"。然而,经历故事旅程的拉尔夫已经想通了,他知道自己无法改变自己成为好人,此刻他只想笃定地做自己。在出拳的一瞬,拉尔夫失去了改变自己的希望,他的主要欲望也已不可能实现。而当他放弃改变自己时,他也恢复了自己本来的模样,得到了真实的自己。

放弃逃脱、回到 FBI 办公室、主动选择拥有一种"受限的自由"的生活,是《猫鼠游戏》中弗兰克做出的主动反动作。这个主动反动作让弗兰克失去了完美华丽的生活,同时也让弗兰克找回了真实的生活。在《猫鼠游戏》的最后一个镜头中,画面里满是忙忙碌碌的 FBI 人员,而弗兰克也在其中,这便是弗兰克回归真实生活的最好证据。

我们将六部片例中主角在伟大放弃时刻的"得"与"失"整理如下:

表 10-11　《无敌破坏王》等六部电影中主角伟大放弃时的获得与失去

片名	伟大放弃(主动反动作)	主角得到了什么	主角失去了什么
《无敌破坏王》	坚定地做自己	真实的自己	改变自己的希望
《猫鼠游戏》	选择真实的生活	真实的生活	完美华丽的生活
《摔角王》	坚定地做自己	真实的自己	重获家庭温暖的希望
《心花路放》	选择与自己的过去共生	内心平静的自己	一种暂时抑制痛苦的方法
《超脱》	主动拥抱需要感情交流的生活	拥有感情的生活	一种远离受伤的生活方式
《饮食男女》	直面人性的需求	满足人性需求的自己	改变自己的希望

我们对比主角在追求"不健康"的主要欲望的过程中的"得"与"失"会发现,主角在选择伟大放弃的一瞬,失去了他在追逐"不健康"的主要欲望时得到的东西,重新得到了他在追逐"不健康"的主要欲望时失去的东西。他们的关系可以写为:

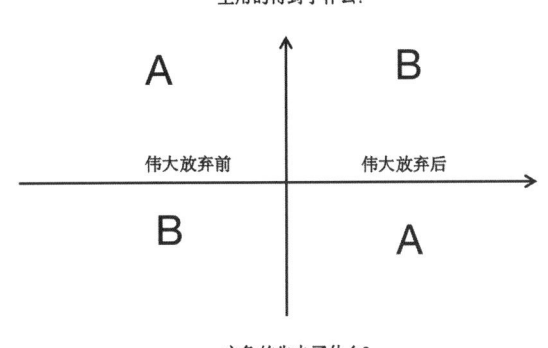

图 10-1　伟大放弃类电影中主角选择伟大放弃前后"得"与"失"的关系

主角通过"伟大放弃"获得了疗愈，人生也恢复了平衡，而这一切的本质是主角"放弃得到的，找回失去的"。"放弃得到的，找回失去的"也许就是人生获得救赎的法门所在。

弃暗投明这一故事模式虽然可以看作"救赎情节"的变体，但这类影片中主角的"得"与"失"与伟大放弃类影片中主角的"得"与"失"有着明显的不同。

弃暗投明类影片的主角在自己的两种念头间徘徊，主角的"得"与"失"便来自主角的两种念头。我们先通过表格回顾一下此前提到的四部弃暗投明类的电影：

表 10-12　《我不是药神》等四部电影中主角拥有的初始念头和新念头

片名	初始念头	新念头
《我不是药神》	我想要赚钱，个人利益最重要	我想要救人，善良和道义最重要
《杯酒人生》	我想要保护自己，固守现在的状态，不想开展新的恋爱关系	我想恋爱，改变现在的状态，开展新的生活
《人再囧途之泰囧》	我要获得成功的人生，即使失去人性也在所不惜	我渴望回归人性，哪怕牺牲成功的人生
《夏洛特烦恼》	我要拥有名利双收的人生，不想要平庸的生活	我想要拥有真情实感的平淡人生，放弃名和利

当主角的内心被一种念头占领后，主角便拥有了一个欲望目标，主角的"得"就来源于这一欲望目标。当程勇的内心被"我想要赚钱，个人利益最重

要"的念头占领时,他便拥有了"赚取金钱"的欲望目标,金钱就是他的"得"。

《杯酒人生》中的迈尔斯曾经的人生经验让他陷入一种消极的生活状态,他的内心有一个坚定的初始念头——"我想要保护自己,固守现在的状态,不想开展新的生活",于是他拥有了"追求自我保护"这一欲望目标。迈尔斯开始以消极为盾牌,努力追求一种完善的自我保护,最终他成功获得了"自我保护",成了一个不敢尝试接受新恋人和新生活的"套中人"。"自我保护"就是迈尔斯的"得"。

与伟大放弃类影片一样,弃暗投明类影片中的主角的"失"也伴随着"得"而来。

程勇努力赚取金钱后,他便失去了内心的善良与道义,因为他无法在追求个人利益的同时兼顾病人的利益。迈尔斯成功实现了自我保护后,他便失去了获得新爱情和新生活的机会。

我们将四部影片中主角的内心被初始念头占领时的"得"与"失"整理成下表:

表 10-13 《我不是药神》等四部电影中主角的内心被初始念头占领时的"得"与"失"

片名	初始念头	被初始念头占领时,主角得到了什么?	被初始念头占领时,主角失去了什么?
《我不是药神》	我想要赚钱,个人利益最重要	金钱	善良和道义
《杯酒人生》	我想要保护自己,固守现在的状态,不想开展新的恋爱关系	自我保护	新的爱情、新的生活
《人再囧途之泰囧》	我要获得成功的人生,即使失去人性也在所不惜	人生成功的机会	人性
《夏洛特烦恼》	我要拥有名利双收的人生,不想要平庸的生活	名利双收的生活	真情实感的生活

接着,我们将四部影片中主角的内心被新念头占领时的"得"与"失"整理成下表:

表 10-14　《我不是药神》等四部电影中主角的内心被新念头占领时期的"得"与"失"

片名	新念头	被新念头占领时,主角得到了什么?	被新念头占领时,主角失去了什么?
《我不是药神》	我想要救人,善良和道义最重要	善良和道义	金钱
《杯酒人生》	我想恋爱,改变现在的状态,开展新的生活	新的爱情、新的生活	自我保护
《人再囧途之泰囧》	我渴望回归人性,哪怕牺牲成功的人生	人性	人生成功的机会
《夏洛特烦恼》	我想要拥有真情实感的平淡人生,想放弃名和利	真情实感的生活	名利双收的生活

我们会发现主角在被两种念头分别占领内心时的"得"与"失"是相对的,其关系如下图:

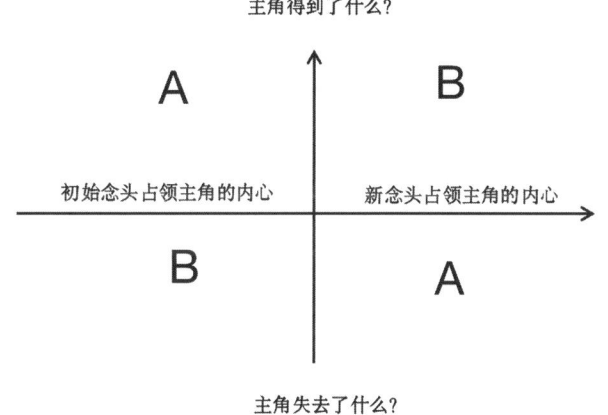

图 10-2　弃暗投明类影片中主角的内心被初始念头和新念头占领时"得"与"失"的关系

这种"得失相对"的关系当然不是巧合的,它基于"主角内心存在两种互相矛盾、此消彼长的念头"的戏剧性情境。戏剧与现实世界不同,在现实世界中,一个人可能在追求金钱的同时追求善良和道义。一个人当然可以在获得人生成功的同时保留人性。然而,弃暗投明类电影中的主角却做不到,他们在"得到"的同时,必然付出相对的"失去"。主角的"得"与"失"一旦不是这种关系,弃暗投明这一故事模式也就即刻瓦解了。

随着故事的发展,主角的新念头越发强烈,直到一个关键时刻的到来,主角的新念头完全战胜初始念头,主角将做出一个主动动作表明其对初始念头的放弃和对新念头的秉持,完成"弃暗投明"。在做出这动作的一瞬间,主角再也不可能实现他最初的欲望目标,也不可能再得到这种欲望目标之下的"得"。这看起来像是一种失败或一种损失,但主角对新念头的秉持,会让他收获更多。正如《我不是药神》中的程勇得到了一个内心充满善良和道义的自己,《杯酒人生》中的迈尔斯拥有了新的爱情和新的生活。

四、伟大坚持

关于"救赎情节",值得指出的一点是:"救赎情节"存在另一种稍显罕见的变体。在这种变体中,主角一意孤行地追求其"不健康"的主要欲望,不做出"伟大放弃",反而选择"伟大坚持"。如此,故事便趋于罗伯特·麦基所谓的"负面反讽思想"。

李安导演的电影《卧虎藏龙》中的主角玉娇龙的主要欲望是成为一个无拘无束、绝对自由的游侠。天生鄙夷死板、规矩的封建大家庭生活的玉娇龙天赋异禀,武艺高强,她不愿顺遂母亲的心意早早嫁为人妇,而是渴望凭借自己过人的功夫独步江湖。玉娇龙与塞外土匪头子罗小虎的爱情让她更加向往浪迹天涯的快意人生。一次偶然,玉娇龙与大侠李慕白交手,李慕白看出玉娇龙身上蕴藏的巨大天赋,执意收玉娇龙为徒(也许李慕白对玉娇龙怀有爱慕之心,这一可能在此不作探讨)。玉娇龙在拒斥李慕白的过程中又发现了自己的师傅碧眼狐狸曾经杀死李慕白师傅江南鹤的陈年恩怨。碧眼狐狸竟以玉娇龙为诱饵引诱李慕白现身,并使出九转紫阴针击中了李慕白,最终李慕白毒发身亡。在李慕白的红颜知己——俞秀莲的指引下,玉娇龙与爱人罗小虎在武当山重逢,眼看玉蛟龙的主要欲望即将实现,可玉娇龙却从山崖一跃而下。

玉娇龙为什么要自杀呢?因为这是她唯一能实现主要欲望的方法。玉娇龙的主要欲望是拥有以天地为游乐场的绝对自由,可当李慕白因救她而死后,她便背上了"他人为我而死"的心灵枷锁,这一枷锁将永远束缚玉娇龙的内心,使她再也无法获得她梦想中的绝对自由。本片的核心问题是——人是否可以在江湖中获得绝对的自由？李慕白的死告诉玉娇龙：人一旦进入江湖，便会被江湖的恩怨情仇束缚，无法在江湖中获得绝对的自由。面对生活导师的教诲，玉娇龙如果放弃主要欲望，主动接受一种不自由的江湖生活，故事将走向救赎情节，但玉娇龙的性格驱使她坚持追求主要欲望，即便付出生命的代价也在所不惜。

《末路狂花》中的塞尔玛和路易斯的选择与《卧虎藏龙》中玉娇龙的选择相似。当塞尔玛和路易斯这对"末路姐妹花"发现她们不可能逃脱男性的追捕后，便选择全速冲下悬崖，以死换取自由。与《卧虎藏龙》《末路狂花》相似的电影还有很多，如《天才雷普利》等。在这类电影中，主角都选择一意孤行地追求主要欲望，哪怕付出巨大的代价，如丧失生命或人性等，也在所不惜。主角虽然实现了主要欲望，却失去了"看起来"更加重要的东西，这一结果使整个故事走向了罗伯特·麦基理论中的"负面反讽思想"。

在此，值得讨论的另一个问题是：评判一部电影的结局是正面还是负面的标准究竟在谁的手中？如果在观众手中，观众便可以用自己的感受去评判。一定会有观众认为玉娇龙、塞尔玛和路易斯的死让影片走向了彻底的负面，因为她们失去了最宝贵的东西——生命。可实际上，人物本身却未必这么认为。对上述三个女性角色来说，她们把主要欲望看作比生命更重要的东西。在影片创造的戏剧性情境中，为追求主要欲望而放弃生命对她们来说已是人生的最佳结局。因此，对人物自身来说，电影的结局是正面的而非负面的。

我更倾向于把评判一部电影结局属性的权利交给电影人物自己，因为电影记录了某个人物的一段或整个人生，而只有这段人生的主人才拥有评判自己人生的最终话语权。如果人物自身认定一个看似负面的结局已经是其人生的最佳结果，那么这个结局便可看作一个正面结局。

五、研究伟大放弃与弃暗投明两种故事模式的原因

我们根据主角的行为特征，可以总结出伟大放弃和弃暗投明这两种故事模式。我们还可以从情节特征等方面总结出其他故事模式，比如一种叫作"音乐

会风波"的故事模式。使用这种模式的电影有着典型的情节特征,它们大多以主角在配角的帮助下举办一场音乐会或其他形式的舞台表演为主线情节,而且这场舞台表演一定对主角和配角来说意义重大。相信我说到这里,你们的脑子里已经浮现出了无数属于这一模式的电影,如《光猪六壮士》《欢乐好声音》《缝纫机乐队》……那么为什么本书只研究伟大放弃与弃暗投明这两种故事模式?

首先,其普遍性是我们研究它们的原因。

这两种故事模式非常普遍,它们服务于几十年来无数成功的商业电影,也潜移默化地影响了无数电影编剧。很多对剧本写作缺少自觉性的编剧在潜意识里认为写作电影剧本就应该使用这两种故事模式中的一种,但由于自觉性的欠缺,最终导致了"编剧实际上写的是这类故事,自己却不知道"的情况发生。对于很多编剧来说,伟大放弃与弃暗投明这两种故事模式是创作的安全屋,学习这两种故事模式可以让他们的剧本轻松地走向一个正确的方向。

我们研究这两种故事模式的第二个原因是它们的适应性。

伟大放弃和弃暗投明这两种故事模式的适应性极强,它们可以作为两种"故事骨架"供编剧使用。编剧几乎可使用它们讲述任何类型的故事。

我们研究这两种故事模式的第三个,也是最重要的原因,是它们的娱乐性。

这两种故事模式都从主角出发、紧密跟随主角经历内层故事,让观众深入了解主角的内心世界、随着主角的心路历程发生情感活动。在主角做出一个闪耀着人物光辉的主动动作(伟大放弃或弃暗投明)后,观众对主角所有的理解、支持、同情、关心、体谅都达到了最高峰,观众将在此刻产生强烈的情感释放。而情感释放是电影提供给观众最独特、最强力的娱乐形式。也就是说,当你选择写作一个伟大放弃或是弃暗投明类的故事时,你便等同于"预定"了一次为观众提供强力娱乐的机会。因此,对一部以给观众提供娱乐为第一要务的商业电影来说,这两种故事模式都是优秀的剧本写作策略,这也是大量成功的商业片选择使用这两种故事模式的原因。

第十一章 创作行为的价值

我们在写作一部电影剧本的过程中,将做出无数的创作行为,如写作人物、写作动作、写作环境等。我们之所以做出这些创作行为,是因为这些创作行为包含某种价值,它们适用于一个或多个目的,并对剧本产生一种或多种影响。我们是否能够用一个提纲挈领的大标题描述所有创作行为的价值呢?本书认为,所有创作行为的价值可以用八个字概括,**即表达意义,增强效果**。进一步具体到电影创作中,创作者可以通过视听语言、场面调度来完成"表达意义、增强效果"的目的。

一、在剧本中表达意义

编剧在电影剧本的写作过程中,其创作行为能够表达意义。意义将分为两类:**文本意义和潜文本意义**。

当编剧的创作行为表达文本意义,那么编剧表达的意义便蕴藏在其创作的文本中。因此,文本意义通常是浅显和直白的,如"一个人向远处走去""男人拿起了杯子""男人热得流汗""夜晚,月亮发出皎洁的月光"……

当编剧的创作行为表达潜文本意义,那么编剧表达的意义便储存在潜文本中。潜文本意义不像文本意义那样浅显和直白。如果观众想要理解潜文本意义,就必须破译文本,从潜文本中读出情节的意义。

与人物关系有关的意义常作为潜文本意义出现。

《饮食男女》中有这样一段情节。朱家二女儿朱家倩发现大姐朱家珍的衣服出现在自己的衣橱里,而自己的衣服出现在大姐的衣橱里。在另一段情节中,大姐朱家珍的衣服出现在三妹朱佳宁的衣橱里,而朱佳宁的衣服出现在朱家珍的衣橱里。在这两段情节的潜文本中,我们可以读出编剧用这两段情节表达的意义是:三姐妹的生活被混乱地搅在了一起。

与人物性格有关的意义也常作为潜文本意义出现。

《嫌疑人 X 的献身》有日韩中三个版本,其中最受好评的版本为原版——日本版。以日本版的《嫌疑人 X 的献身》为例。编剧想要表达的一个意义是:高智商嫌犯石神哲哉(下文简称为石神)是一个内向、对世俗生活很难适应、恐惧社交的男人。

图 11-1　日本版《嫌疑人 X 的献身》中的高智商嫌犯石神哲哉

日本版的《嫌疑人 X 的献身》中,有这样一段情节:石神走在街上,脖子上缠着一条围巾,他将自己的大半张脸"缩"在围巾里。当石神见到他的心仪对象——便当店店主花冈靖子时,他便试图努力地把半张脸从围巾后面伸出来。这段简单的情节蕴含着十分丰富的潜文本。我们可以从这段情节中读出"高智商嫌犯石神是一个内向、对世俗生活很难适应、恐惧社交的男人"这一意义。当然,围巾的设计也可能来自导演或演员自己,而非编剧的手笔。

图 11-2　电影《饮食男女》中的父亲老朱

在《饮食男女》中，当老朱正与三个女儿聚餐时，某家举办盛大宴会的大酒店在备菜上出了差错，因此，经理只好请烹饪大师老朱出山救场，老朱立即乘出租车赶往大酒店。在距离酒店大门四五米的地方，老朱已经将出租车的门打开，待车停稳后，老朱一个箭步下车，进入大酒店。酒店大堂空空如也，老朱走在大堂中央的红色地毯上，大步流星，宛如即将上早朝的皇帝。在潜文本中，我们可以读出这段情节表达的意义是：主角老朱是一个自信、自大、在自己的事业上有着巨大骄傲感的男人。

有关环境的意义也常作为潜文本意义出现。

在乔治·米勒导演的电影《疯狂的麦克斯：狂暴之路》的开场，一辆破旧的美式肌肉车旁站着一个男人，远处是无边无际的沙漠。男人身后的一块石头上匍匐着一只蜥蜴，随后，蜥蜴向男人的方向爬去，男人动如脱兔，用脚跟猛地踩死蜥蜴，接着，他将蜥蜴吞食掉。我们可以从这段情节的潜文本中读出它表达的意义：这是一个资源枯竭、秩序崩塌的末日世界。

《饮食男女》中有大量的吃饭戏，在老父亲和三个女儿第一次吃饭的戏中，我们看到，在这样一个家庭中，只有父亲先开始动筷，孩子们才敢开始吃饭。继承了老父亲烹饪天赋的二女儿朱家倩吃出了饭菜中的问题后吞吞吐吐，在获得老父亲的准许后才一吐为快。在这段情节蕴含的潜文本中，我们可以读出编剧表达的一种有关环境的意义：这是一个古板、秩序森严的传统家庭。

剧本中很多段落表达的意义是编剧的一种陈述型观点，这种观点通常以潜文本意义的形式存在。比如，我们此前提到过的，编剧使用修辞手法表达的修辞意义实际就是编剧的观点，这种观点以潜文本意义的形式存在。

另外，编剧在剧本中讨论核心问题时，应设计出"使情节包裹对核心问题做出讨论的观点"。如果一段情节包裹对核心问题做出讨论的观点，那么这一观点就成了这段情节表达的意义，这种意义是以潜文本意义的形式存在的。比如，在《泰坦尼克号》的结尾，我们看到萝丝与杰克的爱情并没有因为杰克的死而消逝，二人的爱情影响了萝丝的一生。这其中包含着编剧的观点——"杰克和萝丝的爱情可以突破所有的现实阻碍，持续一生"，这一观点就是这段情节的意义。观众可以从潜文本中读出这一意义。

二、在剧本中增强效果

编剧创作行为的价值除了表达意义外，便是增强效果。**增强效果指的是增强情节对观众的刺激效果**，这在恐怖片的创作中显得尤为重要。

一部恐怖片成功的关键在于它是否能给观众带来强烈的恐怖感。恐怖片编剧为了让观众获得尽可能强烈的恐怖感，必须在写作剧本时想尽办法增强电影的恐怖效果。恐怖片编剧通常使用情节设计增强恐怖效果，他们常用的情节设计有鬼影突然靠近、人物身后传来尖利的哭声，等等。可如今的现实是，恐怖片中的情节设计已经被用尽，并且由于同一个设计被无数电影重复使用，这使观众已经对恐怖片中的诸多设计"习以为常"，甚至感到"索然无味"。因此，恐怖片的编剧必须在情节设计中做出思考，创造新意，最终实现增强恐怖效果的目的。

高明的恐怖片编剧在努力增强电影的恐怖效果时不仅仅依赖具体的情节设计，还会在电影的核心设计上做出考量。中国观众在观看欧美国家的恐怖片时一定会比欧美国家的观众获得更少的恐怖感，这是因为文化和环境的差异性会让中国观众获得一定的距离感。中国观众会不自觉地想到：这件事情发生在另一种文化背景下、一个和我所处的环境截然不同的地方，因此，我是安全的。

第十一章 创作行为的价值

可见,这种距离感将转化为安全感,这种安全感大大降低了恐怖片情节的恐怖效果。高明的恐怖片创作者发现了观众的这一情感活动规律,他们便努力创造出可以跨越文化差异、环境差异的核心设计来增强电影的恐怖效果。

1998年在日本上映了一部恐怖片,该片的核心设计是:一盘蕴藏着巨大怨念的录像带四处流传,看到的人会死亡。没错,这部电影正是无数80后、90后的童年阴影——中田秀夫导演的恐怖片《午夜凶铃》。《午夜凶铃》的核心设计消弭了文化差异和环境差异,让观众会意识到:我们也许不生活在日本,但我们在世界上的任何一个角落都可能偶然得到这盘录像带或是刻录相同内容的光碟,我并非是"安全"的。当观众的安全感荡然无存时,便获得了无法逃避的恐怖感。可以说,编剧创作的核心设计增强了电影的恐怖效果。

以上是恐怖片编剧在恐怖片创作中增强恐怖效果的实例,我们可以由此窥见编剧的创作行为中增强效果的价值。同时,这一实例给我们带来一个重要的启示:编剧只要了解观众情感活动的规律就可以根据这一规律创造增强效果的价值。中国小学生最早学会的成语之一叫作"喜出望外",喜出望外的意思是由于没有想到的事情而非常高兴。这就是人类情感活动的规律——人类在没有防备的情况下遭受的情绪刺激会非常剧烈。如果你想在送出礼物时让礼物对收到礼物的人的刺激最大化,那么最好的方法就是让收礼物的人以为你没打算送出礼物。相反,如果你早早告诉收礼物的人即将收到一份大礼,那么当你送出礼物的时候,礼物对他的刺激就会小得多,因为收礼物的人早已做好了预期和准备。如此,"喜出望外"就不会发生。同理,"悲出望外"与"喜出望外"的机制是相同的。

《星际穿越》的编剧了解这一情感活动的规律,并对这一规律加以利用,最终创造了增强效果的价值。

在《星际穿越》中,主角库伯由于在登陆某一个星球时发生了意外,造成他与远在地球的儿女之间出现了23年的时间差。当库伯回到飞船,他接收到了这23年间来自地球的若干封视频邮件。库伯看到儿子汤姆发来的视频邮件。在第一个视频中,汤姆先是告诉库伯,他以优异的成绩从高中毕业了,又告诉库伯,他已经找到了自己这一生心爱的姑娘。在第二个视频中,汤姆已经将库伯的孙子杰西抱在了自己的怀里,并通过摄像头展示给库伯。在第三个视频中,儿子告诉库伯,外公去世了,杰西也意外夭折了……视频在儿子的碎碎念中戛然而止,显示屏陷入一片黑暗。

库伯附身向前,仔细观察,确定不是显示器出了什么问题。库伯双手抱住显示屏,叹了一口气,随即低下了头。我们从库伯的动作中能读出许多潜文本,显然他希望儿子的视频还能长一点。就在这时,显示屏再度被点亮,画面中出现了库伯的女儿墨菲,原来从地球发来视频邮件的不止汤姆。墨菲眼含热泪,对库伯说出的第一句话是一句脏话:"爸爸你好,你个王八蛋。"在视频里,墨菲表达了她对父亲与自己失去联系的埋怨和对父亲无法信守承诺(库伯曾承诺回到地球时,自己将与女儿的年龄一般大)的愤怒。一瞬间,我们与库伯一同受到了强烈的刺激,产生了一次激烈的情感释放。我们受到刺激的强度与显示屏中那段恰到好处的黑屏直接相关。编剧(或导演)有意为之的一段黑屏让所有观众以为这段观看视频邮件的情节已经结束,观众的情绪逐渐恢复平静,可就在平静中,编剧制造了一次"悲出望外"——墨菲的突然出现,让观众在猝不及防中迎来一颗情感的惊雷,这一情节对观众的刺激效果瞬间增强了数倍。

当编剧在写作电影剧本时,他做出的创作行为或表达意义或增强效果。表达意义、增强效果这八个字代表了编剧所有创作行为的价值。而实际上这八个字不只适用于剧本创作,还适用于影像(视听)创作。接下来,我们以视听语言、场面调度两方面为例展示导演、摄影等主创人员如何在影像创作中表达意义和增强效果。

三、实现创作价值的途径

(一)用视听语言表达意义、增强效果

视听语言的一个通俗定义是:创作者利用视听刺激的合理安排向受众传播某种信息的一种感性语言,包括影像、声音、剪辑等方面的内容。

优秀的导演精通视听语言,对他们来说,视听语言不只是一种用来为观众

提供炫目视听效果的工具,他们还可以使用视听语言表达意义。这也是我们把视听语言称为一门语言的原因。

陈国富导演的电影《双瞳》的结尾有这样一段情节:警察黄火土由于在办案时吸入了大量霉菌而死去。妻子清芳悲痛欲绝,无法接受丈夫去世的事实。清芳一拳一拳地捶打在黄火土的身上,边捶打边呼唤黄火土"起来"。这时,摄影机来到黄火土和清芳等人的正上方,镜头慢慢下降靠近黄火土,直至黄火土醒来。

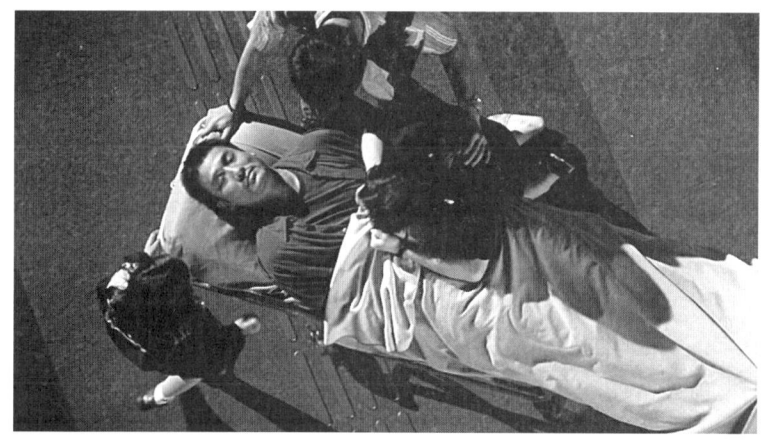

图 11-3 电影《双瞳》中黄火土昏迷的镜头

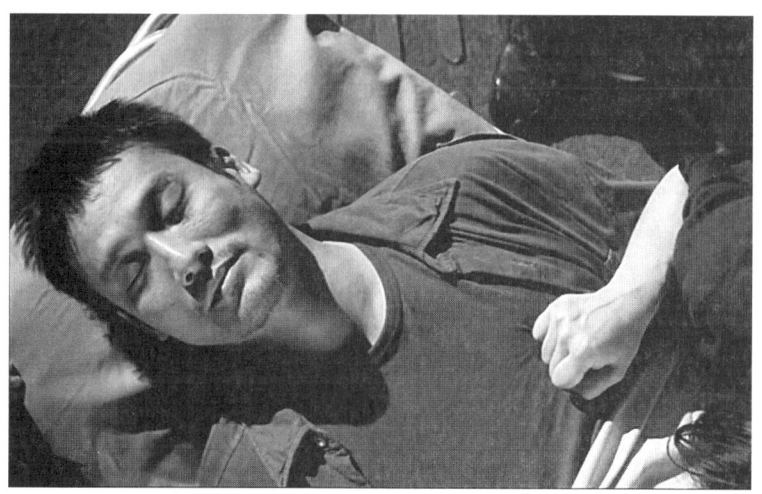

图 11-4 电影《双瞳》中主角黄火土从昏迷到醒来的镜头

从这部影片展现的文化背景来看，这个镜头表达了一个意义，即黄火土的魂魄、元气、生命回归于黄火土体内。如果没有这一视听设计，这个"回归"的意义可以由醒来的黄火土通过台词表达出来。黄火土可以告诉清芳："我感觉我刚才已经走了，但是听见你对我的呼唤，我又回来了。"但对于陈国富这样高水平的电影导演来说，他绝不允许自己逃避导演的责任，让观众"听到"黄火土的回归，而是选择用视听语言将这一意义视觉化，让观众"眼见为实"。

视听语言也具有增强效果的价值，这一价值同样在恐怖片的创作中尤为凸显。导演必须使用高超的视听手段尽可能增强电影的恐怖效果，升级观众获得的恐怖感，最大限度地为观众提供"恐怖快感"。这样的应用有大量的案例，在此我们不再详述。

实际上，表达意义和增强效果这两种价值往往在一个视听语言段落中同时存在。以下，我们将举出三个典型案例。

我们举出的第一个例子来自电影《星际穿越》。

库伯与布兰德博士等人为拯救人类，来到其中一颗可能适合人类生活的星球。他们发现这里环境恶劣、奔腾翻滚的巨浪周而复始，第一个到此考察的科学家也在不久前被巨浪杀死。布兰德为了拿到科学家留下的数据而耽误了撤离时机，导致自己与库伯处于被巨浪杀死的危机中。从这个镜头（图11-5）中，我们看到库伯和布兰德博士乘坐的飞行器漂泊在汪洋大海中。导演选择用一个远景景别拍摄这个镜头，旨在表达"库伯和布兰德正处在大自然的威胁之下，

图11-5 电影《星际穿越》中被巨浪裹挟的飞行器

危在旦夕"这一意义。这一镜头在表达意义的同时,也从视觉上用微小的飞行器和汪洋大海形成的对比增强了这个危险时刻对观众的刺激效果,升级了观众在这一危险时刻获得的紧张感、刺激感。

第二个案例同样来自一部科幻电影,它是 1977 年上映的电影《星球大战》。

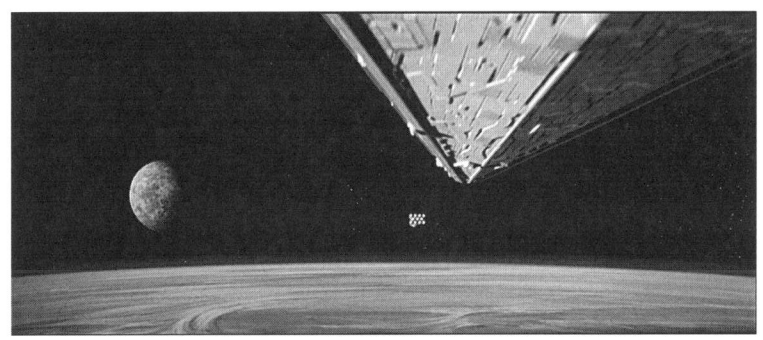

图 11-6　电影《星球大战》中巨型的飞行器缓缓驶入的镜头(1)

图 11-7　电影《星球大战》中巨型的飞行器缓缓驶入的镜头(2)

以上这两个画面来自全片的第一个镜头,一艘巨大的飞行器从画外驶入画内,驶入的过程足足延续了十四秒。这个镜头表达的意义是:一艘巨大的飞行器正跟随一艘小型的飞行器。导演在表达意义的同时,用这种让飞行器从画外缓慢驶向画内的方法增强了飞行器"大"的效果,增强了观众感受到的压迫感,甚至会触发某些观众的"巨物恐惧症"。想象一下,在 1977 年的电影院里,人们在一个阴暗的房间内看到这样一艘巨大的宇宙飞船,一定会在内心惊呼一声"我的天"!

最后一个案例来自电影《教父》。

电影中的一段情节是:纽约犯罪集团考里昂家族的首脑——"教父"维多·考里昂被当街刺杀,身中五枪,幸而未死。小儿子麦克·考里昂为保父亲和家族的安危在家族的帮助下设局,准备除掉可能威胁父亲生命的土耳其毒枭索拉佐和纽约的腐败警察麦克劳斯基。他们约定在一家家常风格的意大利小饭馆见面,麦克准备在用餐的席间枪杀二人。考里昂家族凭借经验提早料到麦克劳斯基这样的老警察一定会对麦克搜身,因此,麦克无法随身携带武器,他们决定把枪提前藏在餐厅厕所的老式储水箱的后面。如此,麦克便可以在用餐途中去厕所取出手枪随即行动。当晚,饭局如约进行,简单聊了几句后,麦克提出要去上厕所,麦克刚刚起身就被索拉佐搜身,所幸麦克并未随身携带武器。来到厕所,麦克费了点功夫才找到藏在水箱后的那把枪。

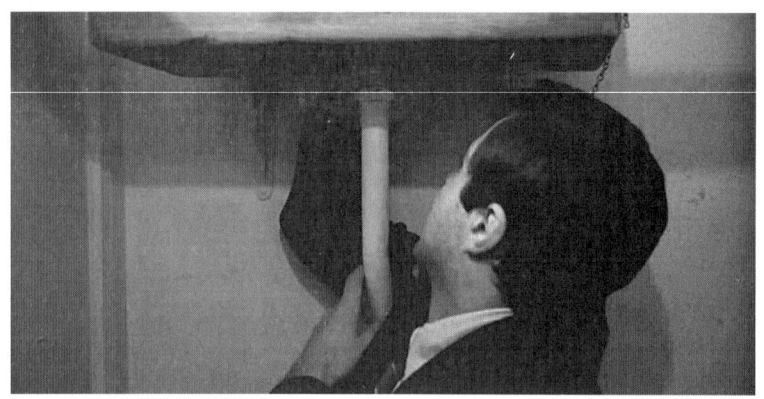

图 11-8　电影《教父》中麦克·考里昂在餐厅厕所的水箱后寻找提前藏好的手枪

随后,麦克把枪藏在身上,准备返回餐桌。麦克返回餐桌前,整理自己的发型,试图以此稳定自己的情绪,避免露出破绽。

图 11-9　麦克·考里昂拿到手枪后整理发型

我们在看到麦克整理发型的同时,听到一阵喧嚣、尖锐的地铁行车的声音。当麦克回到餐桌落座后,镜头慢慢推向麦克,镜头从一个麦克的近景慢慢变为一个麦克面部的特写。

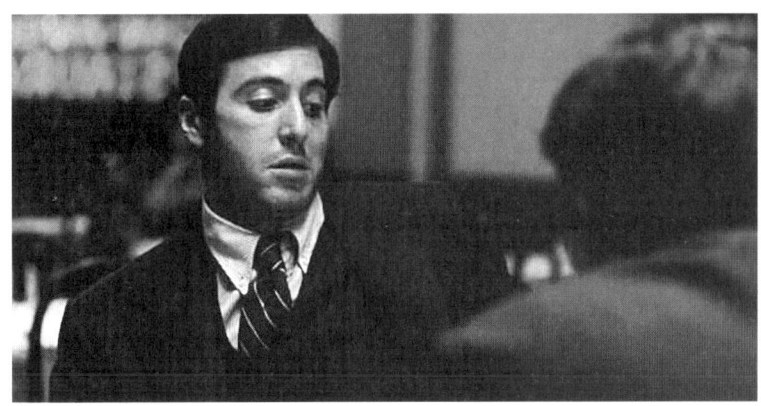

图 11-10　麦克的近景

图 11-11　麦克的特写

我们注意到,随着摄像机的推进,镜头从近景向特写转变的过程中,喧嚣、尖锐的地铁行车声音再次出现,并且这一声音似乎由远及近,音量越来越大。在音量达到最大时,麦克动手枪杀了索拉佐和麦克劳斯基。

这两处地铁行车声音很明显是导演刻意为之的视听设计。我们对这一视听设计进行分析可以看出,地铁行车的声音并非凭空出现,三人用餐的餐馆很可能就建在纽约一条地下铁的上方,因此,他们完全有可能在餐厅中听到地铁行车时发出的声音。那么这两处视听设计的价值是什么呢？它们都表达了"此时，麦克的内心非常紧张"这一意义。人和所有动物一样，在面临危险等紧张时刻，会进入一种严阵以待的防御模式，其中最典型的反应之一就是对声音等外界信息变得十分敏感。导演通过视听设计，将平时很容易被忽略的地铁行车噪音变得异常喧嚣，以此彰显麦克正经历的生理反应。导演通过这种描写，表达了"此时，麦克的内心非常紧张"这一意义。同时，这两处视听设计也具有增强效果的价值。喧嚣、尖锐的声音给观众的内心增加了一种混乱、不安的感受，增强了这段情节的效果，让观众在观看这一紧张情节时的不安情绪变得更为强烈。

电影中通过视听语言表达意义、增强效果的方法还有很多。比如，在很多激烈的战争场面的拍摄中，导演一般会使用长焦镜头，而不使用广角镜头拍摄。这是因为对士兵来说，一场激烈的战斗是局促而具体的，不是宽松而广泛的。长焦镜头拍摄出的画面更加具体（景别更小），同时，长焦镜头还具有压缩被摄物体和背景之间距离的效果，这会给战争场面制造一种焦灼的效果，增强了战争场面对观众的刺激效果。相反，如果导演使用了广角镜头，那么，观众能够在一个镜头中看到几乎战场的全貌，其焦灼、局促的感觉荡然无存，受到的刺激便会大大减弱。

（二）用场面调度表达意义、增强效果

场面调度在电影创作中，指的是导演通过对演员和摄影机的统一调度完成意义表达的一种手段。优秀的导演精通场面调度，会利用每一个场景中调度人物和摄影机的机会表达意义。在此，我们举出两个案例。

第一个案例来自《饮食男女》。影片中，朱家长女朱家珍出于某些心理因素而选择独身主义，把所有的业余时间都奉献给了教会，是一个无比虔诚的基督教徒。一次偶然，她接触到她的同事——体育老师周明道，并渐渐地对周明道产生情愫。在一个场景中，李安导演使用场面调度表达了"朱家珍爱上了周明道"这一意义。

这个场景发生在全片的第三十三分钟，此时，朱家珍正在学校门口等待公交车，周明道骑着摩托车来到朱家珍身边，和朱家珍说话。

第十一章 创作行为的价值

图 11-12　电影《饮食男女》中的截图(1)

图 11-13　电影《饮食男女》中的截图(2)

图 11-14　电影《饮食男女》中的截图(3)

图11-15 电影《饮食男女》中的截图(4)

图11-16 电影《饮食男女》中的截图(5)

图11-17 电影《饮食男女》中的截图(6)

第十一章　创作行为的价值

图 11-18　电影《饮食男女》中的截图(7)

通过以上几个镜头(图 11-12 至图 11-18)中的场面调度,导演已经完成了对"朱家珍爱上了周明道"的意义表达。导演是如何做到的呢?我们知道,朱家珍是一个用宗教信仰"抵制"爱情的女人,因此,一个男人如果想要走进朱家珍的内心,必须突破朱家珍内心的守卫——朱家珍信仰的宗教。那么,如果宗教是朱家珍内心的守卫,这一守卫的实体形象应该是怎样的呢?它可以是一个十字架。

图 11-19　电影《饮食男女》中交通指挥员的身体是"十字架形"(1)

· 173 ·

图 11-20　电影《饮食男女》中交通指挥员的身体是"十字架形"(2)

顺着这个思路,我们再次观察以上几张截图(图 11-19 至图 11-20),就会发现周明道骑着摩托从学校出来以后,绕过了一个呈"人形十字架"的交通指挥员。

放置一个身体舒展呈十字架形的交通指挥员并设计周明道绕过交通指挥员走到朱家珍的身边,都是导演使用的场面调度。导演使用场面调度,以"眼见为实"的方式完成了"朱家珍爱上了周明道"的意义表达。完整地说,导演表达的意义是"周明道突破了朱家珍内心的守卫,真正走进了朱家珍的世界,让朱家珍爱上了周明道"。

另一个案例是 1957 年由西德尼·吕美特指导的悬疑片《十二怒汉》。电影讲述了这样一个故事:一个出身于贫民窟的男孩因涉嫌杀害自己的父亲被告上法庭。十二个背景迥异的人组成了陪审团,他们必须对男孩是否有罪做出一致的判定,若最终判定男孩有罪,男孩将会被判处死刑。亨利·方达扮演的八号陪审员不断地提出自己的"合理疑点",最终他说服了全部陪审员,判定男孩无罪。整部影片的主线情节是八号陪审员说服其余陪审员的过程,而这一过程发生在一个狭小的单一场景之内。要在这一场景内使用不同景别的镜头拍摄整个过程已经非常困难,而导演西德尼·吕美特不但使用丰富多样的镜头设计完成了单一场景内的拍摄,还使用编排精良的场面调度表达了意义。

第十一章 创作行为的价值

图 11-21 八号陪审员处于弱势地位的画面(1)

在主线情节的初期阶段,八号陪审员以外的所有陪审员都认为男孩毫无疑问就是凶手。而八号陪审员却对案件提出了质疑,他认为他们应该认真考虑案情,给这个刚满十八岁的男孩一次机会。八号陪审员在表达了自己的意见后,立刻受到其余陪审员的攻击。在这一阶段,我们可以看到大量类似上图的场面调度。

这一画面(图 11-19)中,坐在两位站立的陪审员身边的是八号陪审员。我们可以看到八号陪审员只占画面中很小的一部分,与另外两位陪审员相比,他处于一种被压制的弱势地位。"八号陪审员和他的意见正被压制"便是导演用场面调度表达出的意义。片中表达同样意义的画面还有很多,如图 11-20 至图 11-22 这几幅画面中,八号陪审员都处在低处,不得不仰视处在高处的其他陪审员,这样的场面调度都在表达"八号陪审员和他的意见正被压制"的意义。

图 11-22 八号陪审员处于弱势地位的画面(2)

· 175 ·

图 11-23　八号陪审员处于弱势地位的画面(3)

图 11-24　八号陪审员处于弱势地位的画面(4)

随后,故事继续向前推进,八号陪审员不断地向其他陪审员讲述自己的想法,甚至拿出了实体证据(八号陪审员拿出一把和杀死男孩父亲的凶器几乎一模一样的弹簧刀,以此证明同样的凶器触手可及、凶器无法确凿地指出凶手的身份)。八号陪审员在这场辩论中的状态也从被压制转为势均力敌。此时,我们看到画面中出现了新的场面调度形式(图 11-23 至图 11-24)。

在新的调度形式中,八号陪审员与其余陪审员在画面中的高低关系发生了改变。八号陪审员与其他陪审员"平起平坐",甚至在有些时刻俯视其余陪审员。导演通过这样的场面调度表达了"八号陪审员的意见正逐渐征服其余陪审员"这一意义。随着故事即将迎来尾声,八号陪审员缜密的逻辑说服了其余所有陪审员。此时,导演继续降低摄影机的高度,形成了下图这一画面(图 11-25)。

图 11-25　八号陪审员平视其余陪审员的画面

图 11-26　八号陪审员俯视其余陪审员的画面

此时,八号陪审员面对的是对"男孩有罪"这一结论最坚定的拥护者——由李·科布扮演的三号陪审员。摄影机设在桌面左右的高度,以一个上仰的角度拍摄八号陪审员,八号陪审员在画面中处在一个更"崇高"的位置。导演通过这种调度表达了"八号陪审员已经完全征服了三号陪审员"这一意义。

导演精心设计的场面调度不但随着故事进展持续表达意义,还在表达意义的同时增强了情节对观众的刺激效果。在八号陪审员受到质疑和打击时,场面调度增强了情节,使观众感受到"危机感",当八号陪审员征服了其余陪审员时,场面调度也增强了八号陪审员的胜利给观众带来的"崇高感"。

图 11-27　八号陪审员俯视三号陪审员的画面

值得指出的是,在《十二怒汉》中,导演通过丰富的场面调度不断地为观众提供了视觉新鲜感,让观众不会感到视觉上的疲劳。电影通过场面调度呈现出人或物体持续移动的画面,让观众持续获得视觉新鲜感,避免视觉疲劳,这便是场面调度的另一价值。

第十二章 故事深度

我们在完成所有创作后,便得到了一部电影剧本。我们把这部电影剧本放在手里,不禁问自己一个问题,我的大作将引起怎样的轰动?当然,这个问题还有其他问法,如我将打动多大范围的观众?我的剧本将被多少人肯定?有多少奖项将垂青我的作品?而这些问题的本质都是一样的,都在问:我的剧本将在世界电影市场中形成什么水平的影响力?我认为这一问题的答案分为两部分。

答案的第一部分是:**剧本提供的娱乐的水平将决定电影剧本在电影市场中的影响力**。我们在此简单地回顾一下,电影主要提供四种形式的娱乐,即感官娱乐、新知娱乐、信息娱乐、情感释放。

一般来说,电影提供的这四种形式的娱乐水平将决定电影在世界电影市场中的影响力。若一部电影能够提供强烈的娱乐,不论其艺术水平如何,它都将炙手可热,受到世界各国电影发行公司的青睐。因为一部提供强力娱乐的电影将成为在各国电影院线中大放异彩、为发行方挣得数亿利润的一颗"票房灵药"。而电影提供强烈娱乐的基础是电影剧本。只有编剧在剧本中创造尽可能多的为观众提供娱乐的机会,才能使剧本成为一个能够为观众提供众多娱乐的"包裹",这一"包裹"将在观众需求的驱使下被推向全世界,最终在世界电影市场上形成巨大的影响力。

因此,当我们想知道"我的剧本将在世界电影市场中形成什么水平的影响力"时,我们必须自问:我的剧本是否能为观众提供强烈的娱乐?如果编剧对这一问题的回答是肯定的,那么他的剧本很有可能实现商业上的成功,在世界电影市场中形成可观的影响力。

答案的第二部分是：**剧本触及的故事深度将决定剧本在电影市场中的影响力**。故事深度是指剧本讲述的故事切入人类文明或文化的深度。这一概念听着有些过于宏大。我们借助下图（图12-1）可以直观地看到剧本可能触及的几层故事深度。

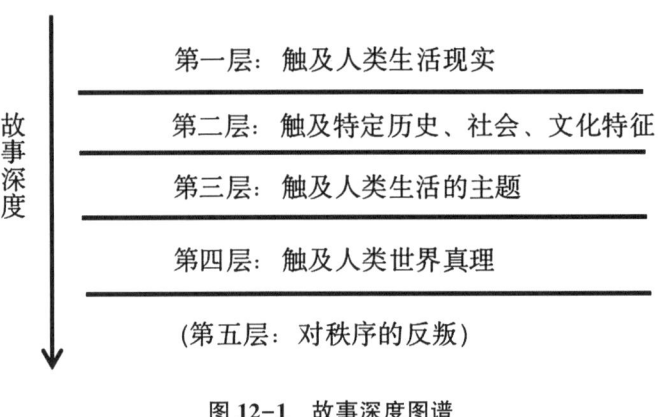

图 12-1　故事深度图谱

一、故事深度的五个层级

我们可以看到，剧本可能触及的故事深度分为五个层级。

第一层级是触及人类生活现实。若想使剧本触及这一层级的深度，编剧必须通过观察生活从而写作真实、编造真实。如果编剧在剧本中写作的故事足以描绘真实的人类生活现实，那么，他的剧本便触及了故事深度的第一个层级。

第二层级是触及特定历史、社会、文化特征。若想使剧本触及这一层级的深度，编剧写作的故事必须在描绘出人类生活现实的基础上进行聚焦，直到故事可以展现某种特定的历史特征、社会特征又或是文化特征。比如，陈凯歌导演，芦苇和李碧华编剧的电影《霸王别姬》讲述了一个发生在中国晚清至"文革"年代的故事。而凯文·科斯特纳自导自演的电影《与狼共舞》讲述了一个发生在南北战争末期美国西部印第安部落中的故事。贾樟柯自编自导的电影《小武》讲述了一个20世纪90年代发生在中国山西汾阳的故事。我们会发现，这三部影片讲述的故事都聚焦并展现了一个特定时期、一种特定的社会特征以及一种特定的文化特征。在这些特征的加持下,故事由泛泛的真实变为具体的真实。

故事深度的第三个层级是触及人类生活的主题。大多数成熟电影剧本触及的故事深度都属于这一层级。在触及这一层级故事深度的剧本中,编剧在触及前两层故事深度的基础上找到并讨论了一个与人类生活息息相关的主题(核心问题)。比如,《无敌破坏王》的主题:人是否能真的改变自己,成为另一个人?

故事深度的第四个层级是触及人类世界的真理。这是绝大多数电影剧本可能触及的最深层,这一层级与第三层级相似,它们的区别在于:在第四层级中,编剧必须在触及前三层故事深度的基础上精心挑选自己的主题,直到找到一个既高瞻远瞩又极具普世性的主题,这一主题将具有某种"警世通言"的意义。剧本触及第四层故事深度的电影多属于寓言式电影,如我们此前提到的库布里克导演的电影《巴里·林登》,它表达了一个"真理级"的主题——人生就是由一场场赌局构成的。再比如,库布里克的另外一部电影《大开眼戒》,它也表达了一个"真理级"的主题——在表面的安全与和谐之下,世界上存在着我们不可触及的另一面。

从图中我们可以看到,在第四层之下,还存在着一个被括号括起来的第五层。之所以将故事深度的第五层级用括号括起来,是因为第五层与前四层不属于同一性质的故事深度层级。它是一种特殊的存在,我们无法把它看作第四层继续深入的结果。我将这一层称为:对秩序的反叛。触及这一层级故事深度的剧本将与传统的电影叙事保持距离,它们将在主题、人物、叙事方法、表现方法上离经叛道,做出反叛之姿。它们往往是艺术电影运动的产物。

二、故事深度与作品影响力的关系

如上,我们阐述了故事深度的五个层级。那么,为什么故事深度将决定剧本在电影市场中的影响力?

当剧本触及故事深度的前两个层级——触及人类生活现实和触及特定历史、社会、文化特征,剧本讲述的故事便可以获得现实依托,让故事从无限转向有限,从泛泛的真实变为具体的真实。当剧本触及故事深度的第三层级和第四层级,故事中将存在一个观众能够感知的主题,这一主题将促使观众产生共情,产生情感释放。

　　三、四层级的差异在于编剧选择的主题的前瞻性和普世性。一个与人类生活相关的主题已经足以让一部电影剧本触及故事深度的第三层,但敏锐如大师库布里克的创作者能够创作出触及第四层故事深度的剧本。如果编剧创作的剧本能触及故事深度的第四层级,他便创作出了一个真实、具体并且内含既高瞻远瞩又极具普世意义的主题的剧本。这一剧本几乎可以令每一个国家、每一个民族的人理解、共情、赞叹,最终在世界电影市场上形成巨大的影响力。另外,倘若编剧的创作触及故事深度的第五层级,那么,其剧本便可能因为其中的反叛精神、创新精神走向世界。

　　可以说,剧本在世界电影市场中的影响力与剧本触及的故事深度呈正相关的关系,换句话说,故事深度对剧本在世界电影市场中的影响力起决定性的作用。

　　关于第五层级,编剧要明白的是:第五层级是一种特殊的存在,它是编剧创作时拥有的一种选择,编剧可以选择前往这一层进行反叛,也可以选择不前往这一层。无论如何,反叛本身的意义和效果是有限的,它不应单独成为编剧追求的一种目标。

　　1995年,一个被称作"道格玛95"的导演小组在丹麦首都哥本哈根成立,他们多是毕业于丹麦国立电影学院的年轻导演,其中的代表人物是导演拉斯·冯·提尔和托马斯·温特伯格。年轻的导演们成立这一组织的目的是对抗现代电影使用各种声画手段产生的矫饰效果,并以此让他们的作品更加聚焦于故事和演员的表演本身。为达成他们的艺术理想,他们设立了"道格玛95"的十条誓言,要求所有加入"道格玛95"的成员都必须遵守这十条誓言。十条誓言如下:

　　　　1.影片须在实地拍摄,不可搭景或使用道具;

　　　　2.不可制作脱离画面的音响,不可制作脱离音响的画面;

　　　　3.须手持摄影机拍摄,影片的故事不必在摄影机在场的情况下发

第十二章 故事深度

生,但影片的拍摄须在故事的发生地点进行;

4. 影片须是彩色的,不接受特别的照明;

5. 禁止进行光学加工或使用滤镜;

6. 影片不可包含表面行为(如谋杀、暴力等场面);

7. 禁止时间和空间上的间离;

8. 不接受类型电影;

9. 影片规格须为35毫米;

10. 导演之名不可出现在职员表中。

若电影的创作者在制作电影时遵守这十条誓言,他便走上了一条离经叛道的"反叛之路"。回溯"道格玛95"的发展历程,我们会发现"道格玛95"电影的反叛精神确实增加了"道格玛95"电影的影响力,但其反叛的效果十分有限。严格遵循"道格玛95"戒律或秉持"道格玛95"美学风格的作品有很多,但其中那些能够在世界电影市场上形成可观影响力的作品《家庭聚会》(托马斯·温特博格导演,1998年)、《黑暗中的舞者》(拉斯·冯·提尔导演,2000年)并不依靠其具有的反叛精神,而是依靠其内容实质。这一事实告诫包括编剧在内的所有创作者:反叛虽然能增加作品的影响力,但试图通过反叛换取影响力则是不可取的。当创作者执着于反叛,在作品中展示一种虚假的深奥时,反叛本身就成了作品的主要意义。观众也许会因为其反叛的"怪异性"对其投以关注的目光,可当观众发觉其内里的空洞后便"止增笑耳"了。

很多电影难以被广大观众接受的原因便在于其剧本触及的故事深度太过浅薄。本书写作于2022年,在写作本书时,中国本土生产的网络电影仍然受到观众的诟病。从故事深度来看,网络电影的剧本由于编剧水平有限等各种原因,甚至连故事深度的第一层级都难以触及。网络电影的剧本看似情节饱满,但由于其没能触及基本的故事深度,令观众在获得娱乐的同时便意识到自己在观看的故事与真实的人类生活相距甚远,因此,网络电影对观众来说便成了一种即用即弃的"玩意儿"。

综上,电影剧本提供的娱乐水平和剧本触及的故事深度共同决定了电影剧本在电影市场中的影响力。电影剧本影响力公式如下:

电影剧本影响力＝娱乐水平×故事深度

娱乐水平与故事深度二者是相辅相成的,高强度的娱乐水平将对观众产生强大的吸引力,让观众更紧密地跟随电影的进展,加强观众对故事深度的感知。故事深度能提供与观众息息相关的主题,促成观众对故事与主题的理解和共情,以此增强剧本提供的娱乐水平。

第十三章　经过验证的认知

我在写作本书的同时正和几个股东创业,开发一个连通创作者(编剧、小说作者等)和影视公司以解决双方需求的小程序。我作为创业领域的绝对外行,不得不临时抱佛脚,试着找到一些讲解创业方法的书籍来读。

我阅读了一本入门书籍,这本书叫作《精益创业》(*THE LEAN STARTUP*,埃里克·莱斯著)。书中,作者反复叮嘱读者:在创业中,一定要尽早获得经过验证的认知。作者认为尽早获得经过验证的认知有利于创业者认清自己和自己的产品。在本书的最后一章,我提出几个在编剧领域经过个人验证的认知,希望这些认知能够帮助编剧了解自己和自己正写作的产品。

一、认知一:编剧只是正常的普通人

对于很多人来说,编剧这个群体是一个特殊的存在。他们认为编剧是一群思维极其跳跃的、神经质的、永远活在戏剧(Drama)中的怪人。一次,我和一个朋友在电影院看电影,当电影进展到一个导演试图让观众发生情感释放的感人时刻时,我的朋友突然转头迷惑地望着我,接着他问了我一个问题:"你作为一个编剧,在这种时刻竟然不哭?"从这个问题可见他对编剧这个行业有着巨大的误解,他认为一个编剧的感情应该是十分充沛的,充沛到可以随时流泪的地步。

这是一种刻板印象,这种刻板印象的存在使很多想要成为编剧的人时常怀疑自己的性格是否适合成为一名编剧。他们认为自己的性格太过于冷静、平和,不像他们印象中的编剧那样活跃和充满激情。实际上,根据我从行业经历中获得的认知来看,编剧只是正常的普通人。

我曾连续几年在不同的公司中负责招聘编剧和为项目匹配编剧的工作,这使我有机会接触大量的编剧。编剧们性格各异,有的编剧内向,在交流中较为冷淡,对我提出的问题只做出简单的回复。有的编剧则十分外向,在讨论问题时滔滔不绝。编剧们有着不同的爱好,有的编剧喜欢激烈的极限运动,有的编剧喜欢在家中养些花草,还有的编剧没有任何爱好,在没有工作时只有"休息"这一项活动。编剧们的学历背景也多种多样,有些毕业于国内外的专业艺术院校,有些则毕业于综合类大学的其他专业,如法学、护理学、应用数学等。我曾经面试过一个毕业于哈佛大学公共卫生学院的编剧,对电影的热爱让她从哈佛毕业后勇敢地放弃自己的本专业,投身影视行业中。可见,编剧的"样貌"是丰富多样的,他们与我们身边的人们并无显著区别。如果说编剧存在某种共性,那就是他们都对创作这件事有热情,除此以外,他们绝无性格等方面的特异之处。

二、认知二:写作并非易事

我们常常听说某些作家在几杯酒下肚后借着酒劲便完成了其经典作品。这些难以考证的故事包含了作家的梦想,即一蹴而就地完成创作。但就电影剧本创作来讲,我从未听说任何人能够轻而易举地写出一部电影剧本,我也不认识任何一位认为写作剧本是一件易事的编剧。相反,我与无数编剧共有的一个认知是:写作剧本是一件难事。

写作剧本的"难"首先在于写作本身。在写作时,编剧为了写作一个恰当的情节,他必须动用自己全部的生活(人生)经验,从浩如烟海的"素材海洋"中选择特定素材并将其加工成一个恰当的情节。这一过程将耗费编剧的大量体力,使编剧辗转反复、搜索枯肠。除了写作本身的"难"以外,写作剧本的"难"还来自另外两个问题,一个是专注问题,另一个是精力问题。

专注问题也可以被称为"走神问题"。近十年来,移动通信终端发展迅猛,人们几乎可以在手机上做任何事。因此,人们每天都有大量触碰手机的机会和愿望。抖音、微博、微信等软件既好玩儿又好用,它们会对使用者产生巨大的吸引力。编剧在工作的过程中很可能被手机中的内容吸引,在看手机上花费很多时间。此外,很少有编剧能够拥有完美的创作环境。大多数编剧都要在写作的同时兼顾对家庭生活的运营,如接送孩子、准备晚饭、缴纳水电费、查收快递等。以上这些,都是致使编剧在写作中"走神"的主要"元凶"。那么编剧应当如何面对"走神"这个问题?

编剧可以尝试通过锁定手机或把自己关在房间里的方法来避免"走神"的发生,但这些方法很难奏效。实际上,"走神"是无法避免的,每个人或多或少都会"走神"。当我们试图解决"走神"问题时,我们就走上了一条即将迎来"伟大放弃"的道路。我们拼尽全力也无法逆转人性,要想真正解决"走神"的问题,我们唯一能做的就是接受"走神",承认自己有可能"走神",继而对"走神"保持警惕,在意识到自己"走神"后迅速回到写作中,完成自己的写作任务。

另一个问题是精力问题。好像只有极少数人能拥有充沛的体力,日行千里而不知疲倦,编剧行业中也只有极少数的编剧能够精力无限、长时间地写作,大部分编剧都会面临精力不足的问题。实际上,写字或打字本身消耗的体力是十分有限的。小学的时候,如果我们在语文课的听写测试中出错,老师便要求我们把错的字词抄上十遍。我们会发现抄写字词这种体力劳动虽然让我们手指酸痛,但我们并不感觉疲劳,抄写完毕后我们甚至会感到一种类似于运动后的兴奋。别说十遍,就是抄写五十遍也不是什么难题,只要时间允许,我们便可以一直抄写下去。然而,写作剧本不是体力劳动,是消耗大量精力的脑力运动。相比体力劳动,脑力劳动往往会消耗更多的精力。因此,无论编剧有着怎样的体魄,其精力都可能在短时间内耗尽。

当疲劳感来袭,我们可以选择忍受疲劳继续写作。然而,在疲劳的状态之下,我们就无法在创作中做出最优的选择,产出最好的内容。因此,忍受疲劳继续写作显然不是一个合理的方案。我从许多编剧身上学到的有关解决精力问题的最好方法便是了解自己,找到适合自己的创作节奏。

有的编剧是无法在白天写作的,他需要一个绝对安静、无人打扰的创作环境。在白天,家人的频繁召唤、窗外车水马龙传来的噪音都可能会让他心神不宁,难以开始写作。当编剧意识到这一点时,他便可以选择白天休息、夜晚工作,因为这是最适合他的创作节奏。另有一些编剧是无法在夜晚写作的,他们甚至无法在下午工作。他全部的精力都在每天上午释放殆尽,时间只要过了正午十二点,他就进入了"休眠模式"。对这些编剧来说,他们可以选择上午工作、下午休息这种适合他们的创作节奏。编剧找到了适合自己的创作节奏后,便能够最充分地使用自己的精力,高效率、高质量地完成写作工作。

有的编剧为了尽可能保证自己创作内容的质量上佳,会选择将每日的工作时间压缩至极短的区间,将其他的时间用来休息。如果一个编剧真的以这种方式进行创作,他便可以保证自己剧本中的所有内容都是在自己精力最饱满的时刻创作出来的。这种方式从理论上来说确实能确保剧本的质量,但只有很少的编剧会选用这样的创作方式,因为这种创作方式过于奢侈,只有衣食无忧或已经成名的编剧才敢于尝试。日本著名的动画电影导演、编剧押井守(代表作有《攻壳机动队》《阿瓦隆》等)就是这种创作方式的拥趸,他著有一部名字十分"猖狂"的书——《我每天只工作三小时》。大部分的职业编剧还是要在剧本质量和效率之间找到一个最有性价比的平衡点,一方面保证剧本质量,另一方面保证完成写作的速度。

三、认知三:世界上没有"好剧本"

这个认知可能会让很多读者迷惑,如果世界上没有好剧本,那我们为何还要努力学习写作?好的编剧和水平一般的编剧之间还有什么区别?

此处指的"好剧本"是受到所有人肯定的好剧本,这种剧本是不存在的。我观察到的一个现象是:一群人眼中的好剧本在另一群人眼中可能只是平庸的作品,而被一群人嗤之以鼻的烂剧本则可能被另一群人买断并立即付诸制作。我从未见过被所有人肯定的剧本,这种现象的成因是人们在对文字的理解、审美标准、趣味、价值观、想象力、考虑问题的方式等方面存在着巨大的差异。

由于这种差异的存在,不同的人在阅读同样的剧本时获得的娱乐是不一样的。一部家庭片的剧本在家庭片爱好者眼中可能是充满奇趣的"珍宝",可它在那些对家庭片"不感冒"的人的眼中或许只是一部讲述家长里短的无聊之作。

同时,人与人之间的差异性导致人们在阅读同一部剧本后,脑海中浮现出的画面也是截然不同的。在审美标准等因素的作用下,每个人看剧本时都会对剧本内容做出个性化的想象,最终在脑海中呈现不同的画面。因此,同样的剧本,在有些人的眼中可能是精彩绝伦的,在有些人眼中也可能是平平无奇的。

可以说,一部剧本的"好"不能脱离读者独立存在。如果你想推销你的剧本,你必须要找到一个合适的读者。一个合适的读者能够看到你在剧本中所有的巧思、理解你全部的设计,最重要的是,他可以懂你剧本的"好"。在寻找一个合适的读者时,你的首选是一位导演。导演往往有着强大的文字理解能力,他能够清晰地看到、理解你剧本的"好"。不但如此,导演还能帮你验证你剧本的"好",因为导演是影像创作者,他能在脑海中通过想象将你文字形式的剧本完全转换为影像,通过视觉化的方式检验你剧本中设计的合理性和有效性,从而帮助你做出改进,提升剧本的质量。

除了导演以外,你也可以寻找一位制片人作为你剧本的读者。制片人往往看过大量的剧本,因此他们拥有了理性看待剧本的能力,这使他们不会因为自身的个性或品位而歧视、忽视你剧本的闪光点。不但如此,制片人还能够透过现版本剧本的缺陷和不成熟看到剧本的潜力。

结交一位认可你才华的制片人,并让他担任你剧本的读者,这对你的创作和你的职业生涯都大有裨益。

四、认知四:创意无法被抄袭

很多年轻的编剧往往对自己创作内容的安全性过分在意。在很多场合,他们不敢大方地说出自己的故事创意,原因也很简单,他们害怕自己的创意被抄袭。他们心想:如果我说出了我的想法,被别人听到了,那别人就会先一步写出我想写的剧本,造成我创意资产的损失。如果一个编剧这么想,那他便患上了"抄袭恐惧综合征"。

我获得的一个认知是:创意是无法被抄袭的。人们在审美标准、想象力、理解力、趣味等方面存在巨大的差异会导致其绝佳创意在别人眼中的价值可能非常有限。即便别人肯定你的创意，认为这真是个了不起的点子，你的创意也很难被抄袭。

原因很简单，因为写剧本是一件很复杂的事。如果你阅读完本书，你应该明白（本书希望你明白），创意只是一部电影剧本中非常小的一个部分，从创意到剧本还有一段既漫长又艰难的旅程。一个无良编剧在听说了你某个创意后便迅速动笔，完成一部与你的剧本形成竞争的剧本？这几乎是个天方夜谭。即便两个水平相当的编剧在某个时刻得到了同样的创意，其选择的人物、主题、动作也会让这两个剧本千差万别。《钢琴家》和《苦月亮》的导演罗曼·波兰斯基曾用"我听见钟声，却不知在哪座教堂敲响"来描述自己寻找电影主题时的感受。对于编剧来说，创意也可以看作远处的钟声，两个听到同样钟声的编剧，也将在寻找钟声时走出完全不同的路线。

五、认知五：三分写，七分改

好的剧本是写出来的，好的剧本更是修改出来的。从我的认知来看，如果将创作一部剧本的工作量进行分割，其中，三分在于写作，七分在于修改。

几乎所有编剧写作的初稿都是粗糙的，初稿中往往包含着许多冗余的信息、无效的设计、无意义的台词等。这多是因为编剧在写作初稿时，内心总是思索着剧本的全局，因而无法在剧本的每个部分做出最优的创作选择。因此，编剧必须对剧本进行修改，直到编剧在剧本的每个部分都做出最优的创作选择。

而修改剧本的难点就在于此。编剧在剧本的每个部分都面临大量的创作选择，不同的选择为剧本带来不同的效果，编剧必须在他能想到的所有选择中找到一个"最优"的。然而，编剧的创作选择没有最优只有更优，修改剧本因此成为一个永无止境的工作。在永无止境的修改中，编剧对剧本进行不断优化，让剧本质量不断提升，直到它成为一部好剧本。可以说，一部剧本的质量主要是由修改剧本这一阶段决定的。这便是我们说一部剧本需要"三分写，七分改"的原因。

第十三章　经过验证的认知

　　编剧在与影视公司合作时,一种常见情况是,编剧将自己满意的剧本呈交给影视公司,影视公司的策划人员将对剧本做出评估、召开会议。在会议上,你会发现除了策划人员以外,还可能出现另外几个对剧本提出意见的人,他们的身份通常是:制片人、导演、公司负责人。他们当中也有级别的差异,比如制片人还分为总制片人、制片人、执行制片人,导演也分为导演、执行导演等,公司负责人又分为首席执行官、首席内容官、首席运营官等。也就是说,在一个剧本修改讨论会中,可能出现总策划、策划、总制片人、制片人、执行制片人、导演、执行导演、首席执行官、首席内容官、首席财务官等多重角色。有些时候情况将更加复杂,有些公司过于信仰"全力全策制度",会邀请公司的财务人员甚至司机加入策划会议。

　　在会议中,每个人都将发表对剧本的意见。通常来说,他们意见的价值非常有限,因为他们当中的绝大部分人都不了解电影剧本的写作方法,他们只是非常"孩子气"地希望剧本呈现出他们自己想象中的样子。如果他们阅读剧本后产生的想象和他们的预期有偏差,他们便会认定这个剧本有问题。而更糟糕的情况是,他们的意见不仅常常互为矛盾,而且这些人在发表意见前总怀着谦虚的态度,以"我随便说说啊……""我没想清楚,瞎说几句啊……"作为自己发表观点的开场白,因此,他们的意见也不会被参会人员过度追究。可他们每个人的意见交织在一起,将会对编剧造成十足的困扰。那么,编剧应该怎么办呢?

　　如果你的想法是"他们都是甲方人员,我只有听从他们所有人的意见才算称职地完成自己的工作,从而拿到报酬",那你将使自己陷入绝境。这些人的意见不仅价值有限、逻辑上相互矛盾,而且这些人都未必会出现在下一次的会议中,因而,你不仅无法听从他们的意见,而且根本没必要听从这些人的意见。如果你真的试图在修改剧本时满足每个人对剧本的要求,那么剧本将从一个不够成熟的好剧本走向一个混乱的差剧本,而除了你自己以外,谁还会对这个差剧本负责呢?

　　面对纷繁的剧本意见,编剧正确的想法应当是"我只为剧本质量服务"。即使是影视公司的策划人员对剧本发表意见,你也要从剧本本身出发,去考量其意见。你要评估剧本的修改对整个剧本产生的影响。如果根据意见做出的修改对整个剧本有正面影响,你便应该做出修改。若根据评估,做出的某处修改将对剧本的娱乐效果、表意准确等方面造成负面影响,你便应该对这一修改表示拒绝,并给出自己的理由。如果编剧将自己做出的每一个创作选择的具体原因告知策划人员,策划人员便会了解编剧的真实意图。同时,他们也会因为编剧对剧本严谨负责的态度而对编剧肃然起敬,他们的诸多意见也会随之化解。相反,如果编剧对每一个意见不假思索地全面接受,会让策划人员认定编剧在创作中没有对剧本做出充分的思考,他们会对自己提出的剧本意见更加笃定,并试图在下一次会议中提出更多的意见。如此循环下去,即使编剧满足了策划人员的所有要求,剧本也将与编剧最初的构想之间产生不小的偏差。

简言之,在修改剧本时,编剧的任务是修改出更好的剧本,而不是尽可能地满足甲方的一切需求。

参考文献

[1] 波德维尔,汤普森. 电影艺术:形式与风格[M]. 北京:世界图书出版公司北京公司,2008.

[2] VOGLER C. 作家之旅:源自神话的写作要义[M]. 北京:电子工业出版社,2011.

[3] 菲尔德. 电影剧本写作基础[M]. 北京:世界图书出版公司北京公司,2012.

[4] 拉毕格. 影视导演技术与美学[M]. 北京:中国传媒大学出版社,2004.

[5] 霍华德,马布利. 基本剧作法[M]. 北京:北京联合出版公司,2017.

[6] 施密特. 经典人物原型45种:创造独特角色的神话模型(第三版)[M]. 北京:中国人民大学出版社,2014.

[7] 麦基. 故事:材质、结构、风格和银幕剧作的原理[M]. 天津:天津人民出版社,2014.

[8] 翁达杰. 剪辑之道:对话沃尔特·默奇[M]. 北京:北京联合出版公司,2015.

[9] 坎贝尔. 英雄之旅[M]. 浙江:浙江人民出版社,2017.

[10] 巴斯. 进化心理学[M]. 北京:商务印刷馆,2015.

[11] 梁宁建. 心理学导论[M]. 上海:上海教育出版社,2011.

[12] 戴锦华. "新技术革命"在当下[J]. 上海艺术评论,2018,(6):35-36.

[13] 黄文强,杨沙沙,于萍. 风险决策的神经机制:基于啮齿类动物研究[J]. 心理科学进展,2016,24(11):1767-1779.

[14] 张晓. 奖惩预期对持续性注意的影响[D/OL]. 天津:天津师范大学,2022:31-44. https://kns.cnki.net/kcms2/article/abstract?v=3uoqIhG8C475KOm_zrgu4lQARvep2S Ake-wuWrktdE-tSIT2YIbQ2HZruExq6QKehG6Mw-Joz7zB5A5spF7aSHkSyoDLtpLq& uniplatform=NZKPT.

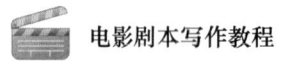

后　记

　　总有人问我：你真的觉得你看透了电影剧本的写作方法吗？每当面对这样的问题，我的内心都无比惭愧和恐慌。答案是否定的——我没有看透电影剧本的写作方法。我只是总结了我发现的并且在工作中被证明有效的写作方法和写作规律，并试图用本书将这些方法广而告之，仅此而已。如果有人因为我写了一本剧本写作工具书，就认为我自大到用这本书作为自己看透电影剧本写作的宣言，那可真是"折煞我也"。事实是电影剧本写作是一门开源艺术，没有人能够真的看透它。之所以说它是开源艺术，是因为作者在写作电影剧本时，要把自己经历的现实生活作为血肉填入剧本中，这种血肉千变万化，不可定量也不可定性。它们是宇宙、大自然、时间、规律、偶然等诸多因素相互碰撞、叠加的产物。如果有人能看透有关生成这些血肉的一切，那么这个人只可能是造物主。

　　血肉之外，便是骨骼。写作方法和写作规律就是骨骼，它们支撑着血肉的生长和运行。在实践中，我通过"摸骨"的方式总结出本书中讲解的写作方法和规律。这些方法对有些人有效，对有些人则可能无效，因为面对电影剧本写作，大家都有自己的"视野"，也许在有些人眼中，所谓"电影剧本写作"或"电影编剧"不过是些炫耀奇技淫巧的伪概念。不过，我有自信，在我自认不算狭小的"视野"中，本书将对大多数学习电影剧本写作和正在写作剧本的作者们产生积极正面的效果。

　　当你潜心生活，拥有了足够丰富的现实生活，同时又通过求学、阅读、自我摸索等方式掌握了剧本写作的方法，那么还有什么在阻止你写出一部好

后 记

剧本呢?也许是勇气?有的人不敢面对那空白的电脑屏幕,他们害怕脑中空无一物时内心恐慌的感觉,他们畏惧在思考时后背冒出的阵阵冷汗。殊不知情绪上的恐慌和肢体上冒汗、心跳加速等反应都是正常现象,不只是你,每个写作者在写作时都会拥有这样的感受。你必须拥有勇气,克服内心的无数畏惧和顾虑,坦然面对写作。也许是毅力?仅仅凭借几个自己感兴趣的点子就开始的激情写作慢慢变成了一场孤独的才智考试和自我省思?觉得消耗殆尽的激情已无法支撑你写作这部剧本?别放弃,要有毅力。中国人常说,行百里者半九十。你在内心平静时写出的东西,也可能成为杰作,你最深层的智慧总会在你内心平静如水时无声流出,最终化为你漫不经心写出的璀璨情节。

宋代文学家王安石的《游褒禅山记》中有一名句,"有志与力,而又不随以怠,至于幽暗昏惑而无物以相之,亦不能至也",意思是你有志向和力量,又不盲从那些退却的人,到了幽深昏暗使人迷惑的地方却没有必要的物件来支持你,你也无法到达你的目的地。希望阅读本书的人,拥有志向与力量,不轻易被自己的情绪和环境打败。希望你切实的生活与本书的内容能够成为支持你的必要物件。如此,便没有什么能够阻挡你,走向那"奇伟瑰怪"的美好远方。

至此,请允许我向一些人表达感谢,没有他们便没有这本书。

首先,我要感谢《故事》的作者罗伯特·麦基。我虽然看过无数的剧作书籍,但我必须单独指出罗伯特·麦基和他的著作《故事》对我本人和本书影响深远。罗伯特·麦基看待情节意义的方法可谓点醒了我,让我深入了解情节,触及意义的领域。在这之后,我要感谢我的两位大学老师。第一位是我的"电影导演基础"课老师、毕业论文以及毕业作业的指导老师,他是电影导演杨超,电影《长江图》的导演。杨超老师是一位高屋建瓴的老师,从视听语言、剧作、表演等多个方位为我以及全班同学剖析电影,让我们深入地认识到电影的精致与玄妙,让我们放弃了过去对电影的幼稚观点,走上"行家"之路。第二位老师,是我大学的"电影剧作"课老师,电影编剧、导演杨文。杨文老师不但是我的老师,也是我同校同系的师哥。杨文老师在电影剧作领域的研究颇为深入,他的研究对我启发巨大。经过十余年的交往,我们已经不只是师徒而是好友关系。在多年的从业生涯中,杨文老师不断地教育我、激励我,使我不断进步,无论是在写作抑或是在生活中。

我要感谢我的家人。我的父亲、母亲、岳父、岳母,是这世上最好的父母,能成为你们的孩子是我今生的幸运。我还要感谢我的奶奶,是她陪伴了我几乎整个童年。有研究表明,和奶奶长大的孩子想象力更加强大,因为奶奶不会限制孙辈在生活中的种种尝试。奶奶对我的宽容度确实是巨大的,谢谢您容忍我童年的淘气与任性。

最后,我要感谢我的妻子沈天歌。她是一位可爱、善良同时又坚毅、勇敢的天使。我们相恋十年最终坚定地走向婚姻的殿堂,如今看来真的无比梦幻。是她让在我身上发生的一切比最美好的电影还要美好。谢谢我的妻子对我工作的坚定支持,对我生活无微不至的关切。天歌,没有你,我绝无可能完成此书。

图书在版编目(CIP)数据

电影剧本写作教程 / 樊子博著. -- 北京：中国传媒大学出版社，2024.3
ISBN 978-7-5657-3491-5

Ⅰ.①电… Ⅱ.①樊… Ⅲ.①电影文学剧本—创作方法—教材 Ⅳ.①I053.5-62

中国国家版本馆 CIP 数据核字（2023）第 192891 号

电影剧本写作教程
DIANYING JUBEN XIEZUO JIAOCHENG

著　　者	樊子博
责任编辑	张　静
特约编辑	李　婷
责任印制	阳金洲
封面设计	拓美设计

出版发行	中国传媒大学出版社			
社　　址	北京市朝阳区定福庄东街1号	邮　　编	100024
电　　话	86-10-65450528　65450532	传　　真	65779405
网　　址	http://cucp.cuc.edu.cn		
经　　销	全国新华书店		
印　　刷	北京中科印刷有限公司		
开　　本	787mm×1092mm　1/16		
印　　张	13.25		
字　　数	196千字		
版　　次	2024年3月第1版		
印　　次	2024年3月第1次印刷		
书　　号	ISBN 978-7-5657-3491-5/I · 3491	定　　价	53.00元

本社法律顾问：北京嘉润律师事务所　郭建平